玩火的男人

HUGH LAURIE
〔英〕休·劳里 著

井中人 译

THE GUN SELLER

人民文学出版社
PEOPLE'S LITERATURE PUBLISHING HOUSE

著作权合同登记号　图字 01-2021-5660

The Gun Seller
© 1996 by Hugh Laurie
Simplified Chinese edition copyright © 2023 by Shanghai 99 Readers' Culture Co., Ltd.
All rights reserved.

图书在版编目(CIP)数据

玩火的男人/(英)休·劳里著;井中人译.--北京:人民文学出版社,2023
 ISBN 978-7-02-017580-2

Ⅰ.①玩… Ⅱ.①休…②井… Ⅲ.①长篇小说-英国-现代 Ⅳ.①I561.45

中国版本图书馆 CIP 数据核字(2022)第 210759 号

| 责任编辑 | 朱卫净　胡晓明 |
| 封面设计 | 李苗苗 |

出版发行	人民文学出版社
社　　址	北京市朝内大街166号
邮政编码	100705
印　　制	山东新华印务有限公司
经　　销	全国新华书店等
开　　本	890毫米×1240毫米　1/32
印　　张	9.5
字　　数	263千字
版　　次	2023年1月北京第1版
印　　次	2023年1月第1次印刷
书　　号	978-7-02-017580-2
定　　价	59.00元

如有印装质量问题,请与本社图书销售中心调换。电话:010-65233595

献给我的父亲

感谢作家暨节目主持人斯蒂芬·弗雷的评语；
感谢金·哈里斯和萨拉·威廉姆斯超凡脱俗的品位和智慧；
感谢我的文学经纪人安东尼·戈夫慷慨地给予我支持和鼓励；
感谢我的演出经纪人洛兰·汉密尔顿不介意我有一个文学经纪人；
感谢我的妻子乔,她的付出用这样一本书也难以写尽。

第一部

第一章

今天早晨,
我看到一个不想死的人。

——P.S.斯图尔特

试想一下,你不得不折断一个人的手臂。

不管是左臂还是右臂,这都无所谓,重点是得折断,因为如果不折断……好吧,那也无所谓。总之,我们假设不折断会出大事。

现在,我要提问了。你是迅速折断——咔嚓!哎,对不起,让我用临时夹板帮你固定住,还是将这一动作延长至足足八分钟,时不时地、极其缓慢地增加力度,直到疼痛转为青紫的瘀伤,身体一会儿冷一会儿热,整个过程令人难以忍受得想要号叫。

没错,正确的方式,也是唯一的方式,显然就是尽可能利索地做完这件事。折断手臂,倒上一杯白兰地,做个好市民。没有其他答案。

除非。

除非除非除非。

要是你不喜欢手臂的主人呢?我是说非常厌恶。

这就是我现在要考虑的问题。

我说的现在其实是当时,就是我所描写的时刻,仅在我的手腕触碰到我的颈后,我的左肱骨断成两截,甚至更多截,并松散地连在一起前的短暂时刻。

前面我们讨论的手臂其实是我的。那不是抽象的、哲人的手臂。那骨头、皮肤、汗毛、肘端的白疤(盖茨希尔小学的蓄热电暖器一角烫的),都属于我。而站在我身后的这个人,抓着我的手腕,将它以一种近乎性爱的姿势抵着我的颈椎。这种时候我必须考虑他不喜欢我的可能性,我是说非常厌恶。

他迟迟没有行动。

他姓雷纳,名不详。至少我不知道,想必你也不知道。

我猜想某个地方的人知道他的名字,用那个名字给他施洗、喊他下楼吃早餐、教他如何拼写;也有人从酒吧的一头用那个名字喊他,请他喝一杯,或在床上轻声念过,或在人寿保险申请单的一栏上填写过。我知道肯定有人做过这些,只是难以想象而已。

我猜,雷纳比我大十岁。这很好,没有任何问题。我和很多比我大十岁的人都维系着不伤及手臂的深厚友谊。比我大十岁的人总体而言都令人钦佩。但雷纳比我高三英寸,比我重五十磅,也比我暴力——无论用什么标准衡量暴力。他比停车场还丑,无毛的硕大头颅沉进双肩,肿得像个挂满扳手的气球,扁平的、好斗者的鼻子显然是有人用左手甚至左脚画上去的,铺展在粗糙的厚额头下方一块弯曲、倾斜的三角区域。

上帝啊,瞧瞧这额头。无论你用砖头、小刀、瓶子还是据理力争的反驳攻击他,都会立即被这巨大的前额完好无损地反弹回来,只在深深的、粗大的毛孔中留下最细微的凹痕。我想这是我所见过人类皮肤上最深、最粗大的毛孔了,让我禁不住回想起一九七六年那个漫长、干旱的夏末,达尔比蒂镇高尔夫球场的果岭。

现在看侧视图,我们发现雷纳的耳朵在很久以前就被咬下来又吐回去过,因为左耳肯定上下颠倒了,或翻了个面,或是让你盯很久才能认出那是只耳朵。

最关键的是,以防你没明白我的意思,他穿了件黑色高领毛衣,外面还套了件黑色皮夹克。

你当然能明白我的意思了。雷纳本可以给自己裹上鲜亮的丝绸,双耳各别着一朵兰花,不安的行人仍会掏出钱给他,回头还会想是不是给少了。

我碰巧不欠他分文。雷纳属于那种我毫不亏欠的人,如果我们之间的气氛没那么紧张,我也许还会建议他和他的同伴成为俱乐部会员,戴上花纹特殊的领带,比如交错的路径。

但我说了,我们之间气氛紧张。

一个叫克里夫的独臂格斗教练(是的,他教徒手格斗,但他只有一条手臂,人生如戏)曾告诉我,痛苦是你施加给自己的。别人会打你,拿刀捅你,或试图折断你的手臂,但痛苦是你自己的身体产生的。克里夫在日本待了两个星期,自觉有资格给人灌输这些狗屁理论。他说,人有能力让自己感觉不到痛苦。三个月后,在一场酒吧打斗中,克里夫被一个五十五岁的寡妇杀死了,我想我再也没有机会纠正他了。

痛苦是一件大事。它会发生在你身上,你得竭尽所能地面对它。

我唯一的优势是到目前为止都没出过声。

这和勇气无关,你懂的,我只是还没来得及出声。在此之前,我和雷纳在家具与墙壁之间来来回回,进行着无声的、汗流浃背的男性搏斗,偶尔的咕哝声表明我们都没有分心。但是接下来的五秒内,我有可能昏厥或骨折,现在正是添加新招式的理想时刻。而声音是我能想到的唯一招式。

于是我用鼻子深吸了一口气,直起身,尽可能贴近他的脸,凝神屏息,然后使出了空手道中的"气合"——或许你会称之为大吼一声,差不多就是那个意思。这一声莫名其妙、震耳欲聋、几乎使人昏聩的吼叫连我自己都吓了一跳。

而雷纳的反应和广告里说的一样,他不自觉地移到一边,松开了我的手臂约十二分之一秒。我趁机用后脑勺使劲撞了一下他的脸,能感觉到他的鼻软骨在我头骨的撞击下变了形,一股丝滑般的暖流在我的头皮上蔓延开来。接着我用鞋跟去踢他的裆部,擦过他的大腿内侧,抵达一团令人印象深刻的组织。在那十二分之一秒结束的时候,我的手臂已经不再受制于雷纳,我这才突然意识到自己已经浑身湿透了。

我向后一退,像只老圣伯纳犬一样踮起脚尖跳舞,四处寻找武器。

这场耗时十五分钟的单回合制职业业余配对赛,发生在贝尔格莱维亚一间装潢粗俗的小客厅里。室内设计丑得无可救药,所有室内设计师都是如此,每次都能实现丑陋的极致,无一例外。但这一次,他或她对于可携带重物的喜好正合我意。我用没受伤的手选择了壁炉上一尊十八英寸高的佛像,发现佛的耳朵正好为单手选手提供了舒适的握柄。

雷纳此时跪在地上,往一块中国地毯上呕吐,没完没了地给它上色。我找准了位置,做好准备,反手朝他挥去,佛像的底座一角插进了他左耳后方柔软的部位。伴随着只有在人类的机体组织受到攻击时才会发出的沉闷、单调的响声,他倒向一侧。

我没去查看他是否还活着。也许有些冷血,但也只能这样了。

我擦了擦脸上的汗,走进门厅。我侧耳倾听,但哪怕房子里或街上有任何声音,我也听不见,因为我的心跳剧烈得像风钻。也许外面真的有一台。我忙着大口大口地喘气,没注意。

我打开前门,冰凉的细雨扑面而来。雨融入汗水,稀释了它,也稀释了手臂的疼痛,稀释了一切。我闭上眼睛,任雨水滑落。这是我所体验过的最美好的事物之一。你可以说我的人生很空虚。但你要知道,没有对比就没有伤害。

我掩门,走上人行道,点燃一支烟。渐渐地,我那生闷气的心脏调整好了情绪,呼吸慢了两拍,但也还跟得上。手臂的疼痛很严重,我知道它会疼上好几天,甚至几个星期,但幸好不是我拿烟的那只手。

我回到房子里,看到雷纳还在刚才的位置,躺在一大摊呕吐物中。他死了,或受了重伤,不管哪种情况都意味着我至少要蹲五年大牢。如果表现不好,可能会延长到十年。从我的角度看,这可不妙。

老实说,我坐过牢。只有三个星期,还是在押候审。但当你每天都不得不和一个只说单音节词的西汉姆联队球迷下两盘国际象棋,他一只手上文着大写的"仇恨",另一只手上也文着大写的"仇恨",棋子缺六个兵、两个象以及所有的车,那么你就会珍惜人生中的小事。比如不坐牢的日子。

我正琢磨着这些事,开始联想到我从没旅行过的热带国家,这时我意识到那个轻轻的嘎吱嘎吱、窸窸窣窣的摩擦声,并不是我的心脏、我的肺或我身体的其他任何部位发出的。那个声音绝对来自外界。

某个人或动物正在试图悄悄地下楼,但闹出的动静格外地响。

我把佛像放回到壁炉上,拿起一个丑陋的大理石台式打火机,朝丑陋的门走去。你可能要问:怎样才能做出一扇丑陋的门?这个嘛,确实不容易,但是相信我,顶级室内设计师在早餐前就能设计出来。

我试着屏息等待,但没屏住,只好大声地喘着气。某处的灯的开关被打开,过了一会儿又关上了。一扇门打开,停住,什么也没有,又关上了。站定。思考。去看看客厅。

一阵衣物的摩擦声,一个柔软的球,紧接着我松开了抓台式打火机的手,以近乎解脱的心情向后靠到墙上。哪怕处在现在这种恐惧、受了伤的状态中,我还是愿意赌上性命认为,莲娜丽姿的"花之花"香水绝不是危险的信号。

她在门口站定,环顾四周。虽然没有开灯,但窗帘大开着,街边的灯光足以照亮整个房间。

我静候她的目光落到雷纳身上,然后用手捂住了她的嘴。

我们演绎了一遍所有好莱坞和义明社会的惯用伎俩。她要喊,咬我的手心;我叫她别出声,保证她不喊我就不会伤害她。然后,她喊了,我伤害了她。标准化的一幕。

不久她就坐在那张丑陋的沙发上,手里拿着半杯我原以为是葡萄白兰地的卡尔瓦多斯①,我站在门边,尽力摆出一副精神状况极佳的表情。

---

① 一种以苹果为原料制作出来的白兰地,是法国卡尔瓦多斯省的特产酒。

我把雷纳翻到一侧,使他呈复苏体位,防止他被自己的呕吐物呛到——或者是别人的呕吐物,如果可能的话。她想起身摆弄他,看他是否还活着——枕头、湿毛巾、绷带,所有能让旁观者心里好受些的东西,但我叫她待着别动,因为我已经叫了救护车,总之还是不移动他为好。

她微微颤抖起来。先是握杯子的手,接着是手肘,然后是肩膀,她每看雷纳一次,颤抖就会加剧一点。当然,半夜看到家里的地毯上躺着一个泡在呕吐物里的死人,颤抖是正常反应,但我希望她别再抖下去了。于是我用台式打火机点燃一支烟——没错,火也很丑,我试着在卡尔瓦多斯让她打起精神提问前尽可能地得到更多信息。

我能在那个房间里看到她的三张脸:一是壁炉上银相框里的照片,她戴着雷朋眼睛,坐在滑雪缆车里;二是挂在窗边的糟糕的巨幅油画,显然画手不太喜欢她;最后,也是最好看的一张,就在距离我十英尺外的沙发上。

她最多也就十九岁,肩膀宽而挺,长长的褐发挥舞着、欢呼着消失在脖子后。又高又圆的颧骨暗示着她有东方血统,但她的眼睛是欧洲人的圆眼,又圆又大,眸子是亮灰色的,如果有这种颜色的话。她穿着一件红色丝绸睡袍,脚尖钩着一只雅致的镶着金线的拖鞋。我环视房间,却找不到另一只。也许她只买得起一只。

她清了清嗓子。

"他是谁?"她说。

在她开口前我就该猜到她是美国人。只有美国人才那么健康。话说,他们在哪儿整的牙齿?

"他叫雷纳。"我说。意识到这个回答有些敷衍,我补充了一句:"他是个危险人物。"

"危险?"她露出担忧的表情。

她的担忧是对的。也许她和我想的一样,如果雷纳是个危险人物,而我杀了他,那么按照等级排序,我就是个更加危险的人物。

"危险。"我重复了一遍,并紧紧盯着她,她移开了视线。她看起来抖得没那么厉害了,这很好。不过,也许只是她的颤抖和我同步,所以看起来没那么明显了。

"那……他来这儿干什么?"她最后说,"他想要什么?"

"这很难说,"至少对我而言,"也许为了钱,也许为了银……"

"你是说……他没告诉你?"她突然提高了嗓门,"你不知道他是谁、他在这儿干什么,你就打他?"

尽管还处于震惊中,她的思维倒很清晰。

"我打他,是因为他要杀我,"我说,"我是这种人。"

我挤出一个狡黠的微笑,不过瞥到壁炉上方的镜子后意识到自己失败了。

"你是这种人,"她冷冷地重复道,"那你又是谁?"

还是问了。在这个节骨眼上,我可得谨言慎行,否则会让原本就很糟糕的事态一下子变得更加严重。

我试着表现出吃惊的样子,也许还有点受挫。

"你是说你没认出我?"

"没有。"

"唔,奇怪。我叫芬彻姆。詹姆斯·芬彻姆。"我伸出手。她没有伸手,于是我装作不经意地收手理了理头发。

"那只是一个名字,"她说,"不代表你是谁。"

"我是你父亲的朋友。"

她就这句话思考了一会儿。

"生意上的?"

"算是吧。"

"算是,"她点点头,"你叫詹姆斯·芬彻姆,算是我父亲生意上的朋友,你刚在我家杀了一个人。"

我把头歪向一边,试着表达"是的,有时候这个世界就爱跟你开玩笑"。

她再次露出整齐的牙齿。

"就这些？这就是你的简历？"

我重新摆出狡黠的微笑，但并没有改善气氛。

"等等。"她说。

她看着雷纳，突然坐直了，好像脑中闪过一个念头。

"你没给任何人打电话，对吗？"

这么看来，能考虑这么周全，她肯定得有二十四岁了。

"你是说……"我不知该如何回答。

"我的意思是，"她说，"没有救护车过来。天哪！"

她把杯子放在脚边的地毯上，起身，朝电话机走去。

"听着，"我说，"在你做蠢事之前……"

我开始朝她走去，但她转身的方式让我意识到待在原地也许更明智。我可不想接下来的几个星期里都在拔脸上的电话机听筒碎片。

"你待在那儿别动，詹姆斯·芬彻姆先生，"她恶狠狠地对我说，"这不是蠢事。我要叫救护车，还要报警。这是国际公认的程序。手持大棍的人会来把你带走。这可不是做蠢事。"

"听我说，"我说，"我没完全跟你说实话。"

她转向我，眯起眼。你明白我的意思吗？那种眯眼是水平方向的，而不是垂直方向的。我想应该说"收"起眼，但没人这么说。

她眯起眼。

"'没完全说实话'是什么意思？你只跟我说了两件事。你是说其中有一件是谎话？"

她快把我逼疯了，这一点毋庸置疑。我有麻烦了。但话说回来，她只按了第一个"9"①。

"我是叫芬彻姆，"我说，"我也确实认识你父亲。"

"好，那他抽什么牌子的烟？"

---

① 英国报警号码为999。

"登喜路。"

"他从不抽烟。"

她可能快三十了,不,这种关键时刻就是三十。当她按下第二个"9"时,我深吸了一口气。

"好吧,我不认识他。但我是来帮忙的。"

"没错,你是来修淋浴器的。"

第三个"9"。出王牌吧!

"有人要杀你父亲。"我说。

电话那头发出微弱的咔哒声,我能听到某个地方有人在问需要什么服务。她十分缓慢地转向我,举着听筒,没放到耳边。

"你说什么?"

"有人要杀你父亲,"我重复道,"我不知道是谁,也不知道为什么。但我试图制止这件事,这就是我来这里的目的。"

她凝视了我许久。某处的钟吓人地滴答了一声。

"这个人,"我指着雷纳,"和这件事有关。"

看得出她认为这样对雷纳不公平,因为他现在没法反驳我。于是我减弱了语气,担忧地看着周围,假装和她一样困惑和焦虑。

"他不一定就是来下手的,"我说,"因为我们没说上话。但也不是不可能。"她继续凝视着我。接线员在另一头尖声喊着"你好",大概已经在追踪线路了。

她等着。我不知道她在等什么。

"救护车。"她终于说出口,一边看着我,然后微微转头,报出地址。她点点头,非常缓慢地把听筒放回座机,转向我。有一种沉默从一开始你就知道会持续很久,于是我抖出一支烟,把烟盒递给她。

她走向我,站定,看起来比刚才站在房间另一侧时矮一些。我又摆出那个微笑,她从烟盒里抽出一支烟,但没有点火。她只是慢慢地把玩着,然后把一双灰色眸子的目光射向我。

我指的是她自己的那双。她没有从抽屉里取出一双别人的眸子,让它们对着我。她用那双巨大、苍白、灰色、苍白、巨大的眼睛盯着我。那种眼神能让一个成年人对着自己胡言乱语。看在上帝的分上,把持住。

"你这个骗子。"她说,既不生气也不害怕,没有任何情绪。你这个骗子。

"是的,"我说,"大多数时候我确实是个骗子,但此刻我说的是实话。"

她还是凝视着我,我刮完胡子后常这样凝视自己,但她并没有比我看出更多信息。然后她眨了一下眼,这一眨眼似乎改变了气氛。某种东西释放了,关闭了,或者说至少降低了一点。我放松了下来。

"为什么有人要杀我父亲?"现在她的语气更软了。

"这我真的不知道,"我说,"我刚知道他不抽烟。"

她趁势继续说,好像没听见我的话似的。

"芬彻姆先生,告诉我,"她说,"你是怎么跟这事扯上关系的。"

这很棘手,非常棘手,棘手三次方。

"因为有人雇过我。"我说。

她没有呼吸。我是说,她停止了呼吸,似乎近期都不准备换气。

我尽可能平静地继续说下去。

"有人出高价雇我杀你父亲。"我说。她怀疑地皱了皱眉。"我拒绝了。"

我不该补后半句的,实在不应该。牛顿谈话第三定律认为——如果存在的话,每一句陈述都有正反两种意思。既然我能拒绝,那么我也能接受。我不想眼下出现这个问题。但她开始呼吸,所以也许她并没有意识到。

"为什么?"

"什么为什么?"

她的左眼瞳仁东北方位有一道细微的绿纹。我站在那儿,看着她的眼睛,试着移开目光,因为现在我面临着大麻烦,从很多意义上说。

"为什么拒绝?"

"因为……"我话到嘴边又咽了回去,因为我得说得天衣无缝。

"什么?"

"因为我不杀人。"

她默默地咀嚼和消化这句话,然后瞥向雷纳。

"我说了,"我说,"他先动的手。"

她又凝视了我三百年,接着走向沙发,指尖依然转着烟,明显在沉思。

"说实话,"我说,试着控制情绪和局面,"我人不坏,常给乐施会捐款,把旧报纸送去回收,等等等等。"

她把手伸向雷纳,定住了。

"这是什么时候的事?"

"唔……刚刚。"我像个白痴一样结巴了。

她闭上眼睛,过了一会儿说:"我问的是雇你的事。"

"好吧,"我说,"十天前。"

"哪里?"

"阿姆斯特丹。"

"荷兰的,对吗?"

我松了口气。这让我感觉好多了。你不会时时想要受到年轻人的仰慕,但偶尔有这种感觉很好。

"没错。"我说。

"谁雇的你?"

"我不认识他,只见过那一次。"

她弯腰拾起杯子,啜了一口卡尔瓦多斯,苦着脸吞下。

"你觉得我信吗?"

"这……"

"少来了,"她说,再次提高嗓门,用下巴指指雷纳,"这个人可不能帮你说话,而且我凭什么相信你?因为你长得不错?"

我喜不自胜。我知道应该克制,但禁不住内心雀跃。

"为什么不呢?"我说,试着显得有魅力,"你说什么我都信。"

我犯了个愚蠢的错误。在我漫长的蠢话不断的一生中,这是我发表过的最愚笨、最荒唐的言论。

她转向我，突然很生气。

"别跟我来这套。"

"我只是想说……"我说。其实我也不知道自己想说什么，幸好她打断了我。

"算了吧，这里有个人快死了。"

我内疚地点点头，我们一起低头看雷纳，像在默哀。接着她收起悲伤，忘掉过去。她松开双肩，把杯子递给我。

"我叫萨拉，"她说，"帮我看看有没有可乐。"

她最终还是报了警。正当急救员用折叠担架把还剩一口气的雷纳抬出去的时候，警察到了。他们煞有介事地搜查了房间，收走了壁炉上的东西，还看了看壁炉下面，看起来都想早点离开这里。

一般来说，警察不喜欢接到新案件。并不是因为他们懒，而是因为他们和别人一样，想从面临的许多杂乱、随机的不幸事件中找到意义，希望它们有迹可循。如果他们正在抓一个偷轮毂的青少年时，被临时叫到一起大型谋杀案的现场，一定会忍不住去沙发下面找轮毂。他们想找到互相关联的线索，从混乱中理出头绪。那样他们就能对自己说，这件事因那件事而起。当他们找不到关联，只看到一大堆没头没脑的信息需要记录、归档，然后遗失，从某个底层抽屉找出来，再遗失，最终也定不了任何人的罪时，他们就会感到失望。

我们的口供令他们尤其失望。萨拉和我排演过我们自认为合理的剧情，接着分别向级别由低到高的三名警官表演了一遍。最后一名是个异常年轻的巡官，自称布洛克。

年轻的布洛克坐在沙发上，一边听口供一边点头，时不时地看看指甲。无畏的詹姆斯·芬彻姆是这家人的朋友，住在二楼的客房里。他听到响动，悄悄下楼查看，发现一名穿皮夹克和黑色高领毛衣的可怕男子（"不，从没见过他"),经过一番打斗,对方倒在地上,天啊,打到了他的头。萨拉·沃尔夫("出生日期是1964年8月29日"),听到打斗声,下楼,看到了全过程。"巡官,要喝点什么吗?茶?利宾纳?"

是的,当然,布景起了作用。如果我们在德特福德的公营公寓里讲述同样的故事,马上就会被扔进警用货车的后备厢里,乞求留寸头的健壮年轻人别摁着我们的头。但在绿植茂盛、以拉毛粉饰建筑为主的贝尔格莱维亚,警察愿意相信你。我想这跟税率有关。

我们在口供上签字时,他们提醒我们别做傻事,比如没有向警局备案就擅自出境,并要我们时刻遵纪守法。

在雷纳(名不详)试图折断我手臂的两个小时后,他留下的只有那股味儿了。

我走出房子,一走动才意识到身上的伤痛。我点了支烟,边抽烟边向左拐过街角,进入一个曾用作马厩的铺着鹅卵石的院子。显然,如今住得起这里的马一定价值连城,但这里毕竟还保留着马厩的特色,因此我觉得把摩托车锁在这儿也不足为怪。要是再配上一桶燕麦,后轮下放些麦秆的话。

摩托车还在我停放的位置,这听起来像句废话,但放在这世道可不一定。对于摩托车骑手来说,把自己的摩托车停在暗处超过一小时,哪怕它安装了挂锁和警报器,等你回来取车时发现它还在,那也够你吹一阵子了,尤其当你骑的是一辆川崎ZZR1100的时候。

我不否认日本人在珍珠港干的事愚不可及,以及在餐桌前当场制作生鱼片无疑倒人胃口,但他们制造的摩托车让人不得不叹服。把油门转到任意一挡,它都能让你的眼球穿过后脑勺。好吧,也许大多数人不希望自己的交通工具拥有这项功能,但这辆车是我玩双陆棋赢来的(一次不忍直视的四和一,接着连续三次双六,直接到达终点),因此我很享受。车身巨大,通身黑色,即使普通的骑手也能骑着它冲进另一星系。

我发动引擎,让它轰鸣一阵,吵醒几个贝尔格莱维亚肥胖的金融家,然后驶向诺丁山。我在雨中慢速行驶着，所以有充足的时间回想晚上的事。

当我在反射着黄光的湿滑公路上急转弯时，脑中挥之不去的是萨拉的那句"别跟我来这套"，而她的理由是有个人快死了。

牛顿谈话定律，我想。那句话隐含的意思是，如果房间里没有快死的人，那么我可以继续说下去。

这让我心情大好。我开始期待自己有一天能和她共处于一个没有快死之人的房间，到那时我就不是詹姆斯·芬彻姆了。

那当然不是我的名字。

第二章

> 曾有很长一段时间，
> 我早早入睡。
>
> ——马塞尔·普鲁斯特

我回到公寓，照例打开电话留言。毫无意义的哔哔两声后是两条留言：一条是打错的；一条是我朋友打来的，刚开口就被打断，换成了三个我不想联系、现在却必须给他们回电的人。

天啊，我讨厌这台机器。

我在桌子前坐下来，照例翻阅着今天的邮件。我把账单扔进"纸篓"，这才记起自己把纸篓拿进了厨房。我有点恼火，把剩余的邮件塞进抽屉，也放弃了借日常活动来理清思路的打算。

夜已深，不适合播放吵闹的音乐，公寓里仅剩威士忌了。我拿起一只杯子和一瓶威雀苏格兰威士忌，倒上小半杯，走进厨房，往杯子里倒上足够的水，兑成另一种口味，接着拿起袖珍录音机，坐到餐桌前，因为有人告诉我，把话讲出口有助于澄清事实。我问这能不能澄清黄油，对方说不能，但是可以澄清困扰你心灵的事。

我往录音机里放上一盒磁带，按下录音键。

"主要人物，"我说，"亚历山大·沃尔夫，萨拉·沃尔夫的父亲，贝尔格莱维亚区莱尔街乔治亚风格小户型房屋业主、怀恨在心的失明室内设计师的雇主、盖恩·帕克公司董事长兼 CEO。身份不明的白人男子，美国人或加拿大人，五十多岁，姓雷纳，身形魁梧，暴力，现已送往医院。托马斯·朗，三十六岁，住址是韦斯特伯恩街尽头四十二号 D 栋，曾在苏格兰卫队服役，升中尉,光荣退役。这些就是目前已知的信息。"

我不知道录音时自己为什么怪腔怪调的,但所有人都这样吧。

"不明男子企图花重金请T.朗暗杀A.沃尔夫,朗身为好人拒绝了提议,刚强,正直,是个绅士。"

我灌了一大口威士忌,看着录音机,疑惑自己是否会向任何人播放这段录音。一个会计师曾告诉我,买这款录音机是明智之举,因为我可以减税。但我一没有交税,二没有录音需求,更不相信这个会计师,所以我视那次购物为愚蠢之举。

继续。

"朗进入沃尔夫的房子,欲提醒他暗杀一事。沃尔夫不在家。朗决定展开调查。"

我停了一会儿,这一会儿变成了很长一会儿,于是我啜了口威士忌,把录音机放在一旁,开始思考。

调查还没开始,连"什么"都没问出口,雷纳就举起一把椅子砸向我。除此之外,我把雷纳打了个半死并离开了现场,内心热切希望他不仅仅是半死。除非你知道自己在做什么,否则你可不希望那种事留在磁带上。奇妙的是,我的确不知道自己在做什么。

不过,我已认得雷纳的长相,甚至在知道他的名字之前。我不能肯定他就是在跟踪我,但我对脸记得很牢,这弥补了我记不住名字的缺憾,而雷纳的脸可不那么容易让人忘记。希思罗机场、国王路上的德文郡阿姆斯酒吧、莱斯特广场地铁口,他的身影已经足够醒目,哪怕对于我这样的白痴来说。

我预感我们俩终会见面,于是去托特纳姆法院路上的"闪电战"电子产品店,花两英镑八十便士买了一英尺长的大口径电缆,以备不时之需。这种电缆柔韧性强,够沉,用来打败歹徒,比专门定制的防身棍还管用。它唯一没法用作武器的场合是,当它还被裹在包装袋里躺在你厨房的抽屉里时。

至于向我提供工作的不明男子,我并不指望能找到他。两个星期前,我为保护一名曼彻斯特的赌注经纪人去了阿姆斯特丹,他执意认为有不法分子想要害他,并雇我来验证他的幻想。所以我为他开车门,提防楼顶并不存在的狙击手,还陪他坐在各个俱乐部里度过了折磨人的四十八小时,眼睁睁看着他把钱撒向各处,就是不给我。当他终于精疲力竭时,我回酒店房间看成人频道,消磨时间。这时电话响了——我记得正放到精彩的地方——一个男人邀请我去酒吧喝一杯。

我去看了一眼赌注经纪人,他正在一个美人身边睡得香甜。我悄悄地下楼,希望邀请我的是某个过去的战友,也许能为我省下四十英镑。

但是,电话那头的声音来自一个穿着昂贵西装的矮胖男人,我绝对不认识他,也不想认识他,直到他从西装口袋里掏出一叠和我差不多厚的纸币。

是美钞,能在全球近万家零售店购买商品和服务。他向我推过来一张百元大钞,我对他产生了五秒钟的好感,接着好感几乎立刻消失。

他向我介绍了一个叫沃尔夫的人,包括他住在哪儿、做什么的、为什么做、能赚多少,然后告诉我,桌上的那张美钞还有一千个小伙伴,如果我能谨慎地解决掉沃尔夫,那么那些美钞都会进入我的口袋。

我不得不等到周围座位上的人都走光,这要不了多久。鉴于酒水单上的价格,能留到第二杯的人全世界不超过三十个。

当酒吧里只剩下我们时,我倾身向那个胖子做出了回答。那段话很无聊,但他听得格外认真,因为我在桌子底下伸手抓住了他的裆部。我告诉他我是什么样的人、他犯了什么样的错误、他能用这些钱来擦什么。最后我们分道扬镳。

事情的经过就是这样。我只知道这些,而且我的手臂还疼着。

我要睡了。

我做了很多梦,说出来怕你尴尬,反正梦的最后我不得不给地毯吸尘。我一遍又一遍地吸,可地毯上的印记始终去不掉。

接着我意识到自己醒着,地毯上的污渍其实是阳光,因为有人把窗帘拉开了。一眨眼的工夫,我一个鲤鱼打挺,使身体蜷成紧绷的半蹲姿势,手里紧握电缆，心里想着血淋淋的谋杀。

随即我意识到那也是我的梦。其实我躺在床上，看着一只离我的脸很近的毛茸茸的大手。手消失了，留下一只冒着热气的马克杯，从中飘出PG红茶老少皆宜的香味。也许在那一眨眼的工夫，我已得出结论，想要割我喉咙的闯入者是不会烧上一壶水并为我拉开窗帘的。

"几点了？"

"八点三十五分。该起床了，邦德先生。"

我从床上爬起来，看向所罗门。他和往常一样矮小、愉快，穿着那件他通过《星期日快报》广告页邮购的棕色雨衣。

"你是来调查盗窃案的？"我说，使劲揉眼睛，直至眼前出现白色光点。

"先生，您丢了什么东西？"

所罗门称呼所有人为"先生"，除了上级。

"我的门铃。"我说。

"若您在以惯有的讥讽影射我神不知鬼不觉地进入这块地界，那我得提醒您，我是一名魔法师，而魔法师就得施魔法。现在乖乖起床穿衣服，好吗？我们要迟到了。"

他消失在厨房，我能听到那台十四世纪的吐司机发出咔嚓声和嗡嗡声。

我吃力地下了床，左手臂一吃重就疼得我倒吸冷气。我随便地套上衬衣和裤子，拿着电动剃须刀进了厨房。

所罗门已为我在餐桌上摆好了餐具，烤好的吐司放在一个我自己都不知道我有的吐司架上。难道是他带来的？这不大可能。

"牧师，再来点茶吗？"

"我们要去哪里？"我说。

"去见一个人，主人，见一个人。现在，你有领带吗？"

他大大的棕色眼睛充满期待地朝我眨了一下。

"有两条，"我说，"一条是嘉里克俱乐部的，但我不是这个俱乐部的会员，一条是用来把马桶的储水箱拴到墙上的。"

我在餐桌前坐下,发现他还从某个角落找出了一罐凯勒的邓迪柑橘酱。我一直不知道所罗门是怎么做到这些不可能的事的。若有需要,他能从垃圾箱里翻出一辆车来。即使去沙漠,带上他也能让人心安。

也许我们正要去沙漠。

"那么,主人,最近在靠什么支付账单?"他把半个屁股搁在餐桌上,看着我吃。

"我希望是你。"

柑橘酱美味至极,我想多品尝一会儿,但看得出所罗门急着要走。他看了看手表,转身回了卧室,我听到他在翻箱倒柜地为我找一件出门的外套。

"在床底下。"我喊道。我拿起桌上的录音机,磁带还在里面。

我正咕咚咕咚地喝着茶,所罗门拿着一件丢了两枚纽扣的双排扣外套走了过来。他像个贴身男仆一样展开外套,我毫无反应。

"哦,主人,"他说,"别这样。丰收时节将至,骡子都已就绪,别在这个时候给我出难题。"

"那就告诉我,我们要去哪儿。"

"路边停着一辆亮闪闪的大汽车。你会喜欢的。回家的路上再给你买冰激凌吃。"

我慢慢地站起来,让所罗门帮我穿上了外套。

"大卫。"我说。

"在,主人。"

"发生什么事了?"

他噘起嘴,微微皱眉。这样提问不太好,但我没有退缩。

"我有麻烦了?"我说。

他眉头皱得更紧了,然后抬起沉着、镇定的眼睛看着我。

"差不多。"

"差不多?"

"那个抽屉里有一条一英尺长的粗电缆。年轻主人的首选武器。"

"那又怎么样?"

他礼貌地微微笑了笑。

"是别人有麻烦了。"

"哦,得了吧,大卫,"我说,"那电缆放着有几个月了,本想用来连接两个距离非常近的东西。"

"没错。收据是两天前的,还在包里。"

我们对视了一会儿。

"对不起,主人,"他说,"我会魔法。我们出发吧。"

停在路边的车是辆路虎,说明它是官方的。没人会开这种内饰的每处夹缝和缺口都粘满木头和皮革的极端势利的车,除非不得不开。除此之外,只有政府人员和路虎董事会成员才会开。

所罗门开车时,我不想打扰他,因为他和车的关系紧张,连收音机都不允许打开。他戴着司机专用手套、司机专用帽子、司机专用眼镜,摆出司机专用表情,他转动方向盘的姿势就像还没拿到驾照的考生那样一板一眼。但当我们以每小时二十五英里上下的速度龟爬过皇家骑兵卫队阅兵场时,我决定冒险开口。

"我是不是不会知道自己做了什么事了?"

所罗门龇着牙,用力握紧方向盘,高度集中注意力,为了穿过一条没有行人车辆、宽得让人尴尬的马路。他查看时速、转速、油量、油压、温度、时间、安全带各两遍之后,认为可以安全地回答我的问题了。

"你该做的,"他从咬紧的牙齿间吐出一句,"是一如既往地保持善良和正直,主人。"

我们停在了国防部后面的庭院。

"我不是做了吗?"

"答对了。瞧这停车位。我们这是来到了天堂。"

尽管巨大的警告牌上声称国防部一切设施处于比基尼色（橙色）警戒状态，门口的保安还是瞥了我们一眼就让我们进去了。

我发现英国保安总是这样，除非你正好在他们保卫的大楼里工作，那样他们就会检查你从牙齿填充物到裤子翻脚口的所有东西，看看你是不是十五分钟前跑出去买三明治的那个人。但如果你是张陌生面孔，他们会放行，因为，老实说，给你添麻烦就太失礼了。

如果你想给一个地方配置靠谱的保安，找德国人。

所罗门和我登上三截楼梯，穿过六条走廊，乘坐两部电梯，沿途他一直在各处为我俩签字登记，直到我们来到一扇标着"C188"的墨绿色大门前。所罗门敲了敲门，我们听到一个女人喊了声"稍等"，然后说"请进"。

距离门三英尺处是一堵墙，在门与墙之间这小得不可思议的空间里，一个穿着柠檬黄衬衣的女孩坐在一张桌子前，桌上有一台文字处理器、一个盆栽、一马克杯的铅笔、一个毛绒蛋形娃娃和高高堆起的橙皮书①。难以相信任何人或任何物品能在这样一个空间里正常运作。这就像突然在你的鞋子里发现了一窝水獭。

如果你曾发现过的话。

"他在等你们。"她说，紧张地将两手撑开在桌子前端，防止我们拿走任何东西。

"谢谢，女士。"所罗门边说边蹭过桌子边缘。

"恐旷症？"我问，跟在他身后。如果有足够的空间，我会踢自己一脚，因为这种话她每天肯定得听上五十遍。

所罗门敲了敲里面的门，我们径直走了进去。

秘书损失的空间都被这间办公室占据了。

这里有高高的天花板，两边的窗户都挂着政府规格的网眼窗帘，窗与窗

---

① 英国或英联邦国家政府部门建议修改现行政策的文件。

之间是一张壁球场那么大的办公桌。桌子后面,一个光头正专心致志地伏案办公。

所罗门走到波斯地毯中央的玫瑰图案上,我站在他左后方。

"奥尼尔先生,"所罗门说,"我把朗带来了。"

我们等着。

奥尼尔(我怀疑那不是他的真名)就像所有坐在大桌子后面的人一样。人们说,什么样的人养什么样的狗,但我总认为桌子和主人才更相似。那是一张大而平坦的脸,长着一对大而平坦的耳朵,有足够的有效空间存放回形针。甚至他不长胡子的光洁的脸也与桌子锃光瓦亮的法国漆相呼应。他穿着昂贵的衬衣,没见到他的外套。

"我以为我们约的是九点三十分。"奥尼尔没有抬头,也没有看手表。

这个声音让人难以信任。它紧绷、尖锐,刻意营造出贵族的慵懒,却与之相差十万八千里。若在其他场合下,我可能还会为奥尼尔先生(重申一遍,我怀疑那不是他的真名)感到可怜。

"堵车,"所罗门说,"我们已尽快赶来了。"

所罗门望向窗外,好像在说他的工作已经完成。奥尼尔瞪着他,又瞥了我一眼,然后回到刚才阅读重要文件的表演。

既然所罗门已将我安全送达,我也不会再给他制造任何麻烦,于是我决定是时候表明态度了。

"早上好,奥尼尔先生,"我说,声音大得愚蠢,从远处的几面墙上发出回响,"对不起,在您不方便的时候前来,我也不太方便。不如让我的秘书跟您的秘书另约时间?其实可以让我们俩的秘书一起吃个午饭,这样就完美解决问题了。"

奥尼尔紧咬着牙,过了一会儿抬起头,用显然自认为具有穿透力的眼神瞪着我。

瞪了我很久之后,他放下文件,将手搁在桌子边沿。然后又把手挪开,放到腿上。因为被我看到了这一连串窘迫的动作,他有些恼火。

"朗先生,"他说,"你知道这里是什么地方吗?"他以一种熟练的方式噘起嘴。

"我知道,奥尼尔先生。这里是 C188 号房间。"

"这里是国防部。"

"唔,这也不错。附近有椅子吗?"

他又瞪着我,随后别过头去看所罗门,后者走到门口,拖来一把仿摄政时期风格①的椅子,放到地毯中央。我没有动。

"坐,朗先生。"

"谢谢,我宁可站着。"我说。

他真的要发火了。我们曾在学校里对一个地理老师这样做过,两个学期后,他去西部群岛成了一名牧师。

"关于亚历山大·沃尔夫,请问你知道些什么?"奥尼尔倾身向前,将前臂支在桌上,我瞄到了他那闪着金光的手表,颜色金黄得不像是真的。

"哪一个?"

他皱了皱眉。"'哪一个'是什么意思?你认识几个亚历山大·沃尔夫?"

我微微动了动嘴唇,默数着。

"五个。"

他急躁地叹了口气。

"我指的是亚历山大·沃尔夫,"他以每个坐在办公桌后的英国人迟早会有的尖酸、卖弄的口吻说道,"在贝尔格来维亚区莱尔街有套房子。"

"莱尔街那个啊,差点忘了,"我发出啧的一声,"那就是六个。"

奥尼尔朝所罗门看了一眼,但没得到任何帮助。他转向我,露出瘆人的微笑。

---

① 一种装饰艺术风格,盛行于威尔士亲王乔治摄政时期。这种风格的工艺品笨拙庞大,装饰华丽。

25

"我问你,朗先生,关于他你知道多少?"

"在贝尔格莱维亚区莱尔街有套房子,"我说,"这对你有帮助吗?"

这一次,奥尼尔换了种策略。他深吸一口气,缓慢呼出,本想让我明白,在这具肥胖的躯壳下隐藏着一台冷血的杀人机器,恨不得跃过桌子来干掉我。真是一场可悲的表演。他伸手从抽屉里拿出一个牛皮纸文件夹,生气地快速翻阅起来。

"昨晚十点三十分,你在哪里?"

"在象牙海岸风帆冲浪。"我说,几乎抢在他把话说完之前。

"这是一个严肃的问题,朗先生,"奥尼尔说,"我强烈建议你给我一个严肃的回答。"

"我现在告诉你,这不关你的事。"

"我的事……"他正要说下去。

"你管的是国防,"我突然提高音量喊道,余光看到所罗门也转过来看着我,"国家给你发工资,就是要让你保证我有权干我想干的事,而用不着回答一堆该死的问题,"我将声音降到正常音量,"还有别的事吗?"

他没有回答,于是我转身朝门口走去。

"回见,大卫。"我说。

所罗门也没有回答。正当我要转动门把手的时候,奥尼尔说话了。

"朗,你要知道,你一离开这栋大楼,我就可以命人逮捕你。"

我转过身看着他。

"以什么罪名?"

我突然意识到情况不妙,因为从我进来到现在,奥尼尔第一次看起来放松了。

"串通谋杀罪。"

房间里异常安静。

"串通?"我说。

你明白大脑短路的感觉。通常,在大脑将话语送向唇边的过程中,你会在沿途某处先花点时间进行检查,确保那就是你下的订单,已经包装完好,然后才捆扎并送达上颚,最后进入空气。

但当你大脑短路时,检查的程序就会被搁置。

奥尼尔说的是"串通谋杀罪"。

我以质疑的口吻反问的应该是"谋杀";极小部分精神失常的人会选择"罪";但最不该出现的反问词就是"串通"。

当然,如果我们再进行一遍刚才的对话,我会给出不一样的回答。但我们没有。

所罗门看着我,奥尼尔看着所罗门。我急忙用一连串话来掩饰刚才的失误。

"你在说什么?你没有别的事可做了吗?如果你说的是昨晚的事,如果你看过我的口供,那么你该知道,我这辈子从没见过那个人,我面对非法袭击采取了正当防卫,在打斗的过程中他……撞了头。"

我突然意识到这个表述有多敷衍。

"警方,"我继续说,"对我们的口供非常满意……"

我没再说下去。

奥尼尔靠回到椅背上,把双手放到脑后。两边的腋窝下各有一块十便士硬币大小的汗渍。

"可不是吗?他们当然感到满意了。"他说,看起来自信得可怕。他等着我说点什么,但我什么也没想到,于是由着他往下说。"因为他们不知道我们现在知道的事。"

我叹了口气。

"上帝啊,这场对话真让人着迷,我都快要流鼻血了。你现在知道什么了不起的事了,要在如此荒谬的时间里把我拽过来?"

"拽?"他说,眉毛冲向了发际线。然后他转向所罗门。"你是把朗先生拽到这里的吗?"

奥尼尔突然变得戏谑而做作,看了叫人恶心。所罗门肯定和我一样震惊,因为他没有作答。

"我正在这个房间里浪费我的生命,"我没好气地说,"请说重点。"

"很好,"奥尼尔说,"有些事我们知道而警方不知道。一个星期前,一个名叫麦克拉斯基的加拿大军火商委托你完成一项任务。麦克拉斯基提出给你十万美金,让你……干掉沃尔夫。我们现在知道,你出现在沃尔夫位于伦敦的家里,和一个叫雷纳的人发生了正面冲突,而这个雷纳(又名怀亚特或米勒)其实是沃尔夫合法雇用的保镖。我们知道雷纳在这次正面冲突中身负重伤。"

我的胃似乎缩得和板球一样大、一样重。一滴汗沿着我的背滑落,这很不专业。

奥尼尔继续说:"我们知道,不管你跟警方说了什么,昨晚从沃尔夫家拨出了两次'999',而不是一次:第一次是叫救护车的,第二次才是报警的。两次电话相隔十五分钟。我们知道,你向警方提供的姓名是假的,理由我们目前还没有调查清楚。最后,"他抬头看我,像一个要从帽子里变出兔子的蹩脚魔术师,"我们知道,四天前,两万九千四百英镑,相当于五万美金,汇入了你在瑞士农庄①的账户,"他合上文件夹,微笑着,"先说这些怎么样?"

我坐在奥尼尔办公室中央的椅子上。所罗门在为我煮咖啡,为他自己泡甘菊茶,世界稍稍放慢了速度。

"听我说,"我说,"很明显我被人设计陷害了。"

"请解释一下,朗先生,"奥尼尔说,"为什么说很明显?"

他又开始造作起来。我做了个深呼吸。

"首先我要告诉你,我压根不知道那笔钱的事。谁都有可能从世界上任

---

① 伦敦卡姆登镇一区域。

何一家银行给我汇钱。这很容易做到。"

奥尼尔动作夸张地摘下他那派克钢笔的笔帽,在一本便笺本上匆匆记了几笔。

"还有那个人的女儿,"我说,"她目击了打斗的全过程。昨晚她向警方为我做了担保。你怎么不把她找来?"

房门开了,所罗门倒退着进来,维持着三只杯子的平衡。他把棕色雨衣脱下来放在了某处,现在正穿着一件相同颜色的拉链式开襟毛衣。奥尼尔显然被惹恼了,即使是我,也看得出来这跟房间不搭。

"我向你保证,我们的确想在合适的时机找沃尔夫小姐谈一谈,"奥尼尔一边说,一边小心翼翼地啜着他的咖啡,"但是,本部门直接的调查对象是你。你,朗先生,被委托了一项暗杀任务。不管有没有经过你的同意,这笔钱都汇入了你的银行账户。你出现在暗杀目标的住宅,差点杀了他的保镖。然后……"

"等等,"我说,"等一下。保镖是怎么回事?沃尔夫都不在。"

奥尼尔淡定地看着我。我讨厌他这样。

"我的意思是,"我继续说,"保镖怎么保护一个不在身边的人?靠打电话吗?这是个数码保镖吗?"

"朗,你搜查过房子,对吗?"奥尼尔说,"你去了亚历山大·沃尔夫家,为了找他搜查了房子?"他的嘴角笨拙地挤出一丝微笑。

"她告诉我他不在,"我说,被他的得意惹恼了,"哈,去你的。"

他微微退缩了一下。

"不过,"最后他说,"在那种情况下,你的出现足以让我们花费宝贵的时间和精力。"

我还是一头雾水。

"为什么?"我说,"为什么是你们,而不是警察?沃尔夫有什么特别的?"我看看奥尼尔,又看看所罗门,"既然问到这里了,那么我又有什么特别的?"

桌上的电话机叮铃铃地响起来,奥尼尔用娴熟而又夸张的动作迅速抓

29

起听筒,放到耳边,把电话线勾到手肘后面。他讲话的时候看着我。

"是?是……没错。谢谢。"

听筒被放回听筒架,立刻陷入沉睡①。看着他接电话的样子,我能断定接电话是奥尼尔的强项。

他在便笺本上潦草地写了几个字,把所罗门叫到桌子前。所罗门瞥了一眼上面的字,然后他们俩一起看向我。

"朗先生,你有武器吗?"奥尼尔带着愉快而专业的笑容问道,好像在问:你喜欢靠走廊还是靠窗的位置?

我有点反胃。"没有。"

"有获得武器的渠道吗?"

"退役后就没有了。"

"明白了。"奥尼尔点了点头说。他许久没吭声,核对着便笺本上的细节,确保自己没说错。"那么,要是我告诉你,在你的公寓里发现了一把十五发子弹的九毫米口径勃朗宁,你一定会感到惊讶咯?"

我想了一会儿。

"让我惊讶的是有人搜查了我的公寓。"

"这个先别管。"

我叹了口气。

"那好吧,"我说,"不,我并不十分惊讶。"

"什么意思?"

"我的意思是,我开始明白这是怎么回事了。"奥尼尔和所罗门的表情有些茫然。"哦,动动脑子吧,"我说,"任何肯花三万英镑让我看起来像个杀手的人,肯定舍得再花三百英镑让我看起来像个有把枪的杀手。"

奥尼尔用食指和拇指捏着下嘴唇左右摆弄了一会儿。

"我搞错了,是吧,朗先生?"

---

① 原文 cradle 意为"听筒架"或"摇篮",此处为作者玩的文字游戏。

"是吗?"

"对,我想是的。"他说。他不再摆弄嘴唇,它像只灯泡似的停留在那儿,好像不情愿恢复到原来的形状。"你若不是杀手,那就是有人要嫁祸于你。问题是,我所掌握的每一项证据都适用于这两种可能性,很难断定是哪一种。"

我耸了耸肩。

"所以你才会有这么大一张桌子。"我说。

最后他们不得不让我离开。不管出于何种原因,他们不希望警方介入调查这起非法持械的案件,而据我所知,国防部没有自己的监禁设施。

奥尼尔要我交出护照,我正要谎称自己把它落在了滚筒式烘干机里,所罗门二话不说就从自己的裤兜里掏出了护照。他们要我保持联系,如果再有陌生人来找我,就向他们汇报。我别无选择,只好答应了。

我走出大楼,在四月罕见的阳光下,信步穿过圣詹姆斯公园。得知雷纳不过是在做分内的事之后,我试着揣摩自己内心的变化。我还在纳闷,为什么自己会不知道他是沃尔夫的保镖,甚至不知道沃尔夫有个保镖?

但最让我纳闷的是,为什么连沃尔夫的女儿都不知道?

第三章

我们都崇拜上帝和医生,
但只在身陷危险时,而非之前。

——约翰·欧文

事实上,我为自己感到难过。

我习惯了身无分文,长期没有正经的工作。我被所爱的女人抛弃,年轻时也曾受剧烈的牙疼困扰。但是,所有这些似乎都比不上全世界与我作对的感觉。

我开始从记忆中搜寻自己能求助的朋友,但每次尝试做这类社交审计的时候,我总是意识到他们不是在国外,就是已过世,不是跟讨厌我的人结了婚,就是细究起来其实跟我交情不够深。

这就是为什么我会出现在皮卡迪利大街的电话亭里,给保利打电话。

"他正在法庭上,"接电话的人说,"我能帮您留言吗?"

"告诉他,托马斯·朗来电,如果他今天下午一点整不去斯特兰德大街上的'辛普森'请我吃午饭,那么他的律师生涯就结束了。"

"'律师生涯……结束了',"秘书复述了一遍,"他来上班时我会转告他的,朗先生,祝您愉快。"

保利,全名保罗·李,和我的关系有些特别。

之所以说特别,是因为虽然每过几个月我们就会以纯聚会的方式见一面——酒吧、餐厅、剧院、歌剧厅,都是保利的爱好,但是我们都坦承对彼此互不欣赏,没有一丁点的喜爱。如果我们的感觉和仇恨一样强烈,那么你可以把它看作情感的某种变态的表达方式。但我们并不视彼此为仇人,只是看不顺眼而已。

我认为保利有野心、贪婪成性、自命清高,他认为我游手好闲、不可靠、懒散邋遢。在我们的"友谊"中,你唯一可以找到的积极意义就是有来有往。我们会见面,在对方的公司里虚度一小时左右的时光,然后带着刚刚好同等分量的感恩之心道别:若非上帝眷顾,我也会是这副德性。保利承认,花五十五英镑请我吃一顿有烤牛排和红葡萄酒的午餐,他能从中得到恰好五十五英镑的优越感。

我不得不向餐厅领班借一条领带,他为了惩罚我,让我在两条紫色的领带之间做选择。十二点四十五分,我坐在"辛普森"的一张餐桌前,靠一大杯伏特加奎宁消除上午的不悦。其他很多用餐者都是美国人,这就解释了为什么烤牛排比烤羊排卖得快。美国人从来吃不惯羊肉。大概他们认为吃羊肉很娘娘腔。

保利在一点整准时到达,但我知道他会为迟到而道歉。

"对不起,我迟到了,"他说,"你在喝什么?伏特加?我也来一杯。"

侍者悄无声息地撤了,保利环顾四周,往下扯着领带结,下巴时不时地往前伸,以减轻领口给脖子的压力。和往常一样,他的头发柔顺光洁、无可指摘。他声称这种发质能增加陪审团的好感,但据我对他的了解,头发一直让保利处于劣势。事实上,他的身体条件并不好,但为了弥补他矮胖圆的身材,上帝给了他一头飘逸的秀发,也许能在黑白渐变中保留至耄耋之年。

"干杯,保利。"我说,仰头灌了一口伏特加。

"嗨,最近怎么样?"保利说话的时候从不看着对方。哪怕你背靠着一堵砖墙,他仍会看向你身后。

"很好,很好,"我说,"你呢?"

"总算帮那个混蛋脱罪了。"他惊叹地摇了摇头。这是个常为自己的能力感到吃惊的人。

"我不知道你还接同性恋者①的案子,保利。"

保利没有笑。他只在周末才会笑。

"不,"他说,"是我跟你说过的那个家伙,用园艺锹打死外甥的那个。我帮他摆平了。"

"但是你说确实是他干的。"

"是的。"

"那你是怎么做到的?"

"就拼命说谎啊!"他说,"你要吃什么?"

等汤的时候,我们相互汇报着工作上的进展,保利的每一次成功都让我感到乏味,而我的每一次失败都让他听得津津有味。他问我是否缺钱,虽然我俩都知道,即使我缺钱,他也丝毫没有要借钱给我的打算。我问他过去的假期过得如何,以后的假期怎么度过。说起假期,保利如数家珍。

"我们整个团在地中海上雇了艘船。水肺潜水、风帆冲浪,想玩什么就玩什么。船上还有'蓝带'名厨呢!"

"帆船还是引擎船?"

"帆船,"他皱了皱眉,突然老了二十岁,"不过,现在想想,也许船上有引擎。有工作人员负责开船之类的事。你要度假吗?"

"还没想过。"我说。

"反正你一直在度假,不是吗?不需要再休假了。"

"说得好,保利。"

"对吧?退役后你都做过什么?"

"顾问。"

"顾问个屁。"

"别以为我好说话,保利。"

---

① 原文 bugger 有"混蛋"和"同性恋者"两种意思。

"好吧。我们来问问餐饮顾问,汤怎么还不上。"

我们回头找侍者的时候,我看到了跟踪我的人。

两个男人坐在门口的座位上,喝着矿泉水,我一看向他们,他们就转头看向别处。年长的那个好像和所罗门出自同一位设计师之手,年轻的那个正在往那方面努力。他们看上去都很可靠,有他们在附近让我感到安心。

汤上来后,保利尝了一口,评论说味道还可以。我沿着桌子把椅子移到他边上,凑近他。我并没有打算借用他的智慧,因为老实说他的想法没有多少建设性,但我想问问也无妨。

"保利,沃尔夫这个名字你有印象吗?"

"是人名还是公司名?"

"人名,"我说,"我想是个美国人,做生意的。"

"他犯了什么事?酒驾?我现在不接这种案子了,要接,那也是天价。"

"据我所知,他什么也没干,"我说,"只想知道你有没有听说过这个人。他的公司叫盖恩·帕克。"

保利耸了耸肩,把一个面包卷撕成小块。

"我可以帮你查一查。为什么问起他?"

"跟工作有关,"我说,"我回绝了,但还是有点好奇。"

他点了点头,往嘴里送面包块。

"我几个月前向别人推荐过你。"

我把汤勺停在了碗和嘴的中间。这不像保利,他从不插手我的事,更别说帮我了。

"什么样的工作?"

"对方是一个加拿大人。需要一个人干些体力活,保镖之类的工作。"

"他叫什么名字?"

"忘了。J打头的,好像。"

"麦克拉斯基?"

"麦克拉斯基不是J打头的吧?叫约瑟夫还是雅各布来着,"他迅速放弃了回想,"他找过你吗?"

"没有。"

"真可惜。我还以为他同意了。"

"你报了我的名字?"

"不,我报了你的鞋码。我当然报了你的名字,好吧,当然不是马上就给的。我先给他找了几个我们偶尔会用的私人侦探,他们之中有几个是身材魁梧的保镖,但他不喜欢。他说要找个面向高端市场的。在军队里待过的,他说。你是我唯一能想到的人。还有安迪·希克,不过他在商业银行的年收入是二十万美金。"

"我很感动,保利。"

"不用谢。"

"你是怎么碰到他的?"

"他来找'太妃糖',我正好在场。"

"'太妃糖'是个人?"

"就是主管斯宾塞,他自称'太妃糖'(Toffee)。我不清楚为什么。也许和高尔夫中的'开球'(tee-off)有关。"

我想了一会儿。

"你不知道他为什么找斯宾塞吗?"

"谁说我不知道?"

"你知道?"

"不知道。"

保利紧盯着我身后的某处,我转身去看他在看什么。门口那两个人现在正站着。年长者和领班说了些什么,领班示意一个服务员来到我们的桌子前。几个用餐者看着这一切。

"朗先生?"

"是我。"

"有您的电话,先生。"

我朝保利耸了耸肩,他正舔湿手指,从桌布上粘起面包碎片。

当我走到门边时,年轻的跟踪者不见了。我试图和年长的跟踪者对视,但他正仔细地看着墙上一幅无名的印刷品。我接起电话。

"主人,"所罗门说,"丹麦的情形一团糟。"

"哦,真遗憾,"我说,"之前那么顺利。"

所罗门正要回答,但线路中发出咔嗒声和砰的一声,接着是奥尼尔尖细的嗓音。

"朗,是你吗?"

"是。"我说。

"那个女孩,朗,不,应该说是女人,你知道她现在可能在哪儿吗?"

我笑了。

"你问我她在哪儿?"

"是的。我们在找她时遇到些困难。"

我瞥了一眼跟踪者,他还在看印刷品。

"很可惜,奥尼尔先生,我帮不了你,"我说,"你知道,我没有九千名手下和两千万英镑的预算用来找人并跟踪他们。不过我建议你,可以试试国防部的保安,他们应该很擅长干这类事。"

但他在我说"国防部"的时候就把电话给挂了。

我留下保利埋单,坐上开往荷兰公园的公交车。我想看看奥尼尔的人是否把我的公寓弄得一片狼藉,也想确认有没有其他名字出自《圣经》的加拿大军火商来找我。

所罗门派来的跟踪者跟着我一起上了公交车,他们望着窗外,仿佛这是他们第一次游览伦敦。

当我们到达诺丁山站时,我朝他们俯身。

"你们可以和我一起下车,"我说,"省得到了下一站再跑回来。"年长者避开了我的视线,但年轻者龇牙笑了笑。结果是,我们一起下了车,他们待在街对面,我则回到了自己的公寓。

我早就知道他们擅自搜查了我的公寓。虽然并不指望他们帮我换床单、用吸尘器打扫房间,但我原以为他们能让房间保持得像样一些。没有一件家具在原来的位置,少有的几幅画都歪了,书架上的书排序被打乱。他们甚至在音响里换了张CD。也许他们认为长发教授①的音乐更符合搜查的氛围。

我不想费力去恢复房间的布置,而是走进厨房,烧上一壶水,用响亮的声音问:"茶还是咖啡?"

卧室里传出轻微的窸窣声。

"还是你更想喝可乐?"

水壶呼哧呼哧地烧着水,我一直背对着门,不过听到了她向厨房门口走来的声音。我往一只马克杯里倒了些咖啡粉,转过身去。

萨拉·沃尔夫这回没穿丝绸睡袍,而是穿着一件深灰色球衫领棉衬衣和一条褪了色的紧身牛仔裤。她的头发束了起来,随意地固定在脑后,有些女人五秒钟就能搞定这种发型,而有些女人需要五天。作为和衬衣颜色相配的饰物,她的右手拿着一把点二二口径的沃尔特TPH半自动手枪。

这是个漂亮的小东西,有笔直的后坐力,弹匣容量为六发,枪管长二点二五英寸。同时,这也是把一文不值的武器,因为除非你能百分之百命中心脏或大脑,否则你只会惹恼你的射击目标。对大多数人来说,一条湿滑的鲭鱼是更合适的武器。

"那么,芬彻姆先生,"她说,"你怎么知道我在这儿?"她的语气和表情一样冷冰冰的。

"'花之花',"我说,"去年圣诞节我送了一些给保洁员,但我知道她没用。那肯定就是你了。"

---

① Professor Longhair(1918—1980),原名 Henry Roeland Byrd,是入选摇滚名人堂的早期布鲁斯传奇巨匠,新奥尔良之声的代表人物。

她疑惑地抬起眉毛,打量了一圈公寓。

"你有保洁员?"

"是,我知道,"我说,"上帝保佑她。她上了年纪,有关节炎,肩部以上和膝盖以下的地方她够不着。我努力把所有需要清理的东西都放在她齐腰的位置,但有时候……"我笑了笑。她没有反应。"既然这样,你是怎么进来的?"

"门没有锁。"她说。

我带着厌恶的表情摇了摇头。

"那真是恶劣。我要向我的下院议员写投诉信。"

"什么?"

"这个地方,"我说,"今天上午被安全局的人搜查过。他们可是用纳税人的钱训练出来的专业人员,干完活竟然不锁门。这算哪门子安全局?我只有无糖可乐,可以吗?"

那把枪还指着我大致的方位,但没有跟踪我到冰箱前。

"他们在找什么?"她现在正望着窗外,看上去真像度过了一个糟糕的上午。

"你问倒我了,"我说,"我的碗柜底层有一件粗棉布衬衣。也许现在看起来有点越界。"

"他们找到过一把枪吗?"她依然没有看我。水壶发出咔嗒一声,我往马克杯里倒了些开水。

"是的,他们找到了。"

"你用来杀我父亲的枪。"

我没有转身,继续泡我的咖啡。

"没有这样一把枪,"我说,"他们找到的枪是有人放在这儿的,为了让我看起来像要用它来杀你父亲。"

"那么,这一招很管用。"现在她直视着我,那把点二二正对着我。但我一向能保持超乎寻常的冷静,于是我往咖啡里倒了些牛奶,点燃一支烟。这

39

让她很生气。

"你是那种妄自尊大的杂种,对吗?"

"我说了不算。我母亲爱我。"

"是吗?这能成为我不开枪的理由吗?"

我本来希望她不会提到"枪"或"射击"的字眼,因为国防部监听一个房间的经费还是有的。但既然她提到了,那么我很难无视。

"在你开枪之前,我能提出辩解吗?"

"说。"

"如果我想用枪来杀你父亲,为什么我昨晚去你家时没有带在身上?"

"也许你带了。"

我没说话,啜了口咖啡。

"很合理,"我说,"好吧,如果我昨晚把枪带在身上,那在雷纳要折断我手臂的时候,我为什么不直接开枪?"

"也许你想开枪。也许正因为这样,雷纳才要折断你的手臂。"

看在上帝的分上,这个女人真让人心烦。

"这也很合理。好吧,那么告诉我,他们找到一把枪的消息是谁透露给你的?"

"警察。"

"不,"我说,"他们可能自称警察,但其实不是。"

我正想着朝她猛扑过去,也许先泼咖啡,但是现在这样做已没有意义。我看到她身后,所罗门的两个跟踪者正慢慢穿过客厅,年长者用双手在身前举着一把左轮手枪,年轻者只是默默地笑着。我决定把事情交给正义之轮来处理。

"谁告诉我的不重要。"萨拉说。

"正相反,我想这很重要。一个推销员跟你说一台洗衣机很好用是一回事,但如果坎特伯雷大主教告诉你它很好用,并且能在低温环境下去除污垢,那就完全是另外一回事了。"

"你在说……"

当他们距她只有几英尺时,她听到了动静,正要转身,年轻者熟练而又轻巧地抓住了她的手腕,把它往下一转拧到她身后。她短促地叫了一声,枪从手中滑落。

我捡起枪,枪柄朝前递给了年长者。我是个多么遵纪守法的人,要是这个世界知道这一点就好了。

奥尼尔和所罗门到的时候,萨拉和我正舒适地坐在沙发上,两个跟踪者杵在门边,所有人都无心进行对话。奥尼尔一出现,公寓里突然像多了很多人。我提出想出门买块蛋糕,但是奥尼尔摆出一副肩负西方世界保卫工作的表情,所以我们都闭上了嘴,静静地看着自己的指甲。

奥尼尔和跟踪者说了几句悄悄话,后者安静地退下。接着奥尼尔来来回回地踱起步来,不屑地看着自己拿起来的东西。显然他在等待着什么,对方不在这个房间里或要进门来,所以我站起身,穿过房间,来到电话机前。我的手一碰到听筒,电话铃就响了。就是这么凑巧,人生也是一样。

我拿起听筒。

"'毕业生研究'。"说话的人声音刺耳,带着美国口音。

"找谁?"

"你是奥尼尔?"现在对方的声音里有一丝怒意。这不是那种你能向他借糖的好心人。

"我不是,但奥尼尔先生在这里,"我说,"你是谁?"

"该死的,让奥尼尔听电话,行吗?"电话那头说。我转身看到奥尼尔伸着手,大步朝我走来。

"懂点礼貌再来。"说完,我挂了电话。

一阵短暂的沉默后,许多事瞬间同时发生了。所罗门把我带回到沙发旁,不粗暴,但也不温柔。奥尼尔朝那两个跟踪者大吼,两个跟踪者互相大吼。此时,电话铃又响了。

奥尼尔抓起听筒,立刻扯起电话线,但这套他之前为了显摆主人身份的动作并不适用于这条电话线。在奥尼尔的世界里,与电话那头严厉的美国人相比,奥尼尔明显成了不那么重要的人物。

所罗门把我摁到萨拉身旁,萨拉厌恶地挪开了。能在自己家遭到这么多人恨,也是挺难得的。

奥尼尔点头称是了约一分钟,然后将听筒轻轻地放回去。他看着萨拉。

"沃尔夫小姐,"他说,表现出最大限度的礼貌,"你得尽快去美国大使馆见一位拉塞尔·巴恩斯先生。这里的一位绅士会开车送你。"奥尼尔看向别处,好像指望她马上就会起身离开似的。萨拉并没有挪步。

"见你的大头鬼去吧。"她说。

我笑出了声。

不巧,笑出声的只有我一个人,奥尼尔对我摆出一个在他脸上越来越常见的表情。但萨拉还瞪着他。

"我想知道你们怎么处置这个人。"她说着,朝我歪了歪头。我想还是收起笑容为妙。

"我们会想办法的,沃尔夫小姐,"奥尼尔说,"同时,你有义务前往你们的使馆……"

"你们不是警察,对吗?"她说。奥尼尔看起来有些不安。

"不是,我们不是警察。"他小心翼翼地说。

"我想让警察来这里,以谋杀未遂的名义逮捕他。他试图杀我父亲,而且据我所知,他会再次下手。"

奥尼尔看看她,又看看我,最后看向所罗门。他似乎想向我们中的一个寻求帮助,但我想没人会帮他。

"沃尔夫小姐,上头派我来告诉你……"

他话到嘴边又停下了,好像忘了上头是不是真的委派过,即使委派了,也不知委派人是否出于本意。他皱了一会儿鼻子,决定继续说下去。

"上头派我来告诉你,你的父亲目前是美国政府机构在我们国防部的协助下调查的对象。"这句话仿佛一枚重磅炸弹,我们听完都静静地坐在那儿。奥尼尔迅速地瞥了我一眼。"我们两国会慎重考虑,是起诉朗先生,还是采取其他行动来控制你父亲或他的行动。"

我不擅长解读表情,但连我都看得出,这些话对萨拉来说是不小的打击。她的脸从土灰转为苍白。

"什么行动?"她说,"调查什么?"她的声音听起来很紧张。奥尼尔有些不自在,我知道他是怕她大哭起来。

"我们怀疑,"他最后说,"你父亲往欧洲和北美输送一级禁运品。"

房间里鸦雀无声,所有人都看着萨拉。奥尼尔清了清嗓子。

"你父亲非法贩运毒品,沃尔夫小姐。"

现在轮到她笑出声了。

第四章

草丛里藏着冰冷的蛇。

——维吉尔

好事也罢,坏事也罢,这件事告一段落了。两个所罗门同款用一辆路虎把萨拉火速送往格罗夫纳广场。奥尼尔叫了辆出租车,但车迟迟没有来,让他多了些时间对我家里的摆设嘲笑一番。真所罗门留下来洗马克杯,洗完后他建议我跟他两个人出去痛快地喝点滋补的温啤酒。

现在才五点半,许多酒吧里已经挤满了穿着西装、以防别人误解留着小胡子的年轻人,正对国际局势侃侃而谈。我们得以在"双颈天鹅"的包厢区找到一张空桌子,在那里,所罗门掏空了所有口袋,找出一大把零钱。我让他去跟国防部报销,他说要从我的三万英镑里扣。我们扔硬币决定,我输了。

"感谢你的好意,主人。"

"干杯,大卫。"我们各自喝了一大口,接着我点了支烟。

我等着所罗门先开口,对过去二十四小时发生的一系列事件发表看法,但他似乎满足于只是安静地坐着,听附近一帮房产中介讨论警报系统。他让我觉得,出来喝酒是我的提议,这我可不能接受。

"大卫。"

"先生。"

"这是有目的的?"

"有目的?"

"他们让你把我带出来的,是吗?夸我几句,把我灌醉,确认我有没有跟玛格丽特公主上床?"

听到我亵渎王室家族,所罗门有些恼火,这也是我说这话的目的。

"我的工作是让你不离开我的视线,先生,"他最后说,"我想我们坐在一起会更有意思。仅此而已。"他似乎自以为回答了我的问题。

"那么,最近怎么样?"我说。

"怎么样?"

"大卫,如果你打算仅仅坐在这儿,像个牙牙学语的孩子一样,瞪大双眼,重复我说的每一句话,那么今晚将无聊至极。"

我们沉默了片刻。

"无聊至极?"

"别说了。你清楚我的为人,大卫。"

"我的确有此殊荣。"

"我可能做过很多事,但绝对不是杀手。"

"在这一行干了那么多年,"他又喝了一大口啤酒,咂咂嘴,"让我觉得,主人,任何人都绝对不是杀手,直到他们杀了人。"

我看了他一会儿。

"我要说脏话了,大卫。"

"随你的便,先生。"

"这话是什么意思?"

房产中介的话题转移到了女人的胸部,从中他们获得了极大的乐趣。听他们聊天,我感觉自己有一百四十岁了。

"就像狗的主人,"所罗门说,"'我的狗不咬人',他们说,直到有一天,他们无奈地说,'它以前从没咬过人',"他看着我,看到我眉头紧锁,"我的意思是,任何人都没法真正了解一个人——或一条狗。"

我把杯子重重地搁在桌上。

"任何人都没法了解一个人?真有见地。你是说,即使两年来我们形影不离,你还是不知道我会不会为了钱杀人?"我承认听到所罗门的话我有些

45

生气。我不是那么容易生气的人。

"你认为我会吗?"所罗门说,嘴边还挂着那愉快的微笑。

"我认为你会不会为了钱杀人?不会。"

"你确定?"

"是的。"

"那你就是个傻瓜,先生。我杀过一男两女。"

这我知道。我还知道他为此承担了不少压力。

"但不是为了钱,"我说,"不属于杀手的范畴。"

"我是王国的公仆,主人。政府为我偿还房贷。不管你怎么看——相信我,我已经从许多角度看过,那三个人的死让我得以糊口。再来一杯?"

我还没来得及回答,他就拿起我的杯子走向吧台。

我看着他从房产中介的人群中开辟出一条路来,不由得回想起在贝尔法斯特,我和他一起玩"牛仔和印第安人"的场景。

那是痛苦的岁月中为数不多的快乐时光。

一九八六年,所罗门和其他十几个伦敦警察厅政治保安处的人,被招募进北爱尔兰皇家警察部队,以填补临时出现的空缺。他很快成为这群人中的佼佼者,在约定的工作期限即将结束时,一些极不知足的北爱尔兰人让他继续干,并在效忠派准军事目标身上试试手,他照做了。

半英里外,在自由旅行社上方的几个房间里,我即将迎来八年役期的尾声。我的部队隶属一个叫 GR24 的分队,它的名字很简洁,是众多为了与北爱尔兰争夺商业地盘的军事情报分队中的一个,也许现在还在。我的战友几乎全是伊顿公学的老校友,他们办公时戴领带,周末飞往苏格兰松鸡猎场打猎。于是,我和所罗门就走得越来越近了,不过大部分时间都是在暖气出了故障的车里待命。

但我们时不时地下车做些有意义的事。我们在一起的九个月里,我看到所罗门做出了很多勇敢、不凡的事迹。他杀了三个人,但救了几十个人,包括我。

房产中介在取笑他的棕色雨衣。

"沃尔夫并非善类,你知道。"他说。

我们正在喝第三杯啤酒,所罗门已解开了他的第一颗扣子。如果我有扣子,也会解开的。酒吧里的人变少了,人们不是回到妻子身边,就是赶往电影院。我点燃了第一百零一支烟。

"因为贩毒?"

"因为贩毒。"

"还有别的原因吗?"

"还需要别的原因吗?"

"当然,"我看向所罗门,"如果处理这一切的不是缉毒队,那么必须还有别的原因。他和你的部门有什么关系?难道是现在经济不景气,你们不得不接点别的业务?"

"我从没这么说过。"

"你当然不会这么说。"

所罗门沉默了一会儿,掂量着要说的话,显然其中一些内容有点沉重。

"一个富商,一个实业家,来到这个国度,声称要在这里进行投资。英国贸工部给了他一杯雪莉酒和一些闪亮精美的宣传册,他开始实施计划,告诉他们自己要制造不同种类的金属和塑料部件,如果他们不介意,他想在苏格兰和英格兰东北部建几座工厂。贸工部的一两个人兴奋极了,迫不及待地向他提供两千万英镑的拨款和切尔西的居民停车许可证。我不知道哪一样更有价值。"

所罗门啜了口啤酒,用手背擦了擦嘴。他看上去愤愤不平。

"时间过去了,支票兑现了,工厂造好了,白厅接到了一通电话。这是从华盛顿打来的国际长途。'你们知道一个制造塑料品的富有的实业家同时还从亚洲进口大量鸦片吗?''上帝啊,我们当然不知道,感谢您告知这一消息,顺便代我问候您的妻子和孩子。'恐慌。富有的实业家现在正控制着我们的一大笔资金,雇用着我们的三千个公民。"

说到这里,所罗门仿佛耗尽了力气,好像控制愤怒的努力对他来说已经到了极限。但我等不及听下去。

"然后呢?"

"然后,一个由不见得多有智慧的男人和女人组成的委员会,聚齐他们肥硕的脑袋,商定可行的作战方案,包括不行动、不行动、不行动,以及报警。他们唯一肯定的是,他们不喜欢最后一项举措。"

"而奥尼尔……"

"奥尼尔得到了机会。监视、监禁、伤害控制。随便你怎么称呼那些该死的差事,"对所罗门来说,"该死的"是脏话,"当然,这一切和亚历山大·沃尔夫没有任何关系。"

"当然没有,"我说,"那么沃尔夫现在在哪儿?"

所罗门瞥了一眼手表。

"此刻,他正在从华盛顿飞往伦敦的英航波音747客机的6C座位上。如果他有点清醒,那么应该会点惠灵顿牛排。他也可能爱吃鱼,但我不确定。"

"他会看什么电影?"

"《二见钟情》①。"

"我对此表示钦佩。"我说。

"上帝尽在细节,主人。虽然这工作很差劲,但我不一定要敷衍了事。"

我们在沉默中放松地喝了点啤酒。但我还是得问他。

"现在,大卫。"

"悉听尊便,主人。"

"你能否解释一下,我是怎么被扯进来的?"他的表情好像在说"天知道"。于是我步步紧逼:"我是说,谁想杀他?为什么要陷害我?"

---

① 上映于1995年的美国影片,这一年正是作者写本书的时间。

所罗门喝光了杯子里的啤酒。

"不知道为什么,"他说,"至于是谁,我们认为可能是中情局。"

晚上,我翻来覆去,颠来倒去,就是睡不着,从床上爬起来两次,用那部减税的录音机录了些关于事态发展的愚蠢独白。整件事中,有些疑点让我感到困扰,也有些猜测让我感到害怕,但时常闯入我脑海并久久挥散不去的是萨拉·沃尔夫的身影。

你知道,我没有爱上她。这怎么可能呢?毕竟我只在她身边待过几个小时,而且这几个小时也充满了紧张的气氛。不,我肯定没有爱上她。要让我爱上一个人,一双亮灰色的眼睛和一头飘逸的褐色鬈发可远远不够。

看在上帝的分上。

第二天早上九点,我戴上嘉里克俱乐部的领带,穿上那件扣不起来的外套,在九点半到达瑞士农庄的英国国民威斯敏斯特银行,按响了问讯处的铃。我心里还没有清晰的计划,但我想,十年来第一次直面我的银行经理,或许能提升士气——即使我账户里的钱不是我的。

接待员把我带到经理办公室门外的一间等候室里,给了我一杯用一次性塑料杯装着的速溶咖啡,烫得没法下口,但过了百分之一秒后,它突然又冷得过头了。我正要把咖啡倒到橡胶做的盆栽后面,一个九岁黄毛小子从门内探出头来,招手叫我进去,他自称是分行经理格雷厄姆·哈尔克斯顿。

"朗先生,有什么我能帮您的吗?"他说着,坐进一把同样长着黄毛的小椅子里。

我坐到他对面的椅子里,抚平领带,摆出一副要谈大业务的姿势。

"唔,哈尔克斯顿先生,"我说,"我想查一笔最近汇入我账户的钱。"

他低头看了一眼桌上一份电脑打印的资料。

"是不是四月七日的一笔汇款?"

"四月七日,"我谨慎地重复道,试着不把它跟四月收到的其他三万英镑进账搞混,"是的,"我说,"应该就是那一笔。"

他点了点头。

"两万九千四百十一英镑七十六便士。朗先生,您是想转账吗?我们这里有各种高收益产品,会符合您的需求的。"

"我的需求?"

"是的。起购金低,利息高,六十天分红,机会不容错过。"

听到一个大活人这样说话,感觉很奇妙。在我以往的人生中,我只在广告牌上看到过这些话。

"很好,"我说,"很好。就目前来说,哈尔克斯顿先生,我的需求是你把这笔钱用一把牢靠的锁锁在一个房间里。"他茫然地看着我。"我对汇款来源更感兴趣。"他的表情从茫然变为空洞。"哈尔克斯顿先生,是谁给了我这笔钱?"

我看得出,在银行的日常工作中,这样来路不明的赠款并不常见。哈尔克斯顿又茫然了好一会儿,沙沙地翻了几页纸,然后在电脑上查起来。

"这笔钱是用现金汇过来的,"他说,"所以没有汇款来源的记录。如果您愿意稍等一会儿,我可以调出转账贷方传票。"他拨了内线电话,向金尼交代了一声,没过多久,金尼便抱着一个文件夹赶了过来。当哈尔克斯顿翻阅查找文件的时候,我在一旁思索,金尼是怎么支撑起涂满脂粉的脑袋的。在脂粉的后面,她也许长得还不错。她也可能是德克·博加德①,我永远无从知晓。

"在这儿,"哈尔克斯顿说,"汇款人一栏为空,但有签名。太女己。也可能是太妃。太妃糖,没错。"

保利的办公室在中殿律师学院,我记得他告诉过我在离弗利特街不远

---

① 德克·博加德(Dirk Bogarde, 1921—1999),英国男演员,曾主演《魂断威尼斯》《午夜守门人》等电影。

的地方。最后我还是借助黑色出租车找到了它。平时我不打车,但刚才在银行的时候决定,不妨取几百英镑出来,犒劳自己一番。

保利正在法庭上为一起肇事逃逸案辩护,在正义之轮下扮演着刹车板的角色,因此我没有进入弥尔顿·克劳利·斯宾塞办公室的权限,只好向前台接待员老实交代自己要"申诉"的内容。等他问完话,我的心情比在任何一间性病诊所做完检查时还要沮丧。

当然并不是说我去过很多性病诊所。

通过初步经济状况调查后,我来到一间堆满过期《运通》的等候室打发时间,那是专为持美国运通卡的客户发行的刊物。我坐在那儿,了解着杰明街上的裤子定制店、北安普敦的针织袜子店、巴拿马的草帽店,以及克里·帕克[1]有多大几率赢得本年度在史密斯草地马球场举办的"凯歌皇牌香槟"杯马球冠军赛,还读遍了所有重大新闻背后的故事。之后,接待员终于回来,朝我抬起一对欢欣鼓舞的眉毛。

我被带进一个橡木嵌板的宽敞房间,三面墙的架子上全是大人物对决众多小人物的案宗,第四面墙边摆着一排木质文件柜。桌上是一张三个孩子的合照,看上去像从一本产品目录上订购的,旁边是一张丹尼斯·撒切尔[2]的签名照。这两张照片都朝着外面,我正在为这一古怪的摆法纳闷,突然一扇连通门开了,斯宾塞立时出现在我眼前。

斯宾塞就像长高了的雷克斯·哈里森[3],头发灰白相间,眼镜呈半月形,衬衫雪白,白得反光。他坐下的时候,我没有亲眼看到他计时。

"芬彻姆先生,让您久等了,请坐。"

他挥手示意了整个房间的范围,好像让我选喜欢的位子坐,但房间里只有一把椅子。我一坐下,椅子就发出一声撕心裂肺的尖叫,吓得我立刻跳了

---

[1] 克里·帕克(Kery Packer, 1937—2005),澳大利亚传媒大亨。
[2] 丹尼斯·撒切尔(Denis Thatcher, 1915—2003),英国前首相撒切尔夫人的丈夫。
[3] 雷克斯·哈里森(Rex Harrison, 1908—1990),英国话剧、电影演员。因出演电影《窈窕淑女》获1964年奥斯卡最佳男主角奖。

起来。这声尖叫非常响,我能想象街上的行人停下脚步,抬头盯着这个房间的窗户,考虑是否要报警。而斯宾塞似乎根本没有注意到。

"我没在俱乐部里见过你。"他说,摆出一个昂贵的微笑。

我重新坐下,致使椅子又发出一声咆哮。我试着调整坐姿,尽量降低椅子的噪声,让我们的对话多少能清晰而顺利地进行下去。

"俱乐部?"我说。他指了指我的领带,我低头去看。"啊,你是说嘉里克?"

他点了点头,保持着微笑。

"不,"我说,"我不经常来城里。"我手一挥,假装自己住在威尔特郡拥有几千英亩土地和不少拉布拉多犬的庄园里。他点点头,好像已经推算出我确切的住址,下次可能还会顺道过来用点午餐。

"言归正传,"他说,"我能为你做什么?"

"这事有点难以启齿……"我开始说。

"芬彻姆先生,"他圆滑地插嘴道,"如果一个委托人跑来说,他想寻求帮助的事情很容易开口,那么我也该离开这个行业了。"从他的表情可以看出,我该把这当成一句妙语。但我只能想到,这句话可能花了我三十英镑。

"那我就放心了。"我说,认同了他的玩笑。我们放松地微笑着,看着对方。"事实上,"我继续说,"我的一个朋友最近告诉我,你给他推荐了一些拥有不寻常技能的人,对他极有帮助。"

他沉默了一会儿,或许那只是我的错觉。

"我知道了。"斯宾塞说。他稍稍收起笑容,眼镜往下移,下巴抬高五度。"能否告诉我,您的这位朋友叫什么名字?"

"我还是不说得好。他告诉我,他需要……类似保镖的人,能够时刻准备履行某种非传统的职责,还说你提供了几个名字。"

斯宾塞向后靠到椅子上,从上往下仔细打量着我。我能看出会面已经结束,他现在只是在思考用最优雅的方式告诉我这一点。过了一会儿,他用那轮廓分明的鼻子慢慢地做了个深呼吸。

"您可能对我们提供的服务有些误解,芬彻姆先生,"他说,"我们是一家律师事务所。我们在法庭上为委托人提供辩护。那才是我们的职能。我们不是一家职业介绍所,我想这是导致您误解的关键。如果您的朋友在我们这里得到令他满意的服务,那我很高兴。但我希望并相信,您的朋友得到的是我们提供的法律相关的建议,而不是人事推荐,"从他嘴里说出的"推荐"听起来令人不悦,"您联系一下这位朋友,找他问清楚您想要知道的信息,这样是否更合适?"

"问题就在这里,"我说,"我的朋友已经离开了。"

一阵沉默后,斯宾塞慢慢眨了眨眼。慢慢眨眼带有一种奇怪的侮辱性。我知道这一点是因为我也常用这招。

"请用前台办公室的电话,别客气。"

"我不知道他的号码。"

"哎呀,芬彻姆先生,这就难办了。那么,如果您不介意的话……"他把眼镜往上扶,投入到桌上的文件中。

"我的朋友需要一个人,"我说,"去了结另一个人的性命。"

眼镜下滑,下巴抬高。

"这样。"

一阵长久的沉默。

"这样,"他又说了一遍,"这本身是违法的行为,他很难得到本事务所任何律师的协助,芬彻姆先生……"

"他肯定地说你帮了不少忙……"

"芬彻姆先生,请允许我坦诚地说,"他的声音镇定了不少,我想法庭上的斯宾塞一定很有趣,"我怀疑你是个侦探。"他说"侦探"时的法语发音无懈可击,充满了自信。他在普罗旺斯有别墅,毫无疑问。"我没法判断是出于什么动机,"他继续说,"也不感兴趣。但我不想再跟你多费口舌了。"

"除非你的律师在场。"

"再见,芬彻姆先生。"眼镜扶到原位。

"我的朋友还告诉我,你给他的新雇员汇了一笔钱。"

他没有回应。我知道从斯宾塞先生的嘴里吐不出任何信息了,但我还是不肯放弃。

"我的朋友告诉我,你亲自签了转账贷方传票,"我说,"用你自己的名字。"

"我开始厌倦你朋友的事了,芬彻姆先生。我再说一遍,再见。"

我起身,朝门口走去。椅子发出一声如释重负的尖叫。

"前台的电话我还能用吗?"

他甚至没有抬头看我。

"电话费会计入您的账单。"

"什么账单?"我说,"你没给我任何东西。"

"我给过您我的时间,芬彻姆先生。如果你不想加以利用,那是你的事情。"

我打开门。

"还是谢谢你,斯宾塞先生。顺便告诉你……"我等着,直到他抬头看我,"嘉里克俱乐部里有传言说你玩桥牌作弊。我说那简直是胡扯,但你也知道这种事是阻止不了的。人们总爱编故事。就是想让你知道。"

这反击太弱了。但我当时只能想到这个。

接待员感觉到我是个不速之客,愤愤地警告我,过几天我就会收到账单。

我谢过他的好意,走向楼梯。正要离开的时候,我注意到有个人接了我的班,正读着过期《运通》——为持美国运通卡的用户发行的刊物。

穿灰色西装、又矮又胖的人,这范围可不小。

穿灰色西装、又矮又胖、我在阿姆斯特丹的酒店酒吧捏过他裆部的人,那范围就很小了。

事实上,只有一个人。

第五章

将一根麦秸秆抛向空中，
它飘向哪儿，风就吹向哪儿。

——约翰·塞尔登

跟踪一个人而又不让他察觉，可不像电影里演的那样轻松。作为专业人员，我曾有过几次跟踪经历，但大多只是无功而返，向上级报告自己跟丢了目标。除非你跟踪的对象耳聋眼瞎、腿脚不利索，否则需要至少十几个人手、一万五千英镑的短波无线电，才能开展一场像样的跟踪行动。

问题在于，麦克拉斯基是所谓的"内行"——知道自己是潜在的跟踪目标，也知道如何摆脱跟踪者。我不能冒险离他太近，唯一可以避免这一点的就是奔跑，与他处于同一条直线时躲起来，一旦他转过拐角，就拼命冲刺跟上，如果他返回，还得及时止步避免碰上他。当然，所有这些都不会因为一套专业的服装而变得更容易，因为还要考虑不止我一个人跟踪他的可能性，别的跟踪者或许会怀疑我这个一会儿冲刺、一会儿小碎步、还假装看风景的疯子。

第一段路轻而易举。麦克拉斯基沿着弗利特街大摇大摆地走到斯特兰德大街，但当他到达萨伏依酒店时，他突然穿过马路，往北走进考文特花园。在那儿，他在商店中间漫无目的地闲逛，看了五分钟圣保罗教堂外的杂耍。之后他精神大振，以轻快的脚步朝圣马丁大道走去，来到路对面的莱斯特广场，接着他用假动作突然转向朝南往特拉法加尔广场走去。

当我们到达干草市场的尽头时，我满头大汗，祈祷他能叫一辆出租车。到小摄政街时，他终于叫了一辆，我熬了二十秒后也上了车。

显然我们上的不是同一辆车。即使是业余的跟踪者也该知道,你不会和你的跟踪目标上同一辆出租车。

我冲进车里坐下,对司机大吼"跟上那辆车",这才意识到在现实生活中喊这句话有多么不可思议。司机似乎不以为意。

"告诉我,"他说,"他睡了你老婆,还是你睡了他老婆?"

我笑了,笑得好像这是我多年来听到过的最棒的笑话。若你想让出租车司机按正确的路线到达正确的地点,那就得迎合他们的笑话。

麦克拉斯基在丽兹酒店下了车,但他准是让司机开着计价器等着,我等了三分钟,准备也让我的司机等着,刚要开车门下车,麦克拉斯基居然回到了出租车上,于是我们继续前行。

我们以龟速驶过皮卡迪里大街,然后右转进入我完全不认识的空空的窄巷。这里就是技工为美国运通卡用户手工缝内裤的地方。

我倾身告诉司机别靠得太近,但他可能以前就干过这种事,或见电视剧里的人干过,拉开了好长一段距离。

麦克拉斯基的出租车在科克街停了下来。我看见他付钱给他的司机,我告诉我的司机慢慢往前开一百八十米再把我放下。

计价器显示六英镑,我从车窗递给他一张十英镑的票子,看着工号为99102的出租车司机表演了一部名为《我可能找不开》的十五秒短片,然后下车,沿着大街往回走。

在那十五秒内,麦克拉斯基消失了。我刚刚花了二十分钟时间跟了他五英里路程,却在最后一百八十米跟丢了。我想,这是我活该,因为我舍不得给司机小费。

科克街上全是画廊,大多数画廊都有巨大的橱窗,而我发现橱窗有一个特点:从里往外看和从外往里看都能一览无余。我不能把脸凑近每扇橱窗一间间地找,于是决定碰碰运气。我估计出麦克拉斯基可能下车的地点,走向离那儿最近的门。

门是锁着的。

我站在那儿看表,试图弄明白如果中午十二点不开门,那么画廊应该在什么时间营业。这时,一个穿着简洁黑色连衣裙的金发女孩从阴影中走出来,滑开门闩。她带着欢迎的微笑打开门,突然间我除了进门别无选择,找到麦克拉斯基的希望正在一秒一秒地减少。

我一边留意着窗外,一边往画廊的深处走。除了金发女孩,画廊里似乎没有别人,看到他们卖的画之后,我就觉得那不奇怪了。

"你知道特伦斯·格拉斯吗?"她问,递给我一张名片和一份价目表。她年轻得有些过分。

"知道,"我说,"事实上,我有三幅。"

有时候,你就得放手一搏,不是吗?

"三幅什么?"她问。

不保证每次都能成功,当然。

"他的画。"

"天啊,"她说,"我不知道他还会画画。"她朝里面喊道:"萨拉,你知道特伦斯会画画吗?"

从画廊的里间传出一个冷静的、带美国口音的声音:"特伦斯这辈子都没动过画笔。他连自己的名字都不写。"

我抬头,看见萨拉·沃尔夫沿着拱廊走过来。她穿着犬牙纹裙子和外套,散发出一阵阵"花之花"的香水味。但她没有看我,而是看着画廊的前面。

我转身,跟着她的目光,看见麦克拉斯基站在敞开的门口。

"可是这位先生声称他有三幅……"金发女孩笑着说。

麦克拉斯基迅速朝萨拉走去,他的右手滑过自己的胸口,伸向外套内侧。我用右手臂推开金发女孩,听见她轻轻叫了一声,与此同时,麦克拉斯基转头看向我。

他正要转身,我朝他的腹部使出回旋踢,他不得不抽出外套里的右手来挡。我的脚碰到了他的身体,有一瞬间,麦克拉斯基的脚离开了地面。他垂下头,喘着气,我趁机来到他身后,用左手臂勒住他的脖子。金发女孩用上流社会人士的口音喊了声"哦上帝啊",然后慌忙扑向桌子去抓电话机,但萨拉待在原地,双手僵硬地垂在身侧。我朝她大喊"快跑",她不是没听见,就是不想照我说的做。我把麦克拉斯基的脖子勒得越来越紧,他使劲用手指抠进我的臂弯和他的脖子之间。但毫无机会。

我把右手肘搁在麦克拉斯基的肩上,右手抵住他的后脑勺,左手插进我的右手臂弯,这就是《折颈:基础篇》一章图三的示范动作。

当麦克拉斯基边踢腿边挣扎的时候,我的左前臂稍稍后移,右手往前推。他很快就不再蹬腿了,因为他突然意识到我的目的,以及我希望他明白的事实:我只要再略微用点力,他就死定了。

虽然不是十分确定,但我想她就是在那个时候开枪的。

我忘了中枪的感觉,只记得画廊中回荡着一声枪响,空气中还有一股焦糊味,也不知现在都流行用什么枪。

一开始,我以为她打中的是麦克拉斯基,于是朝她大吼,因为我早就说过让她离开这里了,而且我已经控制住了局面。然后,我想,天啊,我肯定出了很多汗,能感觉到汗水顺着身侧流淌到腰际。我抬头,意识到萨拉还要开枪,又或者她已经开了第二枪。麦克拉斯基挣脱了束缚,我似乎背朝着其中一幅画仰面倒去。

"你这个蠢女人,"我说,"我是……来帮你的。就是他……他就是……那个……要杀你父亲的人。混蛋。"

说"混蛋",是因为此时一切感官都变得很奇怪:光、声音、动作。

萨拉站在我身旁,我想,要是换种情况,我还会欣赏她的腿。但情况没变,此时我只能去看那把枪。

"那太奇怪了,朗先生,"她说,"他在家就能做到。"一时间我感到困惑。很多事都不对劲,完全说不通,包括我身体左侧的麻木感。萨拉在我身旁屈膝俯身,用枪口抵着我的下巴。

"他,"她用拇指指了指麦克拉斯基,"就是我父亲。"

后面的事情我毫无印象,我猜自己准是昏了过去。

"你感觉怎么样?"

当你躺在医院的病床上,必定会有人问你这个问题,但我还是希望她不要问。我的脑子一团乱,如同一盘失败的炒蛋,这要是在餐厅里,准得把服务生叫过来退单。我感觉怎么样,由她来回答更合理。但她是个护士,不太可能想杀我,于是我决定暂时喜欢她。

费了很大的劲儿,我开启双唇,用沙哑的声音回道:"很好。"

"那就好,"她说,"医生马上就来。"她拍拍我的手背,消失了。

我闭了会儿眼睛,当我再次睁眼时,天已经黑了。一个穿白大褂的人在我上方俯身看我。尽管他很年轻,跟我的银行经理差不多,但我猜想他就是我的医生。他放开了我的手腕,不过我不记得他之前握着它,他在病历本上匆匆写起来。

"你感觉怎么样?"

"很好。"

他继续写着。

"你不该好得这么快。你中枪了,失血过多,但那不是什么大问题。你很幸运,子弹穿过了腋窝。"他说得好像整件事是我自己的愚蠢造成的。从某种意义上来说,似乎确实是这样。

"我在哪儿?"我问。

"医院。"

他走了。

不久,一个肥胖的女人推着推车进来了,在我旁边的桌子上放下一盘褐色的、有禽类臭味的东西。我无法想象自己对她做过什么,但不管是什么,一定够糟的。

显然她意识到自己反应过度,因为半小时后,她回来拿走了那盘东西。在她走之前,她告诉我,这里是米德尔塞克斯医院威廉·霍伊尔病房。

第一个来探望我的人是所罗门。他进门,看起来平静而永恒,坐到床边,往桌上放了一纸袋葡萄。

"你感觉怎么样?"

固定的模式出现了。

"我感觉,"我说,"像中了枪,现在正躺在医院里等待恢复。一个犹太人警察正坐在我的脚上。"他沿着床边稍稍挪了挪位置。

"他们告诉我你很幸运,主人。"

我吃了一颗葡萄。

"在哪方面?"

"子弹只偏离你的心脏几英寸。"

"再偏离几英寸,我就什么事也没有了。取决于你看问题的角度。"

他想了想,点点头。

"你的呢?"过了一会儿,他说。

"我的什么?"

"看问题的角度。"

我们看着对方。

"英格兰应该用四后卫平行站位对付荷兰。"我说。

所罗门从床上站起身,开始脱他的雨衣,我没办法责怪他。室温准有三十几度,房间里有太多热气了。它们冲撞着,拥挤着,扑到你的脸和眼睛上,让你不禁怀疑这个房间是高峰期的地铁车厢,在关门的一瞬间钻进来更多的热气。

我请求护士把温度调低一点,但她告诉我,室温由雷丁大学的电脑控制。如果我是那种会向《每日电讯报》写投诉信的人,那么我的投诉信肯定准备好了。

所罗门把雨衣挂在门后。

"那么现在,先生,"他说,"信不信由你,发我工资的先生们和女士们让我来请你解释一下,你是怎么胸口中枪,倒在西区一家有声望的画廊里的。"

"腋窝。"

"如果你喜欢这么叫的话,腋——窝。现在,主人,你是直接告诉我,还是要我用枕头闷住你的脸,直到你合作为止?"

"好吧,"我说,心想把事情说清楚也未尝不可,"我猜想你知道麦克拉斯基就是沃尔夫。"当然,我没有猜想任何事。我只是想尽快说重点。从所罗门的表情可以看出,他并不知道,于是我继续说:"我跟踪麦克拉斯基来到画廊,以为他会对萨拉动手。我轻轻地打了他一下,萨拉就朝我开枪了,然后她告诉我那个人实际上是她父亲亚历山大·沃尔夫。"

所罗门冷静地点了点头,他听到奇怪的事情时就会这样。

"然而,"最后他说,"你制服他,是因为他就是出钱让你杀亚历山大·沃尔夫的人。"

"没错。"

"而你认为,主人,和许多在你的立场上的人一样,当一个人让你去杀某人时,这个某人不会是他自己。"

"在地球上,没人这样办事,毫无疑问。"

"唔……"所罗门飘到窗口,似乎被邮政大楼深深吸引。

"就这样?"我说,"'唔'?国防部对于这件事的报告中会出现'唔'这个字,由内阁签字盖章,再皮面装订?"

所罗门没有回答,依然盯着邮政大楼。

"这样的话,"我说,"你来回答我的问题。沃尔夫父女俩后来怎么样了?我怎么来到这儿的?谁叫的救护车?救护车来之前他们一直陪着我吗?"

"你在那家顶部不停旋转的餐厅用过餐吗?"

"大卫,看在上帝的分上……"

"叫救护车的是一个名叫特伦斯·格拉斯的人,就是你中枪的那家画廊的老板。他还要求清洗地板血迹的费用由国防部来承担。"

"真感人。"

"不过救你命的是格林和贝克。"

"格林和贝克?"

"他们一直跟在你后面。贝克用手帕给你的伤口止了血。"

这对我来说是个意外。我原以为,在我和所罗门喝完啤酒后,那两个跟踪者就被叫回去了。我大意了。感谢上帝。

"为贝克鼓掌。"我说。

所罗门似乎正要跟我讲点别的,这时房门开了,打断了他。奥尼尔迅速出现在我们中间。他径直走到我床边,从他的表情可以看出,他认为我中枪完全是个绝妙的进展。

"你感觉怎么样?"他说,近乎憋着笑。

"很好,谢谢你,奥尼尔先生。"

他沉默了一会儿,脸色稍转严肃。

"听说你很幸运,"他说,"不过从现在开始,你可能会觉得活着反而是个不幸。"奥尼尔对这一表述很满意。我能想象他在电梯里预演的样子。"就是现在了,朗先生。我找不到不报警的理由。在有目击证人在场的情况下,你明显对沃尔夫谋杀未遂……"

奥尼尔没再说下去,我和他环顾四周,寻找像病狗呻吟的来源。接着我们又听到了一声,这才意识到是所罗门在清嗓子。

"恕我直言,奥尼尔先生,"所罗门引起我们的注意后说,"朗以为他袭击的人是麦克拉斯基。"

奥尼尔闭上眼睛。

"麦克拉斯基?沃尔夫被证实为……"

"是的,没错,"所罗门态度温和地说,"但是朗坚持称沃尔夫和麦克拉斯基是同一个人。"

奥尼尔沉默许久。

"你说什么?"奥尼尔说。

他脸上高高在上的微笑消失了,我突然想从床上一骨碌爬起来。

奥尼尔发出了胖子的那种鼻息声。"麦克拉斯基和沃尔夫是同一个人?"他说,声音嘶哑,差点破音,"你是清醒的吗?"

所罗门为了确认也看向我。

"总的来说是这样,"我说,"沃尔夫就是在阿姆斯特丹找我的人,他叫我去杀一个叫沃尔夫的人。"

奥尼尔的脸上已经失去神采。他看起来就像自己刚投递了一封写错地址的情书。

"这不可能,"他有些结巴,"我是说,这不合理。"

"不代表不可能。"我说。

此时奥尼尔已听不进任何话。他的状态不是很好。为所罗门着想,我继续推进。

"我知道自己身份卑微,"我说,"没有说话的分,但这是我的推测。沃尔夫知道世界上有些团体想要他的命。他做了一般人会做的事,买一条狗,雇一个保镖,在到一个地方之前不告诉任何人他要去哪儿,但是——"我能看到奥尼尔为了集中注意力,挺直了身板,"他知道这些还不够。要他命的人非常热情、非常专业,他们早晚会毒死他的狗,收买他的保镖。于是他做了一个选择。"

奥尼尔盯着我。他突然意识到自己张大了嘴,赶紧将它闭起来。

"接着说。"

"他可以向他们宣战,"我说,"我们都知道,这行不通。他也可以采用倒地法。"所罗门咬着嘴唇。他有理由怀疑,因为这听起来像胡说八道。但这比他们现在能想到的任何理由都好。"他找到一个他知道不会接受这份工作的人,给了他这份工作。他放出消息,让人知道有人已经准备好要杀他,并希望他真正的敌人知道会有人来杀他后能够放慢脚步,可以不必冒这个险或花这个钱。"

所罗门继续守望邮政大楼,奥尼尔皱着眉。

"你真的这么认为?"他说,"我是说,你觉得这可能吗?"可以看出他急切地需要一个解释,任何解释,即使那根本经不起推敲。

"是的,我觉得这有可能;不,我不这么认为。但我刚中枪,正在养伤,只能想到这些了。"

奥尼尔开始来回踱步,用手指梳着头发。房间里的热气也影响到了他,但他没有时间脱下外套。

"好吧,"他说,"也许的确有人希望沃尔夫死。如果他明天被一辆公交车撞死,我不能违心地说女王殿下的政府会为此伤心。没错,他可能有很多敌人,一般的保护措施已经没有用了。到这里都还算合理。是的,他不能向他们宣战,"看得出来,奥尼尔挺喜欢这样的措辞,"于是他伪装了一起暗杀行动。但那不一定成功,"奥尼尔不再踱步,而是看着我,"我是说,他怎么肯定暗杀不会发生呢?他怎么知道你不会执行任务呢?"

我看着所罗门,他知道我在看他,但他没有看我。

"以前也有人找过我,"我说,"酬劳更多。我拒绝了。也许他知道。"

奥尼尔突然想起了他有多讨厌我。

"你每一次都拒绝吗?"

我尽可能冷静地看着奥尼尔。

"我是说,也许你变了,"他说,"也许你急需用钱。这样做得冒多大的风险啊!"

我耸耸肩,扯得腋窝生疼。

"不一定,"我说,"他有保镖,至少他知道危险从哪儿来。在我进他家之前,雷纳跟踪了我好几天。"

"但是你去了他家,朗。实际上你……"

"我去他家是要提醒他。我以为好人都会这么做。"

"好吧,好吧,"奥尼尔又陷入了来回的踱步中,"那么我问你,他怎么放出消息?写在公厕的墙上?在《旗帜报》上登广告?"

"嗯,我看你挺懂的。"我现在感觉有点累了。我想睡觉,甚至再来一盘散发禽类臭味的棕色物体。

"我们不是他的敌人,朗先生,"奥尼尔说,"不是在那个方面,不管怎么说。"

"那你是怎么知道我在跟踪他的?"

奥尼尔停下脚步,我能看出他在反省自己是不是说得太多了。他气呼呼地看向所罗门,责怪他没有履行监护人的职责。所罗门静止得像一幅画。

"我看没有理由再隐瞒他了,奥尼尔先生,"他说,"他已因受牵连而胸口中弹。要是他知道了真相,也许伤口能愈合得快些。"

奥尼尔细细品味着这句话,然后转向我。

"好吧,"他说,"我得到情报,说你和麦克拉斯基或者沃尔夫见面……"他极不情愿接受这一事实,"情报是美国人给的。"

门开了,一个护士走进来。她可能是我第一次醒来时拍我手背的那个护士,但我不能肯定。她像没有看到所罗门和奥尼尔,径直走过来整理我的枕头,横着拍拍松,竖着推推高,让它比原先更让人不舒服。

我向上看着奥尼尔。

"你是说中情局?"

所罗门笑了,奥尼尔差点笑岔了气。

而护士连眼睛都没眨。

第六章

时辰已到，人却没来。

——沃尔特·斯科特

我在医院里吃了七顿饭，也不知过了多久。我看了电视，吃了止痛片，试着做完所有《妇女界》过刊上未完成的填词游戏，还向自己提了很多问题。

首先，我在干什么？为什么会有我不认识的人莫名其妙地朝我开枪？这跟我有什么关系？这跟沃尔夫有什么关系？这跟奥尼尔和所罗门又有什么关系？为什么填词游戏没有完成？上一位病人在完成之前是康复了还是死了？他住院是为了切除一半脑子吗？这能证明这里的外科医生技术还不错吗？谁把杂志的封面撕了？又是为什么？"不是女人（打两个字）"的答案会是"男人"吗？

最关键的是，为什么我的心扉贴着萨拉·沃尔夫的照片，以至于每次当我打开这扇门去想任何事情（午间电视，在病房尽头的厕所抽烟，给脚趾挠痒痒）的时候，她总在那儿，一边笑着，一边却又对我怒容满面？我第一百次声明，我肯定没有爱上这个女人。

我想，雷纳或许能帮我解答其中的几个问题，于是当我自觉能下床走动时，我借了件晨袍，朝楼上的巴灵顿病房走去。

当所罗门告诉我雷纳也在米德尔塞克斯医院时，至少有一小会儿，我感到惊讶。在共同经受过那么多折腾后，我们来到同一家店进行修理，似乎有些讽刺。但是，所罗门指出，伦敦已经没几家医院了，如果你在沃特福德峡谷以南受伤,迟早会被送到米德尔塞克斯医院。

雷纳住的是单人病房,就在护士台的对面,他身上接了很多哔哔作响的机器。他闭着眼,或许睡着了,或许昏迷着,他的头像动画片里那样裹着层层绷带,仿佛被"BB鸟"的保险柜砸了太多次①。他穿着蓝色的法兰绒睡衣,也许这是他多年来第一次看起来像个孩子。我在他的床边站了一会儿,感到愧疚,直到一个护士进来问我需要什么。我说我需要很多东西,但暂且想先知道雷纳的名字。

鲍勃,她说。她站在我跟前,手握着门把,想让我走,又碍于我的病号服而没有开口。

对不起,鲍勃,我在心里说。

你在那儿只是奉命行事,换取酬劳,某个混蛋却突然出现,用大理石佛像打了你。真是简单粗暴。

当然,我知道鲍勃不是个唱诗班男孩,甚至不是欺负唱诗班男孩的男孩。顶多是欺负唱诗班男孩的男孩的哥哥。所罗门查过雷纳在国防部的档案,发现他曾因黑市交易(从军靴鞋带到撒拉逊装甲车,任何东西都被雷纳藏在大衣里带出军营大门过)被皇家威尔士燧发枪手团除名。即便如此,动手打人的是我,所以感到愧疚的人是我。

我把没吃完的所罗门带来的葡萄放在他床头的桌上,离开了病房。

穿白大褂的男人和女人都劝我再留院观察几天,但我摇摇头,告诉他们我已经痊愈。他们不太认同,让我在一些文件上签了字,然后教我如何给腋窝的伤口换绷带,告诉我如果伤口有灼烧感或疼痛感,要立刻回来。

我谢过他们的好意,并拒绝了他们提供的轮椅。幸好没接受轮椅,因为电梯出了故障。

接着我一瘸一拐地上了一辆公交车,回家了。

---

① 出自一则广告创意。

我的公寓和我走的时候一样,只不过似乎小了些。电话答录机里没有留言,冰箱里除了前房客留下的半杯纯天然酸奶和一根芹菜,空空如也。

我的胸口很疼,正如医生说的那样,于是我躺进沙发,看唐克斯特赛马会,手边是一大瓶我似乎在哪儿见到过的"威雀"威士忌。

我准是睡了一会儿,此刻被电话铃声吵醒。我迅速坐起来,因腋窝的疼痛而喘息。我伸手去拿威士忌。瓶子空了。我感觉很糟糕。我边看手表边接起电话。八点十分或一点四十分。我分不清是哪一个时间。

"朗先生?"

男性。美式。咔嗒,嗡。嘿,我认识这声音。

"我是。"

"托马斯·朗先生?"想起来了。是的,麦克,我五秒钟内就能叫出名字。我晃晃脑袋,试图让自己更清醒些,听到脑袋里有什么东西哒哒作响。

"你好啊,沃尔夫先生。"我说。

对方沉默片刻,然后说:"比你好多了,据我所知。"

"也不一定。"我说。

"是吗?"

"我这辈子最担心的就是没有故事讲给外孙听。我在沃尔夫家族的经历可以讲到他们十五岁。"

我好像听到了他笑,但那也许是信号问题。又或者是奥尼尔的人监听时弄出的动静。

"听着,朗,"沃尔夫说,"我想找个地方和你见一面。"

"你当然想了,沃尔夫先生。我猜猜。这一次你想花钱让我帮你神不知鬼不觉地做输精管切除术。我猜得对吗?"

"我想让你听我解释,如果你愿意的话。你想吃意大利菜吗?"

我想到冰箱里的芹菜和酸奶,意识到自己确实非常想吃意大利菜。但是现在遇到一个麻烦。

"沃尔夫先生,"我说,"在你说出餐厅名字之前,先确保可以订到至少十个人的位子。我感觉有人在偷听电话。"

"没关系,"他愉快地说,"在你的电话机旁有一本旅行指南。"我低头看了看桌上,看到一本红色平装版《伊万伦敦指南》。它看起来很新,而且肯定不是我买的。"听好了,"沃尔夫说,"你翻到第二十六页,往下找第五家。三十分钟后那里见。"

线路有些干扰,我一时以为他挂了电话,但马上又出现他的声音。

"朗?"

"我在。"

"别把指南留在公寓里。"

我疲倦地做了个深呼吸。

"沃尔夫先生,"我说,"也许我犯过蠢,但我并不蠢。"

"希望如此。"

电话挂断了。

伊万写的关于在大伦敦地区如何挥霍金钱的综合指南第二十六页第五条这样写道:"贾雷餐厅,中西二区罗斯兰路二一六号,意大利菜系,人均六十英镑,内设空调,国际信用卡、万事达卡、美国运通卡均可使用。"后面是三个勺子交叉的标志。我把整本指南匆匆翻了一遍,不难发现,伊万很少使用三个勺子交叉的标志,所以我至少能享用一顿可口的晚餐。

下一个问题是,如何甩掉身后十几个穿棕色雨衣的公务人员,并安然抵达餐厅。我不确定沃尔夫能否躲过耳目,但如果他肯大费周章地在我的电话机旁边放一本指南(我承认我喜欢这个点子),那么他也能在不被陌生人打扰的情况下来去自如。

我走出公寓,来到临街大门。我的头盔还在,与一副破旧不堪的皮手套一起静静地待在摩托车的油表上。我打开前门,探出头。没有戴毡帽的人从靠着的路灯柱上直起身,扔掉无滤嘴的烟头。不过话说回来,我并不希望真的看到这样的场景。

左边五十米开外,我能看到一辆车顶伸出一根橡胶天线的墨绿色利兰面包车;右边街对面是一个红白条纹的施工用帐篷。也许它们都是清白的。

我缩回脑袋,戴上头盔和手套,掏出钥匙串。我轻轻地打开前门的信箱,在槽口将摩托车遥控钥匙对准警报器的位置,按下按钮。川崎朝我发出哗的一声,示意警报解除。于是我猛地推开门,以腋窝允许的最大幅度的动作,向街上的摩托车跑去。

车一次就发动了,一如所有的日本摩托车。我打开一半进气门,推到一挡,松开离合器。别担心,我已经骑上去了。当我经过墨绿色面包车时,速度准有每小时四十英里,我自娱自乐地想象身后一群穿着滑雪衫的人用手肘狠狠击打身边的物体,嘴里骂骂咧咧。当我到达街的尽头时,我从后视镜里看到一辆车发动后驶了出来,是辆路虎。

我以接近限速的时速左转进入贝斯沃特路,停在多年来从没在我通行时亮过绿灯的红绿灯前。但我不以为意。我调整了一会儿手套和面罩,直到我感觉路虎沿着内道姗姗而来。接着,我看到了司机胡子拉碴的脸。我想劝他回家洗洗睡,因为这场角逐会让他感到尴尬。

黄灯亮起,我关闭进气门,将引擎轻轻扭到五千转左右,重心压向油箱,让前轮贴合地面。绿灯一亮,我便松开离合器,感觉到川崎巨大的后轮像恐龙尾巴一样疯狂地摇摆,直到它拥有抓地力并将我甩向前方。

二点五秒后,时速达到六十。又过了二点五秒,街灯们融为一体,我已经忘记了路虎司机的长相。

贾雷餐厅意外的欢快,白墙、瓷砖地板,人声反弹到地板上造成的回声将每句悄悄话扩大成嘶吼,将每次轻声笑语扩大成哈哈大笑。

一个穿"拉尔夫·劳伦"的大眼金发女孩接过我的头盔,领着我来到靠窗的座位。在那儿,我给自己点了一杯汤力水,给腋窝的疼痛点了一大杯伏特加。为了打发等沃尔夫的时间,我打算读一读手边的菜单或伊万的指南。菜单看起来稍长一些,于是我从菜单开始读起。

第一道菜名为"田园烤吐司配本那托尔土豆",价格为惊人的十二英镑六十五便士。"拉尔夫·劳伦"金发女孩过来了,问我对菜单有什么疑问,我请她解释一下这是什么"土豆"。她没有笑。

我正要揣摩第二道菜的描述(据我所知是炖马尔克斯兄弟),沃尔夫已出现在门口。侍者帮他脱外套的时候,他还紧抓着一只手提箱不放。

这时,我注意到桌上摆了三副餐具,与此同时,我看到萨拉·沃尔夫出现在她父亲身后。

她看起来(我讨厌这样说)真美。美得无与伦比。我知道这是陈词滥调,但总有些时候,你会懂得它们为什么会成为陈词滥调。她穿着一件剪裁简洁的绿色丝绸礼裙,这件裙子穿在她身上会令所有裙子都羡慕它有这样的模特——该静则静,该动则动。每个人都安静下来,看着她走向座位,沃尔夫在她身后等她入座,向前推椅子。

"朗先生,"沃尔夫说,"很高兴你能来。"我朝他点点头。"你认识我女儿吗?"

我看向萨拉,她皱着眉,低头看着餐巾。连她的餐巾都闪着异样的光芒。

"当然,"我说,"让我想想。在谁的婚礼上,是温布尔顿、亨利还是迪克·卡文迪什?不对,我想起来了。在枪管下,我们最后一次见面是在那儿。很高兴再次见到你。"

我本是出于善意,甚至算是玩笑,但她仍然没有看我,那句话便成了一种挑衅。真希望我只是闭嘴笑了笑。萨拉将餐具重新排列组合,摆放成她更满意的队形。

"朗先生,"她说,"我是听从父亲的建议来向你道歉的。不是因为我认为自己做错了什么,而是因为你受了不该受的伤。我为此向你道歉。"

沃尔夫和我等着她说下去,但她的话好像已经告一段落。她只是坐在那儿,翻着包里的东西,寻找不看我的理由。显然她找到了不少,这挺奇怪的,因为那是个很小的包。

沃尔夫示意侍者过来,并看向我。

"你看过菜单吗?"

"稍微浏览了一下,"我说,"听说你在这儿常吃的几道菜都不错。"

侍者来到我们桌前,沃尔夫松了松自己的领带。

"两杯马提尼,"他说,"要干的,还有……"

他看着我,我点点头。

"伏特加马提尼,"我说,"超级无敌干。要有沉淀,如果你们有的话。"

侍者离开了,萨拉开始东张西望,似乎已经感到厌烦。她的颈线真迷人。

"那么,托马斯,"沃尔夫说,"介意我叫你托马斯吗?"

"不要紧,"我说,"那毕竟是我的名字。"

"好,托马斯。首先,你的肩膀怎么样了?"

"很好,"我说,他看上去松了口气,"比我的腋窝好多了,因为腋窝中了一枪。"

终于,过了这么久之后,她总算转头看我了。她的眼睛比她身体的其他部位要柔和得多。她微微低下头,声音低沉而沙哑。

"我说了,我向你道歉。"她说。

我急切地想说点好听的、温柔的话,但是此刻脑袋里一片空白。没有人说话,若不是她笑了,场面一度非常尴尬。但她的确笑了,我感觉许多血液突然冲进我的耳朵,在里面跌跌撞撞,摔东西。我也朝她微笑,我们就这样一直注视着对方。

"我想,我们不得不说,情况还有可能更糟。"她说。

"没错,"我说,"如果我是国际腋窝超模,那好几个月都没法工作了。"

这次,她真正发自内心地笑了,我感觉像赢得了所有的奥运会奖牌。

首先上的是汤,汤碗有我的公寓那么大,味道也不错。我们有一句没一句地聊着。原来沃尔夫也喜欢赛马,我下午看的唐克斯特赛马会就有他的一匹马参赛,于是我们聊了一会儿赛马会。上第二道菜时,我们正要结束三分钟关于英国天气不可预测性的圆满讨论。沃尔夫吃了一大口蘸着酱汁的肉类,然后用餐巾揾了下嘴。

"托马斯,"他说,"我猜你心里有些疑问?"

"是的,"我以擦嘴回敬他,"真不想被你看穿,但你他妈的以为自己在干什么?"

附近的座位上有人倒吸了一口凉气,但沃尔夫稳如泰山,萨拉也一样。

"好,"他点点头说,"问题合理。首先,不管国防部的人跟你说了什么,我从未沾过毒品,从来都没有。我服用过盘尼西林,仅此而已。完毕。"

这话显然没有说服力,差远了。最后加一句"完毕"并不能打消疑虑。

"好吧,"我说,"恕我传统多疑的英国人性格作祟,这不就是典型的睁着眼睛说瞎话吗?"萨拉不悦地看着我,我一下子觉得自己过分了。但我接着想,管他呢,无论有没有漂亮的脖子,都得在这里把话说清楚。

"对不起,在你还没开始时就提出来,"我说,"但我以为我们来这里是为了开诚布公,所以我就实话实说了。"

沃尔夫又吃了一口菜,视线始终没有离开他的餐盘。我过了一会儿才明白过来,他是要让萨拉来回答。

"托马斯,"她说,我转过去看着她,她的眼睛又大又圆,就像整个宇宙,"我本来有个哥哥,他叫迈克尔,比我大四岁。"

真要命。"本来"。

"迈克尔在贝茨大学读一年级时去世了。安非他命、安眠酮、海洛因。他才二十岁。"

她停住了。我得开口说点什么,随便什么都行。

"我很遗憾。"

还能说什么呢?真不容易?把盐递给我?我意识到自己正在向桌子垂下肩膀,试图融入他们的悲伤,但没有用。在这种事情上,你只是个局外人。

"我跟你说这件事,"她最后说,"只有一个原因。那就是告诉你,我父亲……"她转过去看他,但他依然低着头,"不可能参与毒品交易,这比说他能飞上月球还要荒唐。就是这么简单。我愿意用性命担保。"

完毕。

有几秒钟,他们俩没有看对方,也没有看我。

"我很遗憾,"我又说了一遍,"非常遗憾。"

我们就这样坐了一会儿,在嘈杂的餐厅中兀自营造出一块清静之地。接着沃尔夫突然绽开笑容,变得欢快起来。

"谢谢你,托马斯,"他说,"但那些都过去了。对于萨拉和我来说,那已是陈年往事,我们很久以前就走出来了。现在,你想知道我为什么让你来杀我吗?"

隔壁桌的女士转过头来,皱着眉头看沃尔夫。他怎么能说那样的话吗?她摇了摇头,继续吃她的龙虾。

"长话短说。"我说。

"很简单,"他说,"我想知道你是个什么样的人。"

他看着我,将嘴抿成一条笔直的线。

"我明白了。"我说,其实什么都没明白。

当你要求别人长话短说时,我想,就会出现这种情况。我眨巴眨巴眼睛,靠到椅背上,试着做出生气的表情。

"给我的校长或某个前女友打电话时,遇到了什么困难吗?"我说,"我是说,那样得到的信息都很无聊吧?"

沃尔夫摇了摇头。

"一点儿也不无聊,"他说,"这些人我都联系了。"

这让我大吃一惊。自己曾在普通教育证书的化学考试中作弊,老师们没指望我及格,结果我却得了 A,这件事到现在想起来还会脸红。我就知道这件事早晚会败露。冥冥中已经注定。

"是吗?"我说,"我怎么样?"

"还不错,"沃尔夫微笑着说,"你的几任前女友骂你是个混蛋,但除此之外还不错。"

"谢谢你告诉我。"我说。

沃尔夫像在朗读一份清单似的继续说道:"你头脑聪慧,勇敢坚毅,诚实守信。在'苏格拉'卫队时你表现优异。"

"苏格兰。"我说,但他没有理会。

"而且在我看来最重要的是,你破产了。"

他再次微笑,这让我感到恼火。

"你忘了我的水彩画。"我说。

"还有作品?真厉害。我唯一还需要弄清楚的是,你会不会被收买。"

"对了,"我说,"还有那五万英镑。"

沃尔夫点了点头。

场面就快要超出我能掌控的范围。我知道自己应该在某个时候用强硬的态度表明自己的为人,指责他们无权来调查我,接着深入探讨我的为人,只要让我吃到布丁,我就再强调一遍我的为人。但是,不知怎么的,一直没有出现合适的时机。尽管沃尔夫这样对我,打听我的成绩单,但我依然无法讨厌他。他有让我喜欢的气质。至于萨拉,没错,她有漂亮的脖子。

即便如此,露点锋芒也未尝不可。

"让我猜猜,"我说,严肃地看着沃尔夫,"一旦你发现我无法被收买之后,就试着来收买我了。"

他没有丝毫退缩之意。

"没错。"他说。

出现了。这就是合适的时机。是可忍,孰不可忍。我把餐巾扔到餐桌上。

"这太精彩了,"我说,"我要是别人,甚至可能会把这当作夸奖。但现在我想知道这一切究竟是怎么回事。如果你不告诉我,我就立刻离开这张桌子,离开你们的生活,甚至可能离开这个国家。"

我用余光看到萨拉在看我,但我的视线没有从沃尔夫身上移开。他费了好大劲儿叉起餐盘里最后一块土豆,并给它蘸上肉汁。但随后他放下叉子,开始加快语速说话。

"朗先生,你知道海湾战争吗?"他说。我不知道怎么不叫"托马斯"了,但气氛明显不一样了。

"是的,沃尔夫先生,"我说,"我知道海湾战争。"

"不,你不知道。我敢用全部身家打赌,你对海湾战争一无所知。听说过军工复合体吗?"

他像个强迫我买东西的推销员。我想减缓进展,于是长长地喝了一口红酒。

"德怀特·艾森豪威尔,"我最后说,"是的,对我来说并不陌生。我是其中一分子,如果你还记得的话。"

"无意冒犯,朗先生,但你只是渺小的一分子。恕我直言,渺小得你都不知道自己是什么的一分子。"

"随你怎么说。"我说。

"现在猜一猜,这个世界上最重要的商品是什么。它是如此重要,以至于所有其他商品的制造和销售都要依赖它。石油、黄金、粮食,你觉得会是什么?"

"我有预感,"我说,"你要告诉我是军火。"

沃尔夫朝我大幅度倾身,动作快得令我感到不适。

"回答正确,朗先生,"他说,"这是世界上最大的产业,每个国家的政府都清楚这一点。如果你是个政治家,如果你以任何形式与军需工业对着干,那么第二天醒来时你就已经不是政治家了。在某些情况下,你可能第二天就醒不过来了。不管你想在爱达荷州制定枪支登记的法律,还是想阻止F-16战斗机售给伊拉克空军。你踩到他们的脚趾,他们就骑到你的头上。完毕。"

沃尔夫靠到椅背上,擦了擦额头上的汗。

"沃尔夫先生,"我说,"我明白,你在英国一定感到人生地不熟。我也明白,你在我们的国土上落地之前,一定觉得英国人是刚用上冷热两用自来水的乡巴佬。即便如此,我还是得告诉你,这些话我听得多了。"

"让他把话说完,行吗?"萨拉说,她怒气冲冲的声音把我吓了一跳。我朝她看,她回看我,紧紧抿着嘴唇。

"听说过斯托尔托依威胁论吗?"沃尔夫说。

我转头看他。

"斯托尔托依……不,没听说过。"

"没关系,"他说,"安纳托利·斯托尔托依是苏联红军的一名将军,赫鲁晓夫的幕僚长。他在职期间一直试图说服美国人,俄国人拥有的火箭数量是他们实际拥有的三十倍。那是他的工作,他毕生的事业。"

"他们相信了,对吗?"

"对我们来说,是的。"

"'我们'是谁?"

"美国国防部从头到尾都知道这是胡扯。但那并不能阻止他们以此为借口,打造全世界最大的军火库。"

也许是红酒的缘故,我依然没有理解他这些话的意思。

"好吧,"我说,"我们要为此做点什么,对吗?现在,我想想,我把时间机器停在哪儿了?噢,对了,下周三。"

萨拉轻轻哼了一声,移开了视线。也许她是对的——也许我有些失礼,但看在上帝的分上,说这些话的目的究竟是什么?

沃尔夫闭上眼睛,通过想别的事情来找回耐心。

"你说,"他慢慢说道,"军需工业最需要什么?"

我为了配合他,挠了挠头。

"客户?"

"战争,"沃尔夫说,"冲突,纠纷。"

总算说到点子上了,我想。我已经有了推论。

"我知道了,"我说,"你想告诉我,海湾战争是由军火制造商发动的?"老实说,我已经尽我所能地说得客气了。

沃尔夫没有回答。他就那样坐着,略微歪着头,盯着我,心想归根结底自己是不是找错了人。而我没必要去想这个问题。

"不,说真的,"我说,"这就是你要告诉我的事情吗?我的意思是,我真的很想知道你是怎么想的。我想知道我们现在要干什么。"

"你看过电视上播放的影像吗?"萨拉说,沃尔夫继续盯着我,"激光制导炸弹、'爱国者'导弹系统,等等。"

"看过。"我说。

"托马斯,那些武器的制造者把影像剪辑进宣传片,在世界范围内的军火市场上传播。不断有人死去,他们却拿它来做广告。这太荒唐了。"

"没错,"我说,"同意。地球是个可怕的地方,我们宁愿到土星上生活。说具体点,这跟我有什么关系?"

沃尔夫父女俩意味深长地交换了一个眼神,我极力掩饰自己对他们俩产生的巨大怜悯。显然,他们研究出来的可怕阴谋论会让他们在最美好的岁月里,埋首于剪报,不停地参加国际安全研讨会,不管我如何劝说,都不能令他们放弃理想。我能做的只是塞给他们几英镑,以应付日常开支,然后离开。

我绞尽脑汁,试图为离开找一个合宜的借口,这时沃尔夫拎起了他的手提箱。他打开手提箱,抽出一叠 8×10 英寸的带塑封的照片。

他把最上面的一张递给我,我接了过来。

那是一架飞行中的直升机,看不出有多大,但与我看过或听说过的迥然不同。它有两片主旋翼,在单桅杆上相距几英尺,没有尾旋翼。机身看起来有些短,上面没有用于识别的字母。它通体漆黑。

我看着沃尔夫,等着他解释,但他只是递给我下一张照片。这张是从上往下拍的,所以能看到背景,是在市区,这让我惊讶不已。同一架或是一架同型号的直升机,正在两幢不知名的高楼大厦之间盘旋。通过这张可以看出机身不大,可能是单人座位。

第三张近了很多,是直升机停在地面的样子。不管是什么,它肯定是军用的,因为座舱后面穿过机身的武器架上挂满了各式各样模样吓人的武器。"海蛇怪-70"航空火箭弹、"地狱火"空对地导弹、点五零口径机关枪,除此之外还有很多。这是给大人玩的大玩具。

"你从哪儿弄来的?"我说。

沃尔夫摇了摇头。"那不重要。"

"我觉得很重要,"我说,"我强烈地感觉到,沃尔夫先生,你不该持有这些照片。"

沃尔夫把头向后仰,好像终于对我失去了耐心。

"它们从哪儿来的并不重要,"他说,"重要的是这上面的东西。这是一款非常重要的飞机,朗先生。相信我,非常非常重要。"

我相信他。怎么不信呢?

"美国国防部的 LH 计划,"沃尔夫说,"到现在已持续了十二年,致力于为美国空军和海军陆战队自越战以来使用的'眼镜蛇'和'超级眼镜蛇'寻找替代品。"

"LH?"我试探道。

"轻型直升机。"萨拉答道,一副"你连这都不知道"的表情。老沃尔夫接着说下去。

"这款飞机便应运而生。它由美国麦基公司生产,用于反暴乱行动(对付恐怖主义)。除了美国国防部以外,它的市场主要是世界各地的警察局和军事部队。但每架飞机售价为二百五十万美元,很难让人动心。"

"是的,"我说,"我能看出来,"我又瞥了一眼照片,极力在脑中搜索聪明的评论,"为什么有两片旋翼?看起来有点复杂。"我无意间看到他们相互看了一眼,但说不准那是什么意思。

"你对直升机一无所知,是不是?"沃尔夫最后问道。

我耸了耸肩。

"它动静太大，"我说，"频繁坠机。只知道这些。"

"它很慢，"萨拉说，"极其慢，所以在战场上很难躲避攻击。现代攻击型直升机的飞行速度能达到约每小时二百五十英里。"

我正要说那听起来挺快的，她却接着说："一架现代战斗机可以在四秒内飞行一英里。"

如果不请侍者拿纸笔过来，我是不可能计算出这和每小时二百五十英里哪个更快的，所以我只是点点头，让她继续说。

"限制传统直升机速度的，"她察觉到我的不自在，慢慢地说，"就是单旋翼。"

"那是自然。"我说完，向后靠去，对萨拉专家级的讲解表示叹服。她的许多话我听过就忘了，但如果我理解正确，大意如下：

根据萨拉的说法，直升机桨叶的交叉部分或多或少与飞机的机翼相似。桨叶特殊的形状让它能在上下空气层之间制造压力差，从而形成升力。但是，直升机桨叶和飞机机翼的不同之处在于，当直升机向前飞行时，穿过向前运行的桨叶的空气比穿过向后运行的桨叶的空气流动得快。这样就会在直升机的两边形成不平衡的升力，直升机飞得越快，升力就越不均衡。最终后行的桨叶不再制造一点升力，直升机向后翻，从空中坠落。据萨拉所说，这就是直升机的缺点。

"麦基公司在一根同心轴上安装了两片旋翼，让它们以相反的方向旋转。两边升力达到平衡，速度有可能提升至两倍。并且，没有扭矩反应，就不需要尾翼。更小，更快，更灵活。时速能超过四百英里。"

我慢慢地点了点头，表现出钦佩却又不是十分钦佩的样子。

"好吧，"我说，"但是标枪地对空导弹的时速能达到近一千英里。"萨拉盯着我。我竟敢在技术上挑战她？"我的意思是，"我说，"和原来相比没有太大区别。它还是直升机，还是会被击中，并不是无懈可击。"

萨拉闭上眼睛，思考让傻子也能听明白的话。

"如果地对空导弹发射员足够优秀，"她说，"受过专业训练，做好万全准备,那么他有一次机会,仅一次机会。但这款直升机的重点在于,不给目标任何准备的时间。当他刚从睡梦中醒来时,他就已经死定了。"她紧紧盯着我。现在你明白了吧?"相信我,朗先生,"她继续说,因我的无礼而惩罚我,"这就是下一代军用直升机。"她朝那些照片点点头。

"好吧,"我说,"我相信你。那么,他们一定满意极了。"

"是的,托马斯,"沃尔夫说,"他们对它非常非常满意。眼下,麦基公司还需要解决一个问题。"

显然得有人问:"什么问题?"

"什么问题?"我说。

"美国国防部没有人相信它的性能。"

我想了一会儿。

"他们不能试飞吗?绕着大楼飞上几圈?"

沃尔夫做了个深呼吸,我感觉我们聊了这么久,终于要谈正事了。

"要想向美国国防部,"他缓缓说道,"以及世界上其他五十支空军部队推销这款直升机,就得让他们看到它在一次大型恐怖行动中的表现。"

"好吧,"我说,"你的意思是,他们得等待一场慕尼黑惨案?"

沃尔夫没有立刻回答,酝酿着故事的高潮部分。

"不,我不是这个意思,朗先生,"他说,"我指的是他们要制造一场慕尼黑惨案。"

"你为什么要跟我说这些?"

此刻我们正在喝咖啡,照片已经被收回文件袋。

"假如你是对的,"我说,"对此我深表怀疑,但假如你是对的,那么接下来打算怎么做?给《华盛顿邮报》写信?还是我找埃丝特·兰森?嗯?"

沃尔夫父女俩变得异常安静,我不确定是为什么。也许他们认为,只要摆出理论就已经足够了——我听完就会起身,敲碎黄油盘,向军火制造商宣战,但对我来说这远远不够。怎么可能呢?

"托马斯,你认为自己是好人吗?"

问话的是沃尔夫,但他依旧没有看我。

"不是。"我说。

萨拉抬起头。

"那是什么?"

"我认为自己是一个大高个儿,"我说,"一个穷人,一个刚吃完饭的人,一个骑摩托车的人,"我停下来,感觉到她在看我,"我不知道你所谓的'好人'指的是什么样的人。"

"我想我们指的是与天使同在的人。"沃尔夫说。

"不存在什么天使,"我很快回道,"对不起,但是没有就是没有。"

三个人都安静下来,沃尔夫慢慢地点点头,仿佛妥协地认同我的话是有道理的,只不过那会让人极度失望。接着萨拉叹了口气,站起身来。

"失陪。"她说。

沃尔夫和我挪动着我们的椅子,但在实际完成站起来这个动作之前,萨拉早已穿过半个餐厅。她来到一名侍者身边,悄悄地说了什么,听到对方的回答后点了点头,朝餐厅里面的拱廊走去。

"托马斯,"沃尔夫说,"让我换个说法。一些坏人正在筹划一些坏事。我们有机会阻止他们。你要帮我们吗?"他停了下来,没有接着说下去。

"还是那个问题,"我说,"你们打算干什么?直接告诉我。媒体是干什么用的?警方呢?中情局呢?拜托,我们只需要一本电话簿和几枚硬币,就能解决这件事情。"

沃尔夫被惹恼了,摇了摇头,用指关节敲击着桌面。

"你没有认真听,托马斯,"他说,"我现在说的是利益。世界上最大的利益。资本。光是给你的国会议员打电话、写几封礼貌的信,可没法与资本抗衡。"

我站起来,因为喝了红酒而有些站不稳。也可能是因为这场谈话。

"你要走了?"沃尔夫头也没抬地说。

"也许吧,"我说,"也许。"我其实并不知道自己要干什么。"但我先去一下洗手间。"这是此刻我确定自己要做的事,因为我感到困扰,也因为我发现瓷器有助于思考。

我慢慢地走过餐厅,向拱廊走去,脑子里胡乱地摆放着各种私人物品,咔嗒作响,随时会掉出来伤及无辜路人。我竟然还在想事后怎么脱身、逃跑、开始长途旅行?我得一开始就避免蹚这趟浑水,走得越早越好。听他们介绍照片就已经够愚蠢的了。

我转进拱廊,发现萨拉就站在壁凹的公用电话旁。她背对着我,头低垂着,几乎贴到了墙上。我在那儿站了一会儿,欣赏着她的脖子、她的秀发、她的香肩,好吧,没错,我想我也许还瞥了一眼她的翘臀。

"嗨。"我愚蠢地说。

她转过身来,有一瞬间我似乎看到她脸上出现了一丝真实的恐惧——但我猜不透她在害怕什么。然后她露出微笑,将听筒放回原位。

"那么,"她一边说,一边向我走近一步,"你要加入我们吗?"

我们望着彼此。过了一会儿,我也露出微笑,耸了耸肩,准备用"我"来开头,当我不知如何表达时就会用到这个字。如果你在家练习,就会发现念"我"时会不自觉地噘嘴,很像吹口哨时的嘴型,或者,接吻时的嘴型。

她吻了我。

她吻了我。

我的意思是,我站在那儿,噘着嘴,脑子放空,而她走上前来,把舌头伸进我嘴里。有那么一会儿,我以为她也许是因为脚底打滑,条件反射般地伸出了舌头——但那似乎不太可能,无论如何,一旦她找回平衡,不是应该会把舌头收回去吗?

不,她的确是在吻我。就像电影里那样,不像会出现在我人生中的场景。在事情发生后的几秒内,我太过惊讶,太过生疏,以至于不知该如何应对,因为上次发生类似的事情已经是很久以前了。事实上,如果我没记错的话,当时我还是拉美西斯三世统治时期的一名橄榄采摘工,现在已经想不起来自己是怎么做的了。

她有牙膏、红酒和香水的味道,还有天堂的馨香。

"你要加入我们吗?"她重复了一遍,清晰的发音让我意识到,她一定是在某个时刻把舌头挪走了,但我还能感觉到它,在嘴里,在唇上,我知道自己会一直铭记这种感觉。我睁开眼睛。

她站在那儿,向上看着我,没错,确实是她,不是一名侍者或一个衣帽架。

"我……"我说。

我们回到座位上,沃尔夫正在信用卡账单上签字,也许世界上还发生着其他事情,但我不知道。

"谢谢你的款待。"我机械地说。

沃尔夫朝我摆摆手,咧嘴笑了。

"不必客气,汤姆。"他说。

他很高兴我说了"是"。我的原话是"是,我考虑一下"。至于我要考虑的确切内容,没有人清楚,但这足以让沃尔夫感到满意,而且眼下,我们都有理由感到满意。我拿起文件袋,又开始一张一张仔细地翻看照片。

更小,更快,更强。

我想,萨拉也很满意,虽然她现在表现得好像除了一顿丰盛的晚餐和一场关于新时代的谈话之外什么也没发生过似的。

更强,更快,更小。

也许,在平静表面的背后,有一个剧烈的情感旋涡,她的掩饰仅仅是因为她父亲正坐在那儿。

更小,更快,更强。

我不再想萨拉了。

随着这架可怕机器的每一个影像经过我眼前,我感觉自己似乎正从一个物体或一个地方逐渐觉醒,进入另一个物体或另一个地方。这听起来有些偏离现实,我知道,但这架直升机的特点——丑陋、赤裸裸的高效、纯粹的冷酷,似乎正从照片中渗透到我手上,冷却了我的血液。也许沃尔夫察觉到了我的感觉。

"它还没有正式名称,"他指着照片说,"但暂时被命名为'城市控制兼执法飞机'。"

"UCLA①。"我徒劳地说。

"你还知道拼写?"萨拉说,脸上挂着一丝微笑。

"还有这台原型机的工作名称。"沃尔夫说。

"是什么?"

他俩没有回答,所以我抬起头,看到沃尔夫正等着我的目光与他相遇。

"'毕业生'。"他说。

---

① 城市控制兼执法飞机(Urban Control and Law-enforcement Aircraft)的缩写。

第七章

女人的一根头发
牵得动两百头牛。

——詹姆斯·豪厄尔

沿着维多利亚堤区,我骑着川崎漫无目的地飞驰,通一通它的排气管,也理一理我的思路。

至于我在公寓接到的电话和电话那头粗哑的美国口音,我没有告诉沃尔夫父女。"毕业生研究"可以指任何事物,甚至可以真的指毕业生研究,而电话那头也可以是任何人。当你要面对阴谋论者(以及有没有接吻的问题,那无疑是我需要面对的),没有必要用额外的巧合来制造惊喜。

我们在友好的停战氛围中离开了餐厅。在人行道上,沃尔夫抓着我的手臂,叫我睡之前好好想想,这令我兴奋得打了个激灵,因为他说这话时我正盯着萨拉的臀部。一旦我弄明白他的意思后,我向他保证我会考虑的。出于礼貌,我还问他如果有需要该怎么联系他。他朝我眨眨眼睛,说他会来联系我的,这我可不太喜欢。

当然,有一个极其合理的原因让我站到沃尔夫这一边。他也许是个怪人,他女儿也许不过是个花瓶,但我不能否认这对父女具有某种魅力。

我想说的是,他们甚至往我的银行账户注入了一大股魅力。

请不要对我产生误解。一般情况下,我不是很爱钱。的确,我不是那种愿意无偿工作的人。我提供服务,从中收取费用,和所有人一样,当有人欠债的时候我也会发脾气。但与此同时,我想我可以坦坦荡荡地说自己从来没有追求过金钱。从来没为了拥有更多的钱而做过哪怕一件我不喜欢的事。举个例子,像保利这样的人(许多次他曾亲口告诉过我),醒着的大多数时间,不是在赚钱就是在想着赚钱的法子。保利做得出卑鄙的事——甚至违反道德的事,只要支票上的数字后面跟着一大串零,他不会有丝毫犹豫。"来吧!"保利会说。

但是我这个人,注定与他不同。我们的做事风格完全不同。我注意到,钱除了是个庸俗透顶的商品外,它唯一的好处、唯一正面的用途就是可以换取东西。

总体而言,我的确非常喜欢换来的东西。

沃尔夫的五万美元无法引领我通向永恒幸福的大门,这一点我清楚。我无法用这笔钱在昂蒂布买套别墅,甚至最多只够付一天半的租金。但无论如何,这钱拿得称手,让我感到自在,让我的桌上能多几包烟。

如果说,为了保持这种自在的感觉,我得在罗伯特·陆德伦的小说里多沉浸几夜,时常有一位美女来吻我,那么,我可以忍受。

此时已过午夜,堤区车不多。路面是干的,我的 ZZR 需要出去兜兜风,于是我将油门轻轻扭到三挡,默念了几句柯克船长和契诃夫的名言,而后轮的宇宙已天翻地覆。当威斯敏斯特大桥映入眼帘时,我的时速可能已达到一百一十英里,我轻点刹车,重心微移,准备右转。通往议会广场的路口即将亮起绿灯,一辆深蓝色的福特正要出发,于是我又降低一挡,准备绕过它,上外侧转弯道。正当我与地面平行时,我的右侧膝盖向下贴近柏油路面,福特车突然向左偏移,我立刻直起车身,转一个更大的弯。

当时,我以为他只是没看见我,以为他只是一名普通的司机。

时间是个有趣的东西。

有一次,我遇到一名皇家空军飞行员。他告诉我,他曾和他的导航员在约克郡谷地上空三百英尺高处,被迫从造价高昂的"狂风 GR1"战斗机中弹射出去,原因是他所谓的"飞禽袭击"。(我认为这个说法有失公允,听起来像鸟的过错,像这长羽毛的小家伙怀着敌意,故意迎头撞上以接近音速飞行的二十吨金属。)

总之,故事的重点是:事故发生后,飞行员和导航员坐在封闭的简报室里,花费一小时十五分钟,向调查员们汇报他们在撞击发生时看到、听到、感觉到的事并做了什么。

一小时十五分钟。

而最后从残骸中取出的黑匣子显示,从鸟进入引擎通风口到机组人员弹射,时间不到四秒。

四秒。那就是砰、一、二、三、新鲜空气。

头一次听到这个故事时,我并不相信。不说别的,那个飞行员矮小精瘦,有一双身强体壮的人特有的恐怖蓝眼睛。而且,我忍不住打心底里维护那只鸟。

但此刻我信了。

因为福特的司机迟迟没有右转。当他想把我逼出车道、与下议院一侧的护栏不断摩擦时,我好几次死里逃生。我刹车,他也刹车。我加速,他也加速。当我倾斜车身试图转弯时,他继续贴着护栏直行,用副驾驶座的反光镜推挤我的肩膀。

是的,关于那些护栏,我肯定能谈上一个小时。而关于我意识到福特司机不是普通司机的瞬间,要谈的可就远远超过一个小时了。他岂止是不普通,他的驾驶技术简直一流。

他开的不是路虎,这一点很重要。他准是依靠无线电设备来驾驶的,因为我在堤区时没有人从我身旁经过。当我靠近那辆车时,副驾驶座上的人只是看着我,却没有在车朝我漂移过来时对司机说"当心摩托车"。他们有两面后视镜,这不是福特任何型号的标配。我的睾丸隐隐作痛,这让我幡然醒悟。

你在旅行途中可能会注意到,摩托车骑手不系安全带,这有好有坏。好的一面是,当五百磅的发烫金属在路上滑行时,没有人愿意被绑在上面。坏的一面是,在急刹车时,车停人不停,他会继续前行,直到生殖器撞上油箱,泪水模糊视线,使他看不清自己刹车想躲避的东西。

护栏。

那些结实、默默无闻、被精心定型的护栏。它们足以承担守卫"议会之母"①的重任。它们在一九四〇年春天被拆除,用来制造"喷火"战斗机、"飓风"战斗机、"惠灵顿"轰炸机、"兰卡斯特"轰炸机,以及,尾翼开衩的那种叫什么?"布莱尼姆"?

当然,一九四〇年那些护栏还不在那里。它们是在一九八七年装上去的,为了阻止疯狂的利比亚人往家用标致后车厢塞五百磅烈性炸药,干扰议会工作。

这些护栏,我的护栏,它们在岗位上尽忠职守。它们誓死维护民主。它们由叫泰德、内德或者可能是比尔的工人手工打造。

它们是英雄的护栏。

我昏睡了过去。

一张脸。一张奇大无比的脸。一张覆盖着小脸皮肤的大脸,让脸看上去紧绷着。紧绷的下巴、紧绷的鼻子、紧绷的眼睛。脸上的每块肌肉和每根肌腱都凹凸起伏着,呼之欲出。就像一部满载的电梯。我眨了眨眼,那张脸消失了。

也或许是我睡了一个小时,那张脸停留了五十九分钟。这我无从得知。脸消失之后看到的是天花板,说明我在一个房间里,也说明我被挪动了位置。我第一个念头想到的是米德尔塞克斯医院,但下一秒就知道这是个完全不同的尴尬处境。

我试着活动了一下身体的各个部位,小心翼翼地,不敢挪动脑袋,怕脖子断了。脚似乎没事,就是感觉有些远。但只要不超过六英尺三英寸,我没

---

① 这里指英国议会。

什么可抱怨的。左侧膝盖最快作出回应,不错,但右侧膝盖不对劲,胀胀的,还发热。一会儿再来。现在轮到大腿。左侧没事,右侧不大好。骨盆还行,但还没让它承受重量,不好说。接着是睾丸。啊,它们的情况就截然不同了。我不用施加压力也知道它们处于糟糕的状态,像有很多个一起发出疼痛的信号。腹部和胸部是 B 减。右臂不及格,整条动弹不得。左臂也难以挪动,但左手勉强能动。我就是根据这个判断出自己不在威廉·霍伊尔病房的。如今英国国立医院的医疗服务也许简单粗暴,但不至于无缘无故就把病人的手绑在床上。我把脖子和脑袋留到以后再检查,伴随七个睾丸沉沉睡去。

那张脸回来了,前所未有的紧绷。这一次,他在咀嚼着什么,脸部和脖子的肌肉就像《格雷解剖学》中的插图那样凸显。嘴唇周围沾着面包屑,粉红色的舌头时不时地喷吐出来,把一粒面包屑拖进深渊巨口。

"朗?"此时舌头正在嘴里运动,翻搅着口香糖,使嘴唇噘起,一瞬间我还以为他要吻我。我过了一会儿才开口。

"我在哪儿?"听到自己的声音带着病人的沙哑,我感到很满意。

"嗯。"那张脸说。如果拥有足够的皮肤,我认为它可能笑了。相反,它离开我躺着的地方,随后我听到一扇门打开,但没有关上。

"他醒了。"同一个声音喊道,门还是没关。这说明控制房间的人也控制着走廊,如果外面是走廊的话。据我所知,外面也可能是通往太空梭的升降台。也许我已经在太空梭里,即将远离这个世界。

脚步声。两双鞋。一双胶鞋,一双皮鞋。硬地板。皮鞋走得慢,是发号施令的。胶鞋是被使唤的,为皮鞋把门、开路。胶鞋就是那张脸。胶脸,这样容易记住。

"朗先生?"皮鞋在床边停下,如果那是床的话。我闭着眼,摆出因疼痛而皱眉的表情。

"你感觉怎么样?"是个美国人。现在我的生命里出现了很多美国人,准是因为汇率。

他开始绕着床踱步,我能听到鞋底摩擦地板的声音,还闻到一股浓浓的刮胡水的味道。如果我们成为朋友,我会实话告诉他。但现在不行。

"小时候我一直想要一辆摩托车,"他说,"一辆哈雷。我父亲说摩托车很危险。所以我学会开车后的第一年就撞了四次,只是为了报复他。我父亲是个混蛋。"

时间流逝,但我无能为力。

"我想我的脖子断了。"我说,仍然闭着眼睛,沙哑的嗓音配合得恰到好处。

"是吗?我很遗憾。现在跟我说说你吧,朗。你是谁?做什么的?喜欢看电影吗?喜欢阅读吗?和女王喝过茶吗?随便说点什么。"

我等皮鞋转过身去,才慢慢睁开眼睛。他不在我的视野内,于是我凝视着天花板。

"你是医生?"

"我不是医生,朗,不是,"他说,"我肯定不是医生。我是个王八蛋。"房间某处有人发出一阵窃笑,我猜想胶脸还在门口。

"你说什么?"

"一个王八蛋,这是我的身份、我的工作、我的生活。不过还是来说说你吧。"

"我需要医生,"我说,"我的脖子……"我任由眼泪在眼眶里打转,抽泣着,哽咽着,喉咙沙哑着,自认为演得十分到位。

"如果你想听真话,"他说,"我他妈一点都不关心你的脖子。"

我决定永远都不提醒他刮胡水的事了。

"我想听其他的事,"他说,"其他很多事。"

眼泪没有停下。

"我不知道你是谁,也不知道我在……"我不再说下去,努力把头抬起来。

"滚开,里奇,"他说,"到外面去。"

门边传来嘟囔声,两只鞋离开了房间。这么说,鞋的主人名叫里奇。

"瞧,这样就对了,朗。你不必知道我是谁,也不必知道你身在何处。我们所要做的就是,你来告诉我,而不是我来告诉你。"

"但是……"

"你听见我刚才说的话了吗?"我面前突然出现另一张脸。皮肤光滑、洁净;头发像保利的一样松软、整齐,发型堪称完美。他大约四十岁,也许一天要花两小时骑健身车。只有一个词可以形容他——人模狗样。他凑近来观察我,目光停留在我的下颚,由此得知,那里的伤势一定极为壮观,这让我打起了精神。伤疤总是能打破尴尬的气氛。

我们终于四目相对,但眼神并不友好。

"很好。"他说完,移开了目光。

现在肯定是早晨,他刚刮过胡子,否则不会有如此浓烈的香水味。

"你见过沃尔夫,""狗样"说,"还有他的傻女儿。"

"是的。"

他停了一会儿,听得出他很得意,因为微笑改变了他的呼吸声。如果我否认,说对方找错了人,假装自己不懂英语,他就会知道我在耍花样。如果我实话实说,他就会当我是个笨蛋。毕竟一切事实都指向这一点。

"好。现在,告诉我你们谈了什么。"

"哦,"我皱着眉回想了一下,"他问我服役时期的事。顺便告诉你,我服过役。"

"别扯淡。是他知道,还是你告诉他的?"

这个笨蛋又提了个了不起的问题。

"我不确定。听你这么一说,我觉得他本来就知道。"

"女孩也知道吗?"

"这我没法确定,不是吗?我没怎么注意她,"幸亏在这个问题上我没接测谎仪,否则指向谎言的指针要偏到破表了,"他问我有什么计划,胜任什么工作。说实话,我会的不多。"

"你是情报部的?"

"什么?"我的语气算是回答了他的问题,但他还是继续问我。

"在军队里,在爱尔兰打击恐怖分子时,你参与过情报工作吗?"

"天啊,没有。"我笑了,像受到了恭维。

"有什么好笑的?"

我收起笑容:"没什么,只是……你知道的。"

"不,我不知道。所以才要问你。你是军方情报部的吗?"

我忍着痛深吸了一口气才开始回答。

"北爱尔兰自成体系,"我说,"仅此而已。那里发生的每件事都并非先例,早已发生过上百次。体系就是一切。像我这样的人不过是去充数。我到处闲逛,打打壁球,畅怀大笑。切实地享受过,"我觉得自己可能装过了头,但他似乎并不在意,"听我说,我的脖子……不大对劲。我真的需要看医生。"

"他不是个好人,汤姆。"

"谁?"我问。

"沃尔夫。他罪大恶极。我不知道他是怎么介绍自己的。我猜他一定没告诉你,过去四个月里,他将三十六吨可卡因运到欧洲的事。他说了吗?"我试着摇了摇头。"没有,我想他是忘了提吧。那可是罪恶的铁证,汤姆,你说呢?我觉得是。他是转世魔头,出售快克可卡因。嗯,听起来像歌词。可卡因和什么押韵?"

"阿司匹林。"我说。

"对,""狗样"饶有兴致地说,"阿司匹林。"皮鞋走动起来。"汤姆,有没有发现坏蛋总是和坏蛋联手?我发现了,这种事常有。他们自我感觉良好,拥有共同利益,连星座之类的都一样。我见过一千次了。一千次。"皮鞋停下了。"所以当像你这样的人去见像沃尔夫那样的人时,我不得不说你很可疑。"

"听着,够了,"我恼火地说,"在见到医生前,我不会再说一个字。我完全不知道你在说什么。我对沃尔夫的了解如同对你的了解,也就是一无所知,而且我的脖子很有可能断了。"没有回答。"我要求见医生。"我重复了一遍,尽可能让自己听起来像个站在法国海关柜台前的英国旅客。

"不,汤姆。我想我们还是别浪费医生的时间了。"他语气平稳,但我听得出他很兴奋。皮鞋发出嘎吱声,门开了。"时刻监视他。你要上厕所,叫我。"

"等一下,"我说,"'浪费时间'是什么意思?我受伤了。我浑身都痛,看在上帝的分上。"

皮鞋转向我。

"也许吧,汤姆,也许。但谁会去洗纸盘子呢?"

对于现在这种情况,我已无话可说,无感可发。但是,任何交锋之后,不论输赢,你都要在脑海中回放一遍,从中吸取教训。所以,当里奇靠在门边时,我开始思考。

首先,"狗样"知道很多事,而且知道得很快。所以他有人手,或者高端通信设备,或者两者兼备。其次,他没有说"你去叫伊戈尔或者其他什么人",而是说"叫我"。这说明太空梭里可能只有"狗样"和里奇。

再者,也是目前最重要的一点,只有我清楚自己的脖子没有断。

第八章

我应征入伍,一天六便士,
为荣誉挨枪子儿。

——查尔斯·迪布丁

一段时间过去了。也许是很长一段时间,但撞车后,我开始对时间及其运行产生怀疑。就像每次见过人之后我都要检查口袋是否丢了东西一样。

房间里没有任何计时器。照明没有中断过,并非自然光。噪声不足以辨识,听不到牛奶瓶在板条箱里相互撞击的声音,也听不到报童喊"《旗帜晚报》下午五点版新鲜出炉"。但你不能奢望太多。

我身上唯一能够计时的装置是膀胱,它告诉我离开餐厅后已经过了大约四个小时。这就无法解释"狗样"的刮胡水味了。不过话又说回来,现如今这些劣质膀胱极不可靠。

里奇只离开过房间一次,为了去拿把椅子。趁他不在的时候,我尝试过逃走,把床单系在一起,顺着床单滑到地面。但床单刚蹭过大腿,他就回来了。他坐定后没再作声,我想他拿椅子的时候可能也带了本书过来。可是我始终没有听到翻书的声音,看来他要么是阅读速度很慢,要么就是喜欢坐着凝视墙壁。或者凝视我。

"我要上厕所。"我声音沙哑地说。

无人搭理。

"我说我要……"

"闭嘴。"

很好。这让我对于即将发生在里奇身上的事少了许多内疚感。

"瞧,你得……"

"你没听见吗?我叫你闭嘴。要撒尿,就撒在床上。"

"里奇……"

"谁他妈的让你叫我里奇的?"

"那我该叫你什么?"我闭上眼睛。

"别叫我,别出声。原地解决。明白吗?"

"我不想撒尿。"

我几乎听到他气得脑袋沸腾。

"什么?"

"我要拉屎,里奇。英国人的老传统。如果我拉屎的时候,你想继续坐在这儿,那是你的事。我只是觉得应该跟你说一声。"

里奇想了一会儿,我确定自己听到他皱起了鼻子。然后,椅子腿擦过地面,胶鞋朝我走来。

"不准去厕所,也不准拉在床上,"那张脸进入我的视野,依旧紧绷着,"听见了吗?老实待着,闭上嘴……"

"里奇,你没有孩子,对吗?"

他皱了皱眉,这在他脸上看起来格外费劲。眉毛、肌肉、肌腱,一切都在为这一个有些傻气的表情而努力。

"什么?"

"说实话,我也没有,但我有干儿子。你说什么他们都不会听的。"

眉头皱得更紧了。

"你他妈在说什么?"

"我是说,我尝试过。当你车上有孩子,其中一个要拉屎,你叫他忍住,咬牙坚持到目的地,但这没用。身体要是想拉屎,怎么忍也忍不住。"

他缩紧的眉头稍稍松开了,这很好,因为我光是看着都累。他朝我俯下身,他的鼻子正对着我的鼻子。

"听着,你这个混蛋……"

这就是他最后的话,因为当他刚说完"混蛋",我就使出全力抬起右膝,踢向他的脸颊。有那么一秒,他僵住了,一半出于惊讶,一半出于脑震荡。紧接着我抬起左腿,从他后面绕住他的脖子。我使劲把他往床的方向拽,他设法抽出右手,放到身前,想把自己撑起来。但他不知道腿部的力量有多大。事实上,腿可结实了。

比喉咙结实多了。

我得承认,他做出了一番努力。他试遍了通常的招式(抓我的裆部,踢我的脸),但得有氧气才能有效地完成这类动作,我可没心情让他顺畅呼吸。他的抵抗曲线由愤怒上升到抓狂,再到恐惧,直到顶点,然后一路降到昏厥。他不再蹬腿后,我保持原来的姿势等了五分钟,因为换作是我,一旦意识到自己已无胜算,我就会装死。

但里奇绝对没有装死。

我的手被皮带绑着,得花点时间。眼下唯一的工具就是我的牙齿,等到解开时,我感觉自己好像吃了几间活动房屋。我还确认了下巴的伤势,因为当它第一次蹭到皮带扣时,我疼得差点跳起来。我低下头,看到皮带上有斑驳的血迹,一些是早前留下的暗红色的血,一些是刚染上的鲜红色的血。

挣脱束缚后我躺了回去,一边喘气,一边揉手腕,让它恢复血液循环。然后我重新坐起来,轻轻地把脚垂到床边,站起身。

五花八门的疼痛令我叫不出声来。它们来自四面八方,各讲各的语言,穿各自民族的鲜艳服装,以至于我大张着嘴,愣了足足十五秒钟。我抓住床沿,闭上双眼,直到欢腾的喧闹变为细碎的低语,然后开始新一轮排查。不管最初我撞到了什么,肯定是用我身体的右侧去撞的。膝盖、大腿和臀部都在对我尖叫,而刚刚与里奇头部的撞击使得它们的叫声更加热情。我的肋骨感觉像被取出来过,又按错误的顺序被重新组合在一起,我的脖子倒是没有断,却也几乎动弹不得。还有睾丸。

它们变了。我简直不敢相信这是我随身携带了一辈子、我视为朋友(没错)的睾丸。它们大得异乎寻常,面目全非。

这种情形下只有一个办法了。

武术从业者有一个缓解阴囊不适的诀窍。在日本的柔道中,当你的训练搭档过于投入,狠狠击中你的裆部时,通常就会用到它。

具体步骤如下:腾空六英寸,双腿尽可能绷直——为了在一瞬间增加阴囊的重力,然后用脚跟着地。我不知道原理,但这确实有用——也许没有。我不得不试了好几次,用我的右腿在房间里卖力地蹦跶,直到那难以忍受的剧痛一点一滴地逐渐消退。

然后我俯身去查看里奇的尸体。

他的西装标签显示这是"优秀裁缝"福尔克斯的杰作,没有其他标志;右侧裤兜里有六镑二十便士,左侧裤兜里有一把迷彩图案的折叠刀。衬衣是白色尼龙,鞋是深红色四孔半布洛克皮鞋。差不多就是这样。没有让里奇显得与众不同、让观察力敏锐的侦探提高警觉的物品。没有公交车票,没有借书证,也没有从地方报里挑出来并用红色记号笔圈出的交友广告。

我能发现的略不寻常的东西,就是一把用比安奇枪套装着的全新格洛克17九毫米半自动手枪。

你也许会时不时地读到一些关于格洛克的鬼话。枪身由昂贵的高分子材料制成,这一度让一两个记者大力吹捧其逃脱机场安检的可能性——这肯定是唬人的。套筒、枪管和许多内部结构都是金属,如果这还不够,十七发帕拉贝鲁姆子弹也很难假装成口红替换芯。它的优点是弹匣容量大,而且轻巧、精密、可靠。这一切使得格洛克17成为所有家庭主妇的首选。

我滑动套筒,一颗子弹上膛。格洛克上没有保险栓。你只需要瞄准,开枪,然后没命地跑。很适合我。

我轻轻地推开面向走廊的门,没有发现太空梭。外面只是一条平淡无奇的白色走廊,前面还有七扇门,全都是关着的。走廊尽头是一扇窗,窗外建筑的轮廓毫无特色。这里可能是五十座城市中的任何一座。现在是白天。

不管这栋楼最初是用来做什么的,它已经被弃置很久了。走廊又脏又乱,堆满了垃圾——纸板箱、废纸、垃圾袋,中间还有一辆没有轮子的山地车。

检查一栋敌方大楼至少需要三名玩家。最好有六名。庄家左边的玩家检查房间,两名跟在后面作为替补,另外三名在走廊望风。这是标配。如果你真的只能单枪匹马的话,规则就完全不同了。你得慢动作打开每一扇门,一边留意身后,一边透过合页观察门背后,一小时只能在走廊前进十码。关于这一项,每本闯关指南上都是这么写的。

但我对指南的顾虑是,敌人可能也会读到。

我在走廊里以之字形快速前进,枪口正对前方,一一撞开七扇门,直到抵达走廊尽头。我即刻蹲到窗户下方,准备朝任何可能探出脑袋的人清空弹匣里的子弹。一个人也没有。

但现在门都被打开了,左侧第一扇门通向楼梯。我可以看到一排几英尺的栏杆,上面是一面镜子。我起身,半蹲着穿过门,用尽可能具有威胁性的姿势对着楼梯上下挥动手枪。什么也没有。

我收回右手,用格洛克的底座砸向镜子正中,敲碎了它。我捡起一块大的碎片,划伤了左手。我解释一下,这是个意外。

我举起镜子碎片,瞥了一眼自己的下巴。伤口并不雅观。

回到走廊,我恢复慢动作的检查,挪到每扇门的门框边,将镜子伸进门内,缓缓转动以观察房间内的景象。这样做很傻。而且,因为墙壁不过是一英寸厚的吉普洛克石膏板,也许连三岁小孩都能徒手用樱桃核戳穿它,所以这样做也毫无用处。但总好过站在门口大声吆喝。

前两个房间的状况和走廊无异,脏乱,堆满垃圾:损坏的打字机、电话机、三条腿的椅子。全世界的大型博物馆里都找不出一样东西能和一台有十年历史的复印机一样古老。正这么想时,我听到一个声音。人的声音。

一阵呻吟。

我等了一会儿。声音没再出现,于是我在脑海里回放了一遍。它是从隔壁传来的,是男人的声音。有人在做爱,或者受了重伤。又或者这是个陷阱。

我蹑手蹑脚地退回到走廊,贴着墙来到隔壁门口并躺下。我将镜子往前举,调整角度。房间中央的椅子上坐着一个男人,他的脑袋耷拉到胸前。他身材矮胖,已近中年,被绑在椅子上。用的也是皮带。

衬衫前襟有血。很多血。

如果这是个陷阱,那么这时候对方应该盼着我跳起来说:"天啊,我能帮上什么忙吗?"所以我待在原地观望,同时留意着男人和走廊。

他没再发出任何其他的声音,走廊也没有任何异常的动静。观望了好一阵,我把镜子扔到一边,绕着门框爬进了房间。

我想,从听到呻吟的那一刻起,我也许就已经知道那是沃尔夫。要么是因为我认出了他的声音,要么是因为我一直在思考,既然"狗样"能抓到我,那么他也能轻而易举地抓到沃尔夫。

甚至是萨拉。

我关上门,用椅子的两条腿抵住门把手。这样做虽然不能阻止任何人,但可以在门打开之前让我有机会打出三四发子弹。我在沃尔夫面前跪下,立刻因为膝盖上新的疼痛而咒骂起来。我起身,看向地板。沃尔夫脚边有七八颗油腻的螺丝和螺母,我俯下身,想把它们扫到一边。

但那些不是螺丝和螺母,上面沾的也不是油污。原来我跪在了他的牙齿上。

我解开皮带,试着扶起他的头。他双眼紧闭,但我无从判断那是因为他陷入昏迷,还是因为他颧骨和眼窝的组织严重浮肿。他嘴边挂着血泡和口水,呼吸声沉重。

"你会没事的。"我说。但这话我自己都不信,更别说他了。"萨拉在哪儿?"

他没有答话,我能看出他在使劲睁开左眼。他把头微微向后靠,发出低沉的咕哝声,弄破了嘴边的几个血泡。我向前俯身,并握住他的手。

"萨拉在哪儿?"我重复了一遍,喉咙深处透着浓浓的毛骨悚然的不安。有那么一会儿,他没有动,正当我以为他已经昏厥时,他的胸口抬了一下,然后他张开嘴,像在打哈欠。

"托马斯,你说什么?"他的声音有些刺耳,呼吸越来越沉重。"你是……"他停下来吸气。

我知道他不该说话。我知道应该让他安静,保存体力,但我做不到。我想让他开口说点什么,说他感觉有多糟,说这是谁干的,说说萨拉,说说唐克斯特赛马会,任何与活着有关的事。

"我是什么?"我问。

"你是好人吗?"

我觉得他笑了。

我就那样看着他,试着思考接下来该怎么办。如果我挪动他,他可能会死。如果我放着他不管,他一定会死。我内心甚至有点希望他死,那样我就可以果断行动起来。为他报仇,逃跑,或独自生闷气。

突然,在我意识到之前,我已经放开他的手,捡起格洛克,以尽可能低的半蹲姿势横穿过房间。

因为有人在拧门把手。

椅子扛住了一开始推的几下,接着门外有人踢了一脚,椅子滑到一边。门猛地敞开,一个人站在门口,比我记忆中高,所以我过了零点几秒才认出那是"狗样",他正用枪对着房间中央。沃尔夫开始从椅子上起身,也可能他是在往前倒。一阵持续的巨响,尾随着一串沉闷的砰砰声,我将六发子弹射入了"狗样"的脑袋和身体。他仰面倒向走廊,我追过去,在他倒下的瞬间又朝他胸口开了三枪。我踢开他手上的枪,用格洛克对准他脑袋正中。弹壳在走廊上缓缓滚动。

我转身回房间。沃尔夫距离我上次见到他的地方移动了六英尺,躺在一摊逐渐凝固的黑色液体里。我不明白他的身体怎么会出现在那么远的地方,直到我低头看见了"狗样"的武器。

那是一把M10,火力强劲的袖珍冲锋枪,可以在两秒内毫不留情地清空弹匣内的三十发子弹。"狗样"用其中大部分子弹击中了沃尔夫,几乎把他打成碎片。

我弯下腰,往"狗样"的嘴里又开了一枪。

我花了一个小时把大楼从上到下检查了一遍,最后发现它背靠霍尔本街,曾是一家大型保险公司,现在只是一栋被废弃的大楼。这我大致猜到了。开了那么多枪之后还没有警笛声传来,通常说明楼里面没人。

我别无选择,只能扔掉格洛克。我把里奇的尸体拖进沃尔夫所在的房间,让他躺在地上,用我的衬衫擦去格洛克枪托和扳机上的指纹,让里奇拿着它。我捡起M10,将最后三发子弹射进里奇体内,然后把它放到"狗样"身边。

我制造的舞台造型并不十分合理,但话说回来,现实生活也一样。很多时候,疑点重重的现场比一目了然的现场更有说服力。至少我希望如此。

然后我隐居于"君临",那是国王十字车站一家提供早餐的破旧旅馆。我在那里待了两天三夜,等着下巴结痂,身上的伤变幻出各种美丽的颜色。窗外,我的英国民众正在贩毒,卖淫,酒后滋事,第二天忘得一干二净。

住在那里时,我想着直升机、枪、亚历山大·沃尔夫、萨拉·沃尔夫,以及许多有趣的东西。

我是好人吗?

第九章

穿靴,备鞍,上马,远行!

——布朗宁

"'毕业生'什么?"

女孩美得令人惊艳,不知道这份工作她还会干多久。我敢说,在位于格罗夫纳广场的美国大使馆当接待员可以为你提供不错的薪水,以及一辈子也用不完的尼龙丝袜,但一定比去年的预算报告还要无聊。

"'毕业生研究',"我说,"拉塞尔·巴恩斯先生。"

"预约了吗?"

我断定,她最多撑不过六个月。她厌倦了我,厌倦了这栋大楼,厌倦了整个世界。

"当然,希望如此,"我说,"我的公司今天早上打电话确认过。他们说,有人要见我。"

"所罗门,对吗?"

"是的。"她浏览了几页列表。"一扇门的'门'。"我主动说。

"你的公司是……"

"早上打电话的那一家。对不起,我以为自己说过了。"

她已经厌烦透顶,不想重复任何问题。她耸了耸肩,开始为我填写访客通行证。

"卡尔?"

卡尔可不是一般人。他比我高一点五英寸,空闲时间经常健身,显然他有很多空闲时间。他还是美国海军陆战队成员，穿着崭新的制服，新得我都要怀疑低头能看到裁缝在给他做裤脚。

"所罗门先生，"接待员说，"5910号房间，去见巴恩斯，拉塞尔。"

"是拉塞尔·巴恩斯。"我纠正她说，但他们俩都没注意。

卡尔带领我穿过一扇扇昂贵的安检门，其他和卡尔一样的人用金属探测器贴着我的衣服，把我全身上下扫描了一遍。他们对我的手提箱尤其感兴趣，当发现里面只装着一份《每日镜报》时，他们露出担忧的神色。

"手提箱只是我的道具。"我欣然解释道，出于某种原因他们接受了这个说法。如果我告诉他们这是我用来从外国大使馆窃取机密文件的，他们也许还会拍拍我的背，主动帮我提箱子。

卡尔把我带到电梯口，靠边站，让我先进。电梯里以极低的音量播放着音乐，要不是我知道这里是大使馆，还以为那是约翰尼·马西斯在翻唱《地狱蝙蝠》。卡尔在我之后进来，在电子读卡器上刷了一下卡，用戴着洁白手套的手在下方键盘上按了一个数字。

电梯快速上升时，我稳住自己，以迎接接下来很可能会棘手的面谈。我不断告诉自己，我只是在被巨浪卷进海里时，照俗话说的在做。俗话说，要顺流，不要逆流，最终你会抵达陆地的。我们在五楼出了电梯，我跟随卡尔沿着一条地板反光的走廊来到5910号房间，门上写着"欧洲研究中心副局长拉塞尔·P.巴恩斯"。

我敲门的时候，卡尔等在一边，当门打开时，我差一点就要往他戴着手套的手里塞几枚一英镑硬币，让他帮我在"伊壁鸠鲁"餐厅订位。幸好他以粗暴的敬礼阻止了我。然后他转身，用刚刚好一百一十步走完整条走廊。

拉塞尔·P.巴恩斯阅历丰富。我看人不一定准，但我相信，一个人若人生中一半时间坐在办公桌后面，另一半时间在使馆宴会上畅饮鸡尾酒，他可无法成为拉塞尔·P.巴恩斯。他年近五十，高大、瘦长，皱纹和疤痕互不相让,都在争夺那张被久晒的脸。我只能想到,他拥有奥尼尔努力想得到的一切。

我进来时,他的目光越过半月形眼镜朝我看了一眼,但他马上埋头继续看文件,一边看,一边用一支昂贵的钢笔沿着页边的空白处指下去。他身体的每一个细胞都表明,死去的"越共"、全副武装的尼加拉瓜反政府军以及施瓦茨科普夫①将军都得称他为"老江湖"。

他翻过去一页,用洪亮的嗓门对我说:"好。"

"巴恩斯先生。"我说,把手提箱放到他对面的椅子旁边,伸出手。

"门上写着什么?"他继续看文件。我继续伸着手。

"您好,长官。"

一阵沉默。我知道"长官"会打动他。他嗅了嗅空气,察觉到了战友的气息,朝我缓缓抬起头。然后他低头看向我的手,看了很久之后终于伸出自己的手。他的手干得像柴。

他用眼神示意我坐下,我照做了,其间我瞥到墙上的照片。果不其然,那是"风暴诺曼"②,穿着迷彩服,脸的下方有一行长长的手写字。字小得无法辨认,但我敢拿全部身家打赌,文中有"厉害"之类的词。旁边是一张更大的巴恩斯的照片,他穿着跳伞服,手臂夹着跳伞头盔。

"英国人?"他摘下眼镜,扔到桌上。

"自始至终,巴恩斯先生,"我说,"彻彻底底的。"我知道他指的是"英国军人"。我们交换了军人特有的苦笑,这苦笑表明我们有多么厌恶绑住好人双手、却美其名曰政治的狗杂种。当我们享受完这一过程,我说:"我是大卫·所罗门。"

"我能为你做什么,所罗门先生?"

"我想您的秘书已经汇报过了,长官,我是奥尼尔先生的部门派来的。

---

① 施瓦茨科普夫(1934—2012),美国陆军上将,海湾战争多国部队总司令。
② 施瓦茨科普夫将军的绰号。

奥尼尔先生有一两个疑问,希望您来解答一下。"

"说。"他轻松地说出了这个字,我想知道他有多少次在不同语境下说过①。

"是有关'毕业生研究'的,巴恩斯先生。"

"嗯。"

仅此而已。是"嗯",而不是"你指的是一个不知名集团密谋赞助一次恐怖行动,来促进反恐军备的销售吗"。我得承认,我有点期望会是后者。如果不是,一句"对不起"开头也能让我感到满足。但是单单一个"嗯"没有任何帮助。

"奥尼尔先生希望您说说对这个问题的最新看法。"

"是吗?"

"千真万确,"我坚定地说,"他希望您能帮助我们理解最近发生的事。"

"最近发生的事是什么呢?"

"在这个节骨眼上,我还不想细说,巴恩斯先生。相信您能理解。"

他笑了,嘴的深处金光一闪。

"你做过政府采购吗,所罗门先生?"

"当然没有,巴恩斯先生,"我假装沮丧地说,"我妻子都不放心让我去超市购物。"

他收起笑容。在拉塞尔·P.巴恩斯的圈子里,婚姻是正派男人私下处理的事情,如果他们有婚姻的话。

他桌上的电话机嗡嗡叫了两声,他把听筒拽到耳边。

"巴恩斯。"他拿起钢笔,边听电话边将笔帽开了又合,合了又开。他点了几次头,应和了几声,然后挂了电话。他盯着钢笔,似乎在等我说话。

"不过,我想我可以说,我们很担心……"为了强调,我停顿片刻,"目前居住在英国领土上的两位美国公民的安全。他们姓沃尔夫。奥尼尔先生想

---

① 原文 shoot 在口语中意为"快说",也有"开枪"之意。

知道,您能否提供相关情报,以协助我们继续保护两位的安全。"

他双手抱胸,靠到椅背上。

"真是活见鬼。"

"什么?"

"俗话说,如果你坐着不动,时间久了,整个世界都会来到你眼前。"

我摆出迷惑不解的表情。

"非常抱歉,巴恩斯先生,但我没明白你的意思。"

"很久没有一下子听到这么多荒唐事了。"

某个地方的钟发出滴答声。秒针走得很快,好像一秒内走了不止一次。但仔细想想,这是一栋美国人的大楼,也许美国人觉得一秒钟太慢了,于是设计出秒针走得更快的钟,那样他们每天就能比这些英国佬多出好几个小时。

"您有任何情报吗,巴恩斯先生?"我固执地问道。

但他并不急着回答。

"我会有什么情报呢? 所罗门先生,你才是做事的。这件事我也是刚刚从你这里听说的。"

"那么,"我说,"我怀疑您没有完完全全说实话。"

"是吗?"

气氛有点奇怪。我说不出是为什么,但感觉非常蹊跷。

"先不管它,巴恩斯先生,"我说,"假设我的部门最近缺少人手。有得流感的,有度假的。假设由于人手不足,我们暂时失去了那两个人的行踪。"

巴恩斯弄响了指关节,倾身向前。

"我觉得你们不可能人手不足,所罗门先生。"

"我不是说真的人手不足,"我说,"只是假设。"

"没有区别,我不同意你的假设。在我看来,如果有问题,那也是你们人手过剩。"

"对不起,我没明白。"

"我觉得到处都是你们的人,做着无用功。"

钟滴答了一下。

"您具体指的是什么?"

"我具体指的是,如果你们雇得起两个大卫·所罗门来干同一份工作,那么你们一定有比我更高的预算。"

糟糕。

他起身,开始绕着桌子走过来,不是为了威胁什么人,只是伸伸腿。

"也许还有更多?也许你们有一个师的大卫·所罗门,是吗?"他顿了顿,"我给奥尼尔打了电话。他说,大卫·所罗门此时正在开往布拉格的飞机上,他认为那是他唯一一个叫大卫·所罗门的手下。所以也许你们所有叫大卫·所罗门的人只拿一份薪水,"他走到门边,打开门,"迈克,叫 E 队上来。马上。"

他转身,倚着门框,双手抱胸,看着我。

"你有约四十秒的时间。"

"好吧,"我说,"我的名字不是所罗门。"

E 队由两个卡尔组成,一人一边站在我的椅子两侧。迈克堵在门口,巴恩斯已经回到桌子后面。我假装自己是个情绪低落的失败者。

"我姓格拉斯,特伦斯·格拉斯,"我尽可能说些无聊的内容,无聊得没人会想去捏造,"我在科克街经营一家画廊,"我从上衣口袋里掏出金发女孩给我的名片,递给巴恩斯,"给,最后一张了。总之,萨拉为我工作——曾经为我工作。"我叹了口气,让身体陷下去一些。一个输掉了一切的男人。"过去的几个星期里,她变得……我不知道怎么说。她看上去很焦虑,甚至是害怕。她开始说些莫名其妙的话。有一天,她没来上班。她消失了。我打了很多电话,却没有任何消息。我给她父亲打过几个电话,可他好像也消失了。我去搜了她的办公桌,在零碎的物件中发现了一份文件。"

听到这里,巴恩斯微微僵住了,于是我打算再给他点压力。

"上面写着'毕业生研究'。我以为那会是艺术史之类的东西,但不是。

老实说,我不太看得懂。是业务上的,可能是制造业。她做了些笔记。有个叫所罗门的,也有你的名字,还有美国大使馆。我……我能跟你说实话吗?"

巴恩斯看着我,脸上全是疤痕和皱纹。

"别告诉她,"我说,"我的意思是,她不知道,但是……我爱上她了。已经有好几个月了。这才是我聘请她的原因。画廊的事我一个人就够了,但我想让她待在我身边。我能想到的只有这个办法。我知道希望渺茫,但是……你认识她吗?我是说,你见过她吗?"

巴恩斯没有回答。他只是把玩着我递给他的名片,抬起眉毛看了一眼迈克。我没有转身去看,但迈克一定是忙去了。

"格拉斯,"一个声音说道,"已核实。"

巴恩斯嚼了会儿牙齿,然后看向窗外。除了钟的滴答声,房间安静得出奇。没有电话机,没有打字机,也没有交通噪声。窗户用的准是四层玻璃。

"奥尼尔?"

我尽可能表现得消沉。

"他怎么了?"

"你从哪儿知道奥尼尔的?"

"文件里,"我耸了耸肩,"我刚才说了,我读了她的文件。我想知道她发生了什么事。"

"那你为什么不一开始就告诉我?为什么要如此大费周章?"

我笑了,瞥向卡尔们。

"您可不是那么容易见到的,巴恩斯先生。我打了好几天电话,他们一直把我转到签证部。我想,他们以为我要娶个美国人来骗绿卡。"

一阵长时间的沉默。

这是我捏造过的最愚蠢的故事了,但我在巴恩斯的大男子主义上赌了一把——我承认,赌得很大。在我眼里,他傲慢无礼,被困在国外,我希望每个他打过交道的人都和我的故事一样愚蠢,如果不是更愚蠢的话。

"你跟奥尼尔也说过这些吗?"

"根据国防部的档案,在职人员里没有叫这个名字的人。他们劝我最好去警察局登记失踪人口。"

"你真的去登记了?"

"我是这么想的。"

"哪个警察局?"

"贝斯沃特。"我知道他们不会去核实这个。他只是想试探我能多快给出回答。"警察让我等几个星期。他们似乎认为,她可能找了另一个情人。"

我对这一说辞感到很满意。我知道他会上钩的。

"另一个情人?"

"嗯……"我假装害羞地说,"好吧,是一个情人。"

巴恩斯咬着嘴唇。我看起来是那么值得同情,他除了相信我别无选择。换作是我就信了,而我不是个容易轻信别人的人。

他终于做出了决定。

"现在文件在哪儿?"

我抬起头,惊讶于有人会对文件产生任何兴趣。

"还在画廊里。怎么了?"

"描述一下。"

"嗯……就是普通的画廊。展示艺术品的。"

巴恩斯做了个深呼吸。他真的很讨厌和我打交道。

"我让你描述文件。"

"就是普通的文件。硬纸板……"

"上帝啊,"巴恩斯说,"什么颜色?"

我想了一会儿。

"我想是黄色。是的,是黄色。"

"迈克,准备上路①。"

"等等……"我正要站起来,一个卡尔朝我的肩膀俯身,于是我决定坐回

---

① 直译为"备马",与本章引语呼应。

去,"你干什么?"

巴恩斯已经回到他的案头工作上,不再看我。

"你和卢卡斯先生一起去你的画廊,然后把文件交给他。明白吗?"

"我为什么要这么做?"我不知道画廊老板是怎么说话的,但我选择了耍性子的,"我来这儿是为了查清楚我的一名员工发生了什么事,不是来邀请你们乱动她的私人物品。"

突然间,他似乎低头看到了日程的最后一项上写着"向所有人证明自己不是好惹的"——即使迈克已经出门,卡尔们也准备动身。

"听我说,死基佬。"他说。老实说,我觉得他演得过头了。卡尔们顺从地止步,欣赏他的雄风。"我说两点。第一,在亲眼看到它之前,我们无法确定那是她的私人财产还是我们的。第二,只有照我说的做,你才有机会再见到那个臭婊子。你听明白了吗?"

迈克是个不错的小伙子,近三十岁,毕业于常春藤盟校,聪明绝顶。我能看出来,他对于如此麻烦的活儿不是很自在,因此我更加喜欢他了。

使馆停车场上有三十辆一模一样的浅蓝色"林肯外交官",我们从中选了一辆,沿公园路向南驶去。我认为,由外交官来驾驶"外交官"似乎有点多此一举,但也许美国人喜欢贴这类标签。据我所知,美国保险推销员开的车就叫"雪佛兰保险推销员"。我想这可以让他们在人生中少做一次选择。

我坐在后座上,玩着烟灰缸,一个穿便服的卡尔坐到迈克旁边的副驾驶座上。卡尔戴着一只耳塞,耳线消失在衬衣里。天知道它连到哪里去了。

"人很和善,巴恩斯先生。"我终于说道。

迈克从后视镜里看着我。卡尔把头转了一英寸,从他脖子的长短来看,他也只能转那么多了。我想为打扰他健身而道歉。"也很称职,我是说巴恩斯先生,很有效率。"

迈克向卡尔投去求助的目光,不知是否该回应我。

"巴恩斯先生真的很了不起。"他说。

我想,迈克大概讨厌巴恩斯。如果我为他工作的话,我肯定也会讨厌他。但迈克是个善良、正直、敬业的人,努力对雇主忠诚,而且我觉得当着卡尔的面试探迈克,对他来说不公平。于是我继续拨弄自动车窗。

大体上,这辆车不是为了运送人质而准备的。也就是说,后车门上的是普通的锁,我可以在任意一个红绿灯前下车。但我没有这么做,甚至根本不想这么做。不知道为什么,我突然内心雀跃。

"了不起,是的,"我说,"我会用这个词来形容他。不,是你会用这个词。不过能否让我也用一下?"

我玩得很开心。我并不经常这样。

我们拐进皮卡迪利大街,然后朝科克街驶去。迈克扳下遮光板,取出格拉斯的名片,大声念出门牌号。他没来问我,让我如释重负。

我们停在四十八号门前,卡尔打开车门,车还没停稳,就已探出半个身体。他猛地拉开后车门,在我下车时查看路的两边。我感觉自己像个总统。

"四十八号,对吗?"迈克说。

"没错。"我说。

我按响门铃,我们三个在门口等着。不一会儿,出现了一个衣冠楚楚的矮小男人,他打开一连串门锁。

"早上好,先生们。"他说,听起来格外拘谨。

"早上好,文斯。腿怎么样了?"我说着走进画廊。

小个子是个典型的英国人,不好意思问"文斯是谁""谁的腿""另外,你在说什么",而是让开路,不失礼貌地微笑,让迈克和卡尔随后也进了门。

我们四个来到画廊中间,审视着胡乱涂抹的画。它们真的糟透了。他一年能售出一幅,我都觉得是个奇迹。

"要是有看中的,我或许能给你打个九折。"我对卡尔说,他慢慢地眨了眨眼睛。

那个漂亮的金发女孩从里面走出来,这回她穿了件红色直筒连衣裙,眉开眼笑的。然后她看见了我,有教养的下巴差点掉到更有教养的胸上。

"你是谁?"迈克问小个子。而卡尔的视线没有离开那些画。

"我是特伦斯·格拉斯。"小个子说。

这是个非同一般的时刻。我会永远铭记。我们五个就那样站着,只有格拉斯和我及时合上了嘴。迈克第一个打破沉默。

"等等,"他说,"你才是格拉斯。"他转过头来,绝望地看着我。四十年带养老金的职业生涯和无数次被派往塞舌尔的任务开始在他眼前闪过。

"对不起,"我说,"这不完全正确。"我低头寻找自己留下的血迹,但地上什么也没有。格拉斯不是立即使用了强效清洁剂,就是迅速买了块新的地毯。

"先生们,有什么不妥吗?"格拉斯嗅到了不愉快的气氛。我们不是沙特王子就已经够糟的了,现在我们看起来根本不是来买画的。

"你是那个……杀手。你……"金发女孩找不到合适的措辞。

"我也很高兴见到你。"我说。

"上帝啊。"迈克说,转头看卡尔,卡尔转头看我。

他是个大家伙。

"对不起,这是个小小的误会,"我说,"既然你们来过了,为什么不赶紧回去交差呢?"卡尔开始朝我走来。迈克拉住他的手臂,然后看着我,微微向后退。

"等等。如果你不是……我是说,你知道自己做了什么吗?"我想他是真的不知道说什么好了,"上帝啊。"

我转向格拉斯和金发女孩。

"为了让你们安心,我来说明一下,因为我知道你们肯定非常疑惑这是怎么回事。我不是你们以为的那个人,也不是他们以为的那个人。你,"我用手指着格拉斯,"是他们以为的我,而你,"又指向金发女孩,"其他人都走了以后,我想和你谈谈。清楚了吗?"

没有人举手。我走到门边,做了个送客的动作。

"我们要文件。"迈克说。

"什么文件?"我说。

"'毕业生研究'。"此时他还是慢了半拍。这不能怪他。

"对不起,让你们失望了,根本没有什么文件。不管是叫'毕业生研究',还是别的什么。"迈克的脸沉下来,我真心为他感到遗憾。"听着,"我说,试着让他更容易接受,"当时我在五楼,周围是双层玻璃,那栋楼属于美国领土,我能想到的唯一脱身的办法就是提起一份文件。我想那会吸引你们。"

又一阵长久的沉默。格拉斯不耐烦地发出喷喷声,似乎最近遇上了不少烦心事。卡尔转向迈克。

"我要带他走吗?"他的声调很尖,接近假声。

迈克咬着嘴唇。

"这由不得迈克决定,"我说,两个人看着我,"我是说,这得看我愿不愿意被带走。"

卡尔盯着我,掂量着我的话。

"听着,"我说,"我实话告诉你,你是个大家伙,我相信你能做的俯卧撑一定比我多。对此我表示敬佩。这个世界需要能做俯卧撑的人。这很重要。"他威胁般地抬起下巴:"接着说,先生。"我继续往下说:"但格斗是另外一回事,非常不同,而我恰好擅长格斗。不是说我比你强壮,比你精力充沛,或是别的什么。只是我擅长罢了。"

我能看出卡尔对于这些话不是很自在。在他就读的学校里,很可能出现的情况是,有人说"我要把你的心脏挖出来"之类的,而他也知道如何应对。但仅此而已。

"我的意思是,"我尽可能友好地说,"如果你不想让自己太难堪的话,现在就转身离开,找个地方吃顿丰盛的午餐。"

两人相互对视着说了一阵悄悄话,最后离开了。

一个小时后,我和金发女孩坐在一家意大利咖啡馆里。在下文中,我将称她为"罗妮",因为她的朋友都这么称呼她,显然我也成了她的朋友。

迈克夹着尾巴离开了,卡尔脸上写着"后会有期,小子"。我愉快地向他们挥手道别,但我知道,如果今后再也见不到他,那么我的生活还不算太糟糕。

罗妮瞪大双眼听我讲述删减了死人部分的经历,她也因此改变了对我的看法,认为我是个不错的人。我又点了杯咖啡,惬意地沉浸在她的仰慕中。

她微微皱眉。

"那么,你不知道萨拉现在在哪儿?"她说。

"毫无头绪。她可能毫发无伤,只是躲起来了,她也可能陷入了大麻烦。"

罗妮往后靠去,凝视着窗外。我能看出她喜欢萨拉,因为她真的为萨拉感到担心。接着她突然耸耸肩,啜了口咖啡。

"至少你没把文件给他们,"她说,"这很好。"

显然,这就是对人撒谎的危害之一。他们开始分不清什么是真、什么是假。我想,这不算是个特别大的意外。

"不,你还不明白,"我温柔地解释道,"没有文件。我告诉他们有一份文件,是因为我知道他们肯定会先去核实,而不是急着逮捕我,把我抛进河里,或者做出会对我这种人做出的事。你知道吗?在办公室里工作的人把文件奉为至宝。文件对他们来说很重要。如果你告诉他们你有一份文件,他们会愿意相信,因为他们十分重视文件,"我,伟大的心理学家,"但恐怕这份文件并不存在。"

罗妮坐直了身体,我能看出她突然变得兴奋。她的脸颊上浮现两个红晕,真是令人赏心悦目。

"但它真的存在。"她说。

我晃了晃脑袋,确保耳朵还在它们该在的地方。

"你说什么?"

"'毕业生研究',"她说,"萨拉的文件。我见过。"

第十章

吾辈之灰烬仍留有火焰。

——乔叟

我约罗妮四点三十分见面,那时画廊已经结束一天忙碌的生意,络绎不绝的顾客被安全地拦在门外,他们只能捧着打开的支票簿,打开折叠床,在人行道上排队等到明天。

我没有主动寻求罗妮的帮助,但她是个敢想敢做的年轻人,出于某种原因,她嗅到了伟大事业和大冒险的气息,并且无法抵挡这股诱惑。我没有告诉她,到目前为止除了弹孔和被打碎的阴囊以外一无所获,因为我无法忽视她会起到很大作用的可能性。一来,现在我没有交通工具,二来,我发觉身边有别人为我思考时,我能把事情想得更透彻。

我在大英图书馆耗费了几个小时,试图搜寻关于美国麦基公司的资料。大多数时间我都在研究如何使用检索系统,但就在我不得不离开的最后十分钟前,我查到了一条宝贵的信息——麦基是一名苏格兰工程师,他和罗伯特·亚当斯合作制造了一把固定式枪身、扳机待发、后膛装填的撞击式左轮手枪,于一八五一年在伦敦万国工业博览会上展出。我没用笔记下来。

还剩一分钟,我在交叉引用中找到一本名为《老虎的牙齿》的极其无聊的书,作者是J.S.哈蒙德上校(已退伍),从中我发现麦基成立了一家公司,如今已经发展成为美国国防部的第五大防御"材料"供应商。公司的总部目前在加利福尼亚州的梵索姆,上一次提交的年度税前利润报表上,尾后的零多得我的手背都挤不下。

正当我穿过下午的购物人群,返回科克街的时候,我听到了报童的叫卖声。这也许是我生平头一次听懂报童喊的话。其他过路人听到的也许是"愚蠢的芦苇闭嘴",但我连照片都不用看,就知道他念的是"市区枪击致三人死亡"①。我买了一份,读起来,没有停下脚步。

案发现场位于伦敦金融区一栋废弃的办公楼里,三人都因枪伤而当场死亡。在发现尸体后,警方立即展开"大规模调查行动"。报案的是一名保安,名叫丹尼斯·法尔克斯,五十一岁,有三个孩子,发现尸体的时候刚从牙医那儿回来上班。死者的身份都还未确认。警方发言人拒绝猜测谋杀背后的动机,但称绝不会排除毒品的可能性。报纸上没有刊登任何照片,只有一篇关于近两年伦敦涉及毒品的死亡案呈上升趋势的参考资料。我把报纸扔进垃圾箱,继续走。

有人买通了丹尼斯·法尔克斯,这一点显而易见。买通他的可能就是"狗样",所以当法尔克斯回来发现自己的资助人被杀的时候,也就没有理由不报警了。看在他的分上,我希望他是真的去见了牙医,否则,警察不会让他有好果子吃。

画廊外,罗妮在她的车里等着我。这是辆鲜红色 TVR 格里菲斯,五升 V8 发动机,排气声连在北京都能听见。对于一项需要隐蔽的监视行动来说,它似乎算不上理想车型,不过——第一,我没有资格挑剔;第二,不能否认进入一辆由美女驾驶的敞篷车是一大乐事,感觉就像步入一个隐喻。

罗妮兴致高涨,这并不意味着她没有看到有关沃尔夫的报道。即使她看到了,即使她得知了沃尔夫的死讯,我也不确定她会不会有不一样的反应。罗妮身上有一种过去所谓的胆量。经过几百年的进化,她被赋予了高颧骨以及对风险和冒险的欲望。我想象她在五岁时骑着一匹名叫温斯顿的矮种马,跃过八英尺高的篱笆,还没吃早餐就已经冒了七十次生命危险。

---

① 原文中,这两句听起来很相似。

我问她在萨拉的桌子里找到了什么，她摇了摇头，接着在去贝尔格拉维亚的一路上一直用各种问题纠缠我。多亏了 TVR 排气管的号叫声，我一个问题也没有听见，但我还是在可能恰当的时机点点头或者摇摇头。

当我们驶入莱尔街时，我扯着嗓门叫她径直从房子前开过去，除了正前方的路什么也别看。我找到一盒 AC/DC 乐队的磁带，放入卡式录音机，把音量调到最大。我这样做所依据的原则是，你知道，最危险的举动就是最安全的举动。如果有选择的话，我通常会说，最危险的举动就是最危险的举动，但选择正是我此刻缺少的东西。需求是自我妄想之母。

当我们经过沃尔夫的房子时，我把手放到眼皮上轻轻揉搓着，表面上是在调整隐形眼镜，实际上是尽可能地查看房子的正面。看起来没有人，但我也没指望门口台阶上会出现拎着小提琴箱子的人。

我们绕过街区，我做手势示意罗妮停在房子几百米开外的地方。她熄了火，有那么片刻，我因为突然的宁静而产生耳鸣。接着她转头看我，我看到她的脸颊上又出现红晕。

"头儿，接下来怎么做？"

她真的很喜欢干这一行。

"我去门前溜达一圈，看看情况。"

"好的。我该做什么？"

"你待在这儿。"我说。她露出失望的表情。"以便我紧急脱身。"我补充道，她的脸上再次焕发光彩。她从手提包里拿出一个黄铜色罐头，塞到我手里。

"这是什么？"我问。

"防狼警报器。按上面。"

"罗妮……"

"带上它。如果我听见警报，就知道你需要我去接你。"

这个街区看起来极其普通，鉴于每栋房子都值两百万英镑以上。光是停在街边的车，其价值就可能超过了许多小国：十几辆奔驰、十几辆捷豹和戴姆勒、五辆宾利轿车、一辆宾利敞篷车、三辆阿斯顿·马丁、三辆法拉利、一辆杰森和一辆兰博基尼。

还有一辆福特。

深蓝色，脸朝内，停在房子对面，所以第一次我没有注意到它。双天线，双后视镜，车身中间至左侧前翼有凹陷，像是与重机型摩托车并行相撞造成的。

副驾驶座上有人。

一开始我松了口气。如果他们在监视萨拉的房子，说明萨拉很有可能没在他们手上，而这里是她最有可能出现的地方。但是，也有可能他们已经抓到了她，只是派人来取她的牙刷——如果她还有牙齿的话。

担心这个也无济于事。我继续走向那辆福特。

如果你接受过军事理论方面的培训，那么你有可能不得不听完一整节关于"博伊德循环"的课。博伊德这个人在朝鲜战争期间花了大量时间研究空战，分析典型的"事件序列"——或者，用外行的话来说是"事件的顺序"，以此得知为什么飞行员A能击落飞行员B，飞行员B被击落后的心理感受如何，两人中谁早上吃了鱼蛋烩饭。博伊德的理论纯粹是基于简单的观察。A做了某件事，B做出了反应，A做了另一件事，B再次做出反应，依次类推，形成一个行为与反应的循环。这就是"博伊德循环"。你可能在想，这你也能理解。但是，博伊德真正的高明之处、让他至今在全世界的军事学院被拿出来讨论的是，他发现，要是B在通常只能做一件事的时间内做两件事，他就会"盗取循环"，正义的力量由此获胜。

"朗的理论"是用较小的代价获取同样的效果，趁对方来得及躲开之前打他的脸。

我从福特的左后方往前走，在车窗边停下来，抬头看沃尔夫的房子。车里的人没有看我。如果他是普通居民，他会看我，因为人们无所事事的时候会东张西望。我弯腰敲了敲车窗,他转过头来,盯了我好一会儿才摇下车窗,但我知道他没有认出我。他四十多岁,沉湎于威士忌。

"你是罗思吗?"我假装发火,用尽可能纯正的美国口音说道——还挺像,不过是我自己认为的。

他摇了摇头。

"罗思来过吗?"我说。

"罗思他妈的是谁?"我以为他是个美国人,但听起来他是个地道的伦敦人。

"见鬼。"我说,直起腰来看向房子。

"你是谁?"

"达洛维,"我皱着眉说,"他们跟你说了我要来吗?"

他再次摇了摇头。

"你下车过?没接到电话?"我语气强硬,说得又快又大声。他一时没转过弯来,但是没有怀疑我。"听说了吗?看在上帝的分上,看报纸了吗?死了三个人,朗没在里面。"

他抬起头看着我。

"见鬼。"我又说了一遍,以防他第一次没听到。

"那现在怎么办?"

给朗先生奖励一朵小红花。他被我蒙过去了。我咬着嘴唇想了一会儿,然后决定碰碰运气。

"这里就你一个人?"

他用下巴指了指房子。

"米基在里面,"他看了一眼自己的手表,"我们十分钟后换班。"

"你们现在就换,我得进去。到现在为止,有人出现过吗?"

"没有。"

"电话呢?"

"有一个。女的,大概一小时前。找萨拉。"

"知道了,走吧。"

显然我盗取了他的博伊德循环。走对了第一步,人们就能乖乖照你说的做,这很不可思议。他钻出车门,好像渴望向我证明他能多快钻出车门。我大摇大摆地朝房子走去,他则跟在我肩膀后方的位置。我从口袋里掏出自己公寓的钥匙,然后停住了。

"你们有敲门声吗?"我说,这时我们已来到门口。

"什么?"

我不耐烦地翻了个白眼。

"敲门声——暗号。我们进那该死的门时,我可不想米基朝我的胸口开枪。"

"没有,我们只是……我是说,我就喊'米基'。"

"天啊,真简洁,"我说,"谁这么有才?"我夸他,是为了让他高兴,他一高兴,也许就会更迫切地向我展示他的行动有多迅速。"喊吧。"

他用嘴对着信箱口。

"米基,"他说,然后带着歉意抬头看我,"是我。"

"噢,我懂了,"我说,"这样他就知道是你了。厉害。"

我们等了一会儿,然后门开了,我推门径直走了进去。

我试着少看米基,让他知道我要找的不是他。但是我匆匆瞥了一眼,看出他也四十多岁,瘦得像根小树枝。他戴着露背皮手套,佩带一把左轮手枪,可能还穿着衣服,但我没这闲工夫关注他穿什么衣服。

那把左轮手枪有史密斯·韦森的镀镍抛光,枪管短,击锤内藏,便于从口袋里射击。这可能是一把史密斯·韦森的"保镖"型袖珍手枪或者类似的型号。一种鬼鬼祟祟的枪。你可能要问:"这世界上难道存在一种诚实、正直、公正的枪吗?"当然没有。所有枪都是为了向人发射铅弹、造成物理伤害,即使这样,枪或多或少都有自己的特性。而有些枪就是比别的枪鬼鬼祟祟。

"你是米基?"我说,迫不及待地扫视了一遍门厅。

"是的。"米基是个苏格兰人,此时极度渴望他的搭档能透露我是什么来头。米基会是个麻烦。

"戴夫·卡特让我代他问候你们。"我有一个叫戴夫·卡特的同学。

"哦,是吗?"他说,"好啊。"

好极了,五分钟内盗取两个博伊德循环。带着胜利的喜悦,我像一阵旋风似的走向门厅的桌子,拿起电话机听筒。

"格温内维尔,"我谜一般地说道,"我进来了。"

我把听筒放回听筒架,朝楼梯走去,心里不停地责怪自己演过了头。那骗不了他们。但当我转身时,他们都还站在那儿,温驯得像绵羊,脸上写满了服从。

"女孩的卧室是哪一间?"我不耐烦地说道。"绵羊"交换了一个紧张的眼神。"你们检查过房间了,对吗?"他们点了点头。"那么哪一间有蕾丝枕头和斯蒂芬·埃德伯格①的海报?"

"左边第二间。"米基说。

"谢谢。"

"不过……"

我停了下来。

"不过什么?"

"没有海报……"

我给了他们一个白眼,继续朝楼上走去。

米基说得对,房间里没有斯蒂芬·埃德伯格的海报。蕾丝枕头也没有那么多——也许只有八个。但我嗅到了空气中十亿分之一浓度的"花之花"。突然间,我的身体被担忧和渴望攫住,我第一次意识到自己是多么想

---

① Stefen Edberg,瑞典男子职业网球运动员,前ATP单打和双打世界排名第一,曾6次夺得大满贯。

保护萨拉,不管她遭遇的是什么事或什么人。

眼下也许是英雄救美情结在作祟,改天我的心仪对象会换成别人。但在这一刻,站在萨拉卧室的中央,我想救她。不仅因为她是个好人,还因为我喜欢她。我非常喜欢她。

这种话就不多说了。

我走到床头柜前,拎起电话机听筒,把话筒一端塞到一个蕾丝枕头下面。如果那两个傻瓜中有一个恢复了一些勇气,或者只是恢复好奇心,想打电话要一个解释,我就可以听到他们。而枕头可以防止他们听到我的动静。

我先检查了一遍衣柜,看里面是不是缺了大量萨拉的衣服。有几处零散地挂着空的衣架,但这不足以说明她收拾行李去了一个遥远的地方。

梳妆台上散乱地放着一堆刷子和瓶瓶罐罐——面霜、手霜、鼻霜、眼霜。有一会儿我在想,如果一个女人喝醉了回到家里,不小心往手上抹了面霜,或者往脸上涂了手霜,那会造成多严重的后果。

梳妆台的抽屉里装着更多这类物品,所有能让现代的一级方程式女人正常运转的工具和润滑剂。但是显然没有文件。

我关上所有抽屉,走进与房间相连的浴室。浴室的门后挂着那件我初次见到萨拉时她穿的丝绸睡袍。洗脸盆上方的牙刷架上有一支牙刷。

我回到卧室,环顾四周,以期找到某种标记。不是字面意思上的标记——我不指望镜子上会有用口红写的地址,而是希望能找到一些头绪,比如应该存在却不见了的东西,或者不应该出现却出现了的东西。毫无头绪,然而我总觉得蹊跷。我在房间中央站了一会儿,竖起耳朵仔细听,这才意识到问题出在哪里。

我听不到"绵羊"说话了,这很不寻常。按理他俩有很多话要说,毕竟我是达洛维,而达洛维是他们生命中的新元素。他们应当谈论我。

我穿过房间来到窗口,往街上望去。福特的车门开着,"威士忌绵羊"的一条腿伸在外面。他在用对讲机。我把电话机的话筒从枕头底下抽出来,放回支架上,就在这时候,我不自觉地打开了床头柜的抽屉。这个抽屉很小，装的东西却比其余整个房间还要多。我在一包包的纸巾、药棉、纸巾、指甲钳、还剩一半的苏查德巧克力、纸巾、钢笔、镊子、纸巾、纸巾中翻找——女人平时都在吃这些东西吗？就在那儿，在抽屉的最里面，安然卧于纸巾床上的，是一个用麂皮束带绑着的重重的东西。那是萨拉迷人的沃尔特TPH。我取出弹匣，从一侧缝隙查看里面的子弹。弹匣是满的。

我把枪滑进口袋，又深吸了一口"莲娜丽姿"的香味，离开了房间。

自上次我跟他们交谈以来，"绵羊"之间的气氛发生了变化。肯定是往坏的方向发展了。前门开着，米基靠着门边的墙，右手插在口袋里。我能看见"威士忌"就站在门口的台阶上，留意着街道两边。他听到我从楼上下来，于是转过身来。

"什么也没有，"我说，然后想起来我是个美国人，"屁都没有。关门，谢谢。"

"我有两个问题。"米基说。

"是吗？"我说，"快说，别浪费时间。"

"戴夫·卡特他妈是谁？"

如果我告诉他，戴夫·卡特曾是十六岁以下墙手球比赛冠军，后来进了他父亲在霍夫的电气工程公司，这好像毫无意义。于是我说："第二个问题呢？"

米基瞥了一眼"威士忌"，"威士忌"从台阶走上来，把我正打算穿过的门堵得死死的。

"你他妈是谁？"

"达洛维，"我说，"要我写给你看吗？你们这些人他妈的怎么回事？"我把右手伸进我的口袋，看到米基也把右手伸进了他的口袋。如果他决定要杀我，我知道自己永远不会听到枪声。但我仍然设法把手伸进了口袋，只可惜我把沃尔特放在了左边的口袋里。我慢慢把手拿出来，握着拳头。米基像蛇一样紧盯着我。

"古德温说他从没听说过你,也从没派任何人过来。他没告诉过任何人我们在这儿。"

"古德温是个懒惰的混蛋,没有权力参与,"我有点恼火地说,"他和这件事有他妈什么关系?"

"是没有关系,"米基说,"想知道为什么吗?"

我点点头:"是的,我想知道为什么。"

米基笑了笑。他的牙让人不忍直视。"因为他根本就不存在,"他说,"他是我捏造的。"

瞧,我被"循环"了。种瓜得瓜,种豆得豆。

"我再问你一次,"他边说边向我走来,"你是谁?"

我垂下肩膀。游戏结束了。我把手腕举到身前,做出自首的手势。

"想知道我是谁?"我说。

"是的。"

他们没有听到下文,因为我们被一阵几乎震碎鼓膜的巨响打断了。那个声音在门厅的地板和天花板上得到反弹,响了一倍,震得我大脑颤动,双眼模糊。

米基哆嗦了一下,靠着墙向后退,"威士忌"惊得抬手捂住耳朵。就在他们没回过神来的这半秒内,我跑向打开的门,用右肩撞向"威士忌"的胸口。他弹开去,往后倒向栏杆,我向左转,以自十六岁以来最快的速度沿街狂奔。如果我能远离"保镖"二十米,或许还有机会活命。

老实说,我不知道他们有没有朝我开枪。在罗妮的防狼警报器那令人难以置信的巨响后,我的耳朵无法再处理任何听觉信息。我只知道他们没有追上我。

第十一章

愚蠢是人类唯一的罪过。

——奥斯卡·王尔德

罗妮开车带我回她位于国王路的公寓,我们从各个方向经过它十几次,不是为了查看有没有人跟踪,而是为了寻找停车位。每天的这一时刻,有车的伦敦人,即大多数伦敦人,都要为自己的嗜好付出沉重的代价。时间停滞、倒退,或做出不符合自然规律的行为。电视上性感跑车在无人的乡间公路上驰骋的广告也变得让人恼火。当然,我不介意,因为我开的是摩托。两轮好,四轮糟。

当罗妮终于把 TVR 塞进一个车位后,我们商量打车回她的公寓。不过今晚夜色不错,我们都想走回去,或者说,罗妮想走回去。像罗妮这样的人通常喜欢走路,像我这样的人通常喜欢像罗妮这样的人,于是我们迈开步子,踏上征途。一路上,我向她大致描述了莱尔街行动的过程,她专心地听着,不发一言。她倾听我的方式跟别人不太一样,尤其跟其他女人相比。女人总是听着听着,思绪就飘到九霄云外,到头来还把错怪到我头上。

但是罗妮不一样,因为她似乎认为我跟别人不一样。

当我们最终回到她的公寓时,她打开门,让到一边,用小女孩似的古怪语气问我能否先进门。我朝她看了一会儿。我想她也许在判断整件事的真实性,好像她无论对这件事还是对我都不太信任。于是我换上严肃的表情,以我希望是克林特·伊斯特伍德的方式穿过房间,用脚踢开门,冷不防拽开柜门。她站在走廊上,脸颊泛着红晕。

我来到厨房,说:"哦,天啊。"

罗妮倒吸一口气,跑过来,扒着门框向里张望。

"这是意式肉酱吗?"我问,举起一勺放了有段时间、显然没做成功的东西。

她喷了一声,笑着松了口气。我也笑了,我们突然几乎成了老朋友,甚至密友。所以我不得不问她。

"他什么时候回来?"

她看着我,脸红了一下,继续用木勺刮锅里的肉酱。

"谁什么时候回来?"

"罗妮,"我说,走到她面前,"即使你体格不小,也不会穿超大码的衬衫。即使你会穿,也不会买这么多相同的细条纹正装。"

她看向卧室,想起衣柜被打开过,接着走到水槽边,开始往锅里放热水。

"要喝的吗?"她说,没有转身。

她打开一瓶伏特加,我不小心在厨房地板上撒了一些冰块。她最终决定告诉我,她男朋友在金融城做商品期货交易——猜到了,不是每晚都来公寓,哪怕来,也不会在十点前出现。老实说,如果每个女人对我说这样的话,我都能拿一英镑,那么我现在至少有三英镑了。上一次听到这话时,男朋友七点就回来了("他从没这么早回来过"),然后用椅子砸了我。

我从她的语气和措辞推断,他们的关系进展得不是很顺利。虽然我很好奇,但我想最好还是换个话题。

当我们坐到沙发上放松下来,听着冰块撞击杯壁的美妙声音时,我开始向她讲述更详尽的版本,以阿姆斯特丹开头,以莱尔街收尾,但省去了直升机和"毕业生研究"的部分。即便如此,这依然是个精彩的故事,不乏大胆冒险的举动,我还增添了一些听起来精彩却没敢做的事,只为了让她继续仰慕我。听我说完后,她微微皱眉。

"但是你没有找到文件。"她说,显得有些失望。

"没有,"我说,"这并不意味着它不在那儿。如果萨拉果真想把它藏在家里,那需要一支建筑队花一个星期才能彻底搜查完。"

"我搜了画廊,肯定不在那儿。她只留了些跟工作有关的资料,"她来到桌子前,打开手提箱,"我找到了她的日记,如果能用上的话。"

我不知道她是不是认真的。她肯定读了不少阿加莎·克里斯蒂的小说,才会知道日记总是有用的。

但萨拉的日记未必。那是一个A4纸大小的皮面笔记本,由一家囊性纤维化的慈善机构出品,上面记录的关于主人的内容都是我能猜到的。她工作勤恳,午餐只吃少量,字母"i"上面是点而不是圈,但打电话时喜欢画猫。她没有为接下来几个月做太多计划,最后的日程只简单地写了"CED OK 7.30"。翻看过去几个星期,我发现"CED"被"OK"了三次,一次在"7.30",两次在"12.15"。

"知道这是谁吗?"我问,给罗妮看那条记录,"查莉?科琳?卡尔?克莱芙?克拉丽莎?卡门?"首字母为"C"的女性名字,我只说得出这几个。

罗妮皱了皱眉。

"她为什么连中间名的首字母都要写?"

"问倒我了。"我说。

"如果对方叫查莉·邓斯,为什么不直接写上'CD'?"

我低头看记录。

"查莉·埃瑟林顿-邓斯?鬼知道。双姓符合你的个性。"

"那是什么意思?"她的防备快得出乎我的意料。

"抱歉,我的意思是……你懂的,我猜想你平时做事总是两种风格……"我没再说下去,看得出来她不喜欢我这么说。

"是的,我的声音很做作,我的工作也很做作,我的男朋友还在金融城上班。"她起身,又去给自己倒了一杯伏特加。她没有提出给我倒,我可以确切地感觉到自己正在为别人的过错埋单。

"对不起,"我说,"我没有别的意思。"

"我改不了自己的声音,托马斯,"她说,"或者相貌。"她猛地喝了一口伏特加,继续背对着我。

"为什么要改?你的声音挺好听的,相貌更佳。"

"哦,闭嘴。"

"马上,"我说,"你为什么对此这么生气?"

她叹了口气,又坐了下来。

"为什么?因为这让我感到厌烦。一半人听到我的声音都不会认真对待我,另一半人认真对待我只是因为我的声音。久而久之,你就会精神紧张。"

"我知道这听起来像奉承,但我是认真的。"

"是吗?"

"当然,非常认真,"我停顿了一下,"你自以为是的样子一点也不会困扰我。"

她看了我好一会儿,其间我在想自己也许弄巧成拙,她要朝我扔东西了。然后,她突然爆发出笑声,摇了摇头。我感觉好多了。希望她也是。

大约六点,电话铃响了。从罗妮拿听筒的方式,我判断出那是她男朋友在宣布到家的时间。她盯着地板,说了很多个"好",或许是因为我在场,又或许是因为他们俩的关系已经到了这个阶段。我拿起外套,把自己的杯子带进厨房,洗好,擦干,以防罗妮忘记消灭证据。她进来时,我正在把杯子放进橱柜里。

"你会打电话给我吗?"她看起来有些悲伤,也许我也一样。

"肯定会。"我说。

她开始切洋葱,准备迎接即将归来的金融男友,我自觉地离开了公寓。显然他们的日常是她为他做晚餐,他为她做早餐。考虑到罗妮是那种几片葡萄柚就管饱的人,她男朋友赚大了。

我说的是实话。男人嘛。

我坐出租车沿国王路转进西区，六点半时我已徘徊在国防部的大楼外。几个警察看着我来回踱步，但我带了一张地图和一部一次性相机，为了让他们放松警惕，我还以足够愚蠢的方式给鸽子拍了照。卖地图的店主疑心还更重些，因为我当时说要一张地图，随便哪个城市。

我没有为这次行动做更多的准备，更不想在打电话给国防部时被录音。我猜测奥尼尔是个勤奋的人，以此碰碰运气，根据初次侦察来看，我猜对了。七楼，两面观景的办公室，里面的灯都还亮着。虽然"敏感"政府大楼的标准网眼窗帘能防备长焦镜头，但无法阻挡里面的灯光照到街上。

很久以前，在冷战的冲动岁月里，一个安全监督部门的笨蛋规定，所有"易成为目标"的办公室都要二十四小时亮灯，防止敌方情报人员看到谁在什么地方工作了几个小时。当时许多人为之点头称赞，悄悄说"那个卡鲁瑟斯前途一片光明，记住我的话"，直到各个财务部门收到巨额的电费账单，这个规定被立刻终止，卡鲁瑟斯也被扫地出门。

七点十分，奥尼尔出现在国防部的大门口。他向保安点头致意，保安没有回应。他走出大门，走入怀特霍尔①的黄昏中。他拎着一只箱子，这很奇怪，因为没人会允许他把任何重要性高于卫生纸的物品带出大楼。所以我想他可能是那种把箱子当道具的人。

我让他走出几百米后才开始跟踪他，努力让自己放慢脚步，因为奥尼尔的步行速度慢得出奇。不知情的人还以为他在散步，如果天气没那么糟的话。

穿过莫尔大道后，他开始加速，我这才意识到他是在演戏：一只潜行的怀特霍尔虎，掌握所有调查资料，知晓国家重大机密，每一项都会让普通游客目瞪口呆。一旦走出丛林，来到开阔的平原，他就可以卸下伪装，像个正常人一样走路了。奥尼尔是那种你会为他感到难过的人，如果你有这时间的话。

---

① 伦敦政府机关所在的一条街。

不知为何,我以为他会尽快回家。我想象他住在普特钠一栋有露天平台的房子里,他那忍气吞声的妻子会给他端上雪莉酒和烤鳕鱼,熨烫他的衬衫,他则对着电视新闻摇头嘀咕,仿佛每个字对他来说都隐藏着更黑暗的含义。然而,他轻快地走过当代艺术学院前的台阶,转入帕尔摩街,来到旅行者俱乐部。

我在那儿做任何尝试都没有意义了。我透过玻璃门看到,奥尼尔让接待员查看他的信箱,里面什么也没有,接待员为他脱去外套,他自己则去了吧台。至此,我觉得没必要再跟踪下去了。

我在秣市街①的一个小摊上买了薯片和一个汉堡包,一边吃一边溜达,看着穿鲜艳正装的人陆续进场去欣赏戏剧。那些剧目似乎长盛不衰,从我小时候演到现在。我越走越感到沮丧,接着我猛地意识到,我简直和奥尼尔一个德性——用疲倦、悲观、轻蔑的眼光看待同仁。我赶紧打起精神,把汉堡包扔进了垃圾桶。

八点三十分,他从里面出来,沿着秣市街走到皮卡迪利大街。他从那儿继续走到沙夫茨伯里大道,接着往左转进苏活区。在这里,没有人高声探讨戏剧,人们转而窃窃私语地聊起了时髦酒吧和脱衣舞俱乐部。我经过的时候正好偷听到,一些挂着男人的胡子②在门口徘徊,嘟哝着什么"性感表演"。

奥尼尔也被门口的人兜售着,但他似乎知道自己要去哪里,毫不理睬被推销的节目。他快速闪避着人群,从不扭头看旁人,直到到达一片属于他的绿洲——"夏勒"。他径直进了门。

我继续往前走到街的尽头,磨蹭了一会儿才转回去细看"夏勒"那引人入胜的外观。门的周围以随意的方式涂着"生动""美艳""色情""劲舞""性感",仿佛要让你拿这些词造句。玻璃柜里还贴着半打褪色的快照,上面是

---

① 伦敦剧院区。
② 作者的俏皮话,形容胡子浓密。

一些只穿了内衣的女人。一个穿紧身皮裙的女人倚在门口,我朝她笑笑,好像在说:我来自挪威,是的,"夏勒"正是我这个严肃了一天的挪威人要找的可以放松身心的地方。我怀疑,即使我手持喷火器嚷嚷着要闯进去,她也不会动一动眼皮。或者说她动过眼皮,只是睫毛膏刷得太厚,我没看出来。

我向她支付了十五英镑,以伦敦警察厅扫黄缉捕队拉斯·彼得森的名义填了一张入会申请表,然后沿着台阶快步走入地下室,去体会一下"夏勒"究竟如何生动、美艳、色情、劲舞、性感。

这是一间简陋的俱乐部,非常简陋,真的。经营者大概一直认为少一点灯光就能让店里看起来没那么脏,而且比请清洁工便宜得多。我时不时感觉到鞋底粘在了松动的地砖上。二十几张桌子围绕一个小型舞台,台上有三个眼妆亮闪闪的女人伴着舞曲扭动身躯。天花板很低,以致最高的女人不得不弓着背。虽然三个人全裸着,音乐还是比吉斯乐队的,但她们竟然相当体面地跳完了整支舞。

奥尼尔坐在靠近舞台的桌子前,似乎对左边的女人有好感。她脸上抹着一层厚厚的粉,我看都能用来做一大份牛排腰子饼了,还能让你睡个好觉。她自始至终盯着俱乐部后面的墙,没有一丝笑意。

"喝什么?"一个脖子上有疖子的男人从吧台里面朝我靠过来。

"威士忌。"我说,转头继续看表演。

"五英镑。"

我回过头来:"你说什么?"

"威士忌五英镑,付了钱再给你。"

"不行,"我说,"你先给我,我再付钱。"

"你先付。"

"你先用耙子捅自己。"我笑了一下,让这句话听起来没那么刺耳。他给了我威士忌。我付了五英镑。

在吧台待了十分钟,我发现奥尼尔就是来看表演的,再无其他目的。他没有看手表或门口,他喝的金汤力量多得足以说服我,这是他的私人时间。

我喝光自己的威士忌,犹豫地向他的桌子走去。

"让我猜猜,她是你侄女,做这行只是为了拿到演员协会会员证,并加入皇家莎士比亚剧团。"我拉出一把椅子坐下,奥尼尔转过头来看着我。"你好。"我说。

"你来这儿干什么?"他生气地说。我觉得他可能有些尴尬。

"等一下,"我说,"顺序搞错了。你应该说'你好',然后由我来说'你来这儿干什么'。"

"朗,你到底去哪儿了?"

"忽东忽西的,"我说,"你知道,我是在秋风中飘零的一枚花瓣。档案里应该有。"

"你跟踪我。"

"啧,'跟踪'这个词有点不雅,我更喜欢'敲诈'。"

"什么?"

"不过当然了,两个词意思完全不同。所以,好吧,就说我是在跟踪你吧。"

他环顾四周,确认我没有带保镖,或者是在找他自己的保镖。他朝我倾身,低声对我说:"你陷入了一个很大的麻烦,朗。我这样提醒你,一点也不为过。"

"是啊,我想你说得没错,"我说,"我是陷入了一个很大的麻烦。我还陷入了一家脱衣舞俱乐部。一个匿名的高级公务员在这儿至少看了一小时表演。"

他往后靠到椅背上,脸上浮现出古怪的奸笑。他抬了抬眉毛,嘴角微微扬起。我意识到那是微笑的初始阶段,是经过练习的。

"天啊,"他说,"你果然是要敲诈我。真是可悲。"

"是吗?这可不行。"

"我约了人在这里,地点不是我选的,"他干了第三杯金汤力,"现在,如果你自觉离开这里,我将不胜感激,免得我叫保安把你扔出去。"

舞曲"有缝衔接"到大声却乏味的翻唱版《战争有什么好处》。奥尼尔的侄女走到舞台前端,开始朝我们摆动她的阴部,几乎与音乐合拍。

"怎么说呢?"我说,"我想我喜欢待在这儿。"

"朗,我警告你,你现在的信用等级几乎为零。我在这里有个重要的会面,如果你敢捣乱,或者给我带来任何不必要的麻烦,我会取消你的抵押赎回权。你听明白了吗?"

"梅因沃林队长①,"我说,"你让我想到了他。"

"朗,我最后一次……"

当我给他看了那把萨拉的沃尔特手枪后,他没再说下去。我要是他,也会这么做的。

"我以为你说你没有携带武器。"过了一会儿他说,紧张却尽力掩饰。

"我被时尚惯坏了,"我说,"有人告诉我今年流行沃尔特,我不得不入了一把。"我开始脱外套。奥尼尔的侄女离我只有几英尺远,但她依然看着后面的墙。

"你不会在这里开枪的,朗。我相信你没有完全丧失理智。"

我把外套紧紧地卷成一个球,把枪塞进其中一层皱褶里。

"我跟理智可不沾边,"我说,"以前人们叫我托马斯·'疯狗'·朗。"

"你再这样,我要……"

奥尼尔的空杯子炸了。碎玻璃散落到桌上和地上。他刷的一下脸色发白。

"我的上帝……"他结巴着说。

关键要掌握好节奏,没抓牢就会七零八落。要在"战争"那一声强拍上开枪,接着不发一言,比舔信封时还安静。要是让侄女来,她就会在弱拍上开枪,那样气势就全毁了。

"再来一杯?"我说着,点燃一支烟来盖过火药味,"算我的。"

---

① 英国情景喜剧《老爸上战场》中的人物,名言是"你这个笨蛋"。

"战争"在圣诞节前结束,三个女人缓缓下台,接着上场的一对表演者需要大量地用到鞭子。他们显然是兄妹,年龄相差超过一百岁。男人的鞭子只有三英尺,因为天花板很低,但他在《我们是冠军》的伴奏下鞭笞妹妹的架势仿佛它有三十英尺。奥尼尔正经地品着刚倒好的一杯金汤力。

"那么接下来,"我说,调整了我放在桌上的外套的角度,"我需要从你这里知道一件事,仅此一件。"

"去死吧。"

"我当然会,还会在地底下给你腾出地方。但我要知道你把萨拉·沃尔夫怎么了。"

他把杯子停在嘴边,转向我,一脸茫然。

"我把她怎么了?是什么让你认为我把她怎么了?"

"她失踪了。"我说。

"失踪。是啊,你找不到她就说她失踪,可真会夸大其词。"

"她父亲死了,"我说,"你知道这件事吗?"

他久久地凝视着我。

"是的,我知道,"他说,"令我感兴趣的是你是怎么知道的。"

"你先回答我的问题。"

但是奥尼尔胆子变大了。当我把外套朝他挪动时,他没有退缩。

"你杀了他,"他半恼火半得意地说,"是这样的,对吗?托马斯·朗,爱冒险的雇佣兵,竟然真的下得了手,开枪打死了一个人。啊,我亲爱的朋友,希望你意识到,这一次要想摆脱嫌疑,可得下不少功夫。"

"'毕业生研究'是什么?"

他脸上的怒意和得意渐渐消退。但他看上去并不打算回答我的问题,于是我继续施压。

"我来告诉你我所了解的'毕业生研究',"我说,"你可以用十分的标准来给我的准确度打分。"

奥尼尔一动不动地坐着。

"首先,'毕业生研究'的意义因人而异。对于某个群体而言,它意味着一种新型军用飞机的研发和推广。机密?显然。骇人?正如所有机密那样。非法?还不至于。而对于另一个群体而言,这才是事情真正变得有趣的地方,'毕业生研究'指的是组织一场恐怖行动,通过杀人,让飞机制造者展示他们'玩具'的性能,再从慕名而来的热情买家那里赚得盆丰钵满。机密,骇人,而且百分之百非法。亚历山大·沃尔夫得到了一些风声,决定不能让第二个群体的人得逞,这就沾染上了祸事。第二个群体中的一些人也许表面上就职于情报机构,他们开始在茶余饭后有意提到沃尔夫是个毒贩,极力抹黑他,阻挠他可能展开的任何行动。当他们发现这样做没有用时,他们恐吓要杀他。当他们发现恐吓也没有用时,他们就真的杀了他。也许他们也杀了他女儿。"

奥尼尔还是没动。

"但是在这整件事中,让我真正感到遗憾的是——除了沃尔夫,自认为没有触犯法律的第一个群体显然在扶持、教唆或援助第二个百分之百非法的群体,自己却不知道。任何身陷这种处境的人都难逃罪责。"

此时他看着我身后。自从我认识他以来,这是我第一次猜不出他在想什么。

"就是这些,"我说,"我个人认为这是一篇出色的分析,但现在让裁判来打分吧。"

他还是没吭声。于是我回头,顺着他的目光看向俱乐部门口,一个保安正站在那儿指向我们这一桌。我看到他点了点头,退到一边,接着,身形瘦长、体格硬朗的拉塞尔·P.巴恩斯大步走进俱乐部,朝我们走来。

我毫不犹豫地开枪击倒了他们俩,搭上最早的航班飞往加拿大,在那儿娶了一个名叫玛丽-贝丝的女人,创立了一家成功的陶器公司。

至少,我当时应该这么做。

第十二章

他不喜悦马的力大,

不喜爱人的腿快。

——《公祷书》(1662)

"天啊,你真是个狡猾的混蛋,朗先生。极品,如果这个称呼对你来说有任何意义的话。"

巴恩斯和我坐在一辆新的林肯外交官里——或者就是我上次坐的那一辆,只不过有人清洗了烟灰缸。车停在了滑铁卢大桥下。一块彩灯装饰的巨型广告牌展示了附近的国家剧院正在公演的剧目——由彼得·霍尔爵士执导的剧场版《妈妈,这不是半热的》。

这一次,奥尼尔坐在副驾驶座上,开车的依然是迈克·卢卡斯。他没有被塞进帆布袋运回华盛顿,这让我有点吃惊。在科克街画廊的溃败之后,巴恩斯显然想再给他一次机会。我知道,错不在他,但在这些人的圈子里,担责的不一定是犯错的。

另一辆林肯外交官停在了我们后面,按惯例坐着一定数量的卡尔。我差点把我的沃尔特给了他们,因为他们似乎很想得到。

"我想我知道你指的是什么意思,巴恩斯先生,"我说,"我就当它是赞美之词。"

"我一点也不在乎你是怎么想的,朗先生。一点也不在乎,"他从车窗向外望去,"上帝啊,这儿的麻烦事一发不可收拾。"

奥尼尔清了清嗓子,转过来对我说:"巴恩斯先生想说的是,朗,你碰巧插手了一场我们精心策划的行动。你绝对不知道会产生什么样的后果,但是你的所作所为让形势对我们极其不利。"奥尼尔冒险用了"我们",但巴恩斯没有追究。"我想我可以如实地说……"他继续道。

"行了,快闭嘴吧。"我说。奥尼尔的脸上浮现不悦之色。"我只关心一件事,那就是萨拉·沃尔夫的安危。其他一切对我来说都是次要的。"

巴恩斯再次望向窗外。

"回去吧,迪克。"他说。

奥尼尔没吭声,看上去有些受挫。他连饭都没吃就被赶回了家,但是他并没有做错什么。

"我想我……"

"我说回去,"巴恩斯说,"我会再联系你的。"

没有人动弹,直到迈克倾身为奥尼尔开了车门。在这种情形下,他不得不走了。

"后会有期,迪克,"我说,"能认识你我感到万分荣幸。当你看着我的尸体被捞上岸时,希望你对我生前的评价仁慈一些。"

奥尼尔把手提箱拽在身后下了车,猛地甩上车门,头也不回地登上了通往滑铁卢大桥的台阶。

"朗,"巴恩斯说,"我们走走吧。"还没等我回答,他就下了车,沿着堤区信步走起来。我从后视镜里看到卢卡斯正在看我。

"真让人猜不透啊。"我说。

卢卡斯转头看向巴恩斯渐渐模糊的身影,然后回过头来看后视镜。

"要小心,知道吗?"他说。

我开车门的手犹豫了。迈克·卢卡斯听起来情绪低落。

"要小心什么?说具体点。"

他略微佝偻着,把手放到嘴边,掩饰说话时的唇形。

"我不知道,"他说,"我对天发誓,我不知道。但是这里有不得了的事情发生……"他听到我们后面的车开门又关门的声音,便没再说下去。

我把手放到他的肩上。

"谢谢。"我说,然后下了车。两个卡尔各自从车的两边缓步走来,探出脑袋看着我。巴恩斯在二十米外的地方看着我,显然在等我。

"我更喜欢夜晚的伦敦。"我一赶上他,他就说。

"我也是,"我说,"河边景色很美。"

"可不是嘛,"巴恩斯说,"我之所以更喜欢夜晚的伦敦,是因为你看不清它。"

我发出笑声,但很快止住了,因为我意识到他不是在开玩笑。他看起来有些生气,我突然猜测,他被派到伦敦来可能是因为曾经渎职而受的惩罚。他来到这里,每天为自己的不公正待遇痛苦懊恼,把错都怪到城市头上。

他打断了我的猜测。

"我听奥尼尔说你有一些推论,"他说,"你最近在调查一些事情。对吗?"

"没错。"我说。

"再跟我说一遍,可以吗?"

我没有特别的理由拒绝,于是把自己在"夏勒"对奥尼尔说的话向巴恩斯复述了一遍,这儿添加一点,那儿省略一点。巴恩斯听的时候没有表现出太大的兴趣,我说完,他叹了口气——那种深深的、疲倦的叹息,好像在说:"上帝啊,我真拿你没办法。"

"我就直说了吧,"我说,不想让他对我的真实感受产生什么误解,"我认为你是坨危险、腐坏、骗人、臭了九天的蚊子屎。要不是我担心萨拉的处境可能会更糟,我很乐意杀了你。"即使我这样说,他好像依然无动于衷。

"嗯,"他说,"你说的这些事。"

"怎么了?"

"你应该都记下来了吧?把记录给你的律师、银行、母亲和女王都寄一份,让他们等你死后再打开看看。"

"当然,我们也有电视节目,你知道。"

"这可难说。抽烟吗?"他掏出一包万宝路,让我也拿了一支。我们抽了会儿烟,让我想到,只要一起吸纸,两个相互深恶痛绝的男人也能变成朋友,这实在是古怪。

巴恩斯掐灭了烟头,靠到栏杆上,低头凝视着平静、幽暗的泰晤士河。我距离他几码远,因为朋友的幻象到此为止。

"好了,朗,听着,"巴恩斯说,"我只说一遍,因为我知道你有脑子。你猜得一点也没错,"他随手扔了烟头,"一桩大买卖,我们制造点动静,完成了交易,嗯——这有什么难以接受的?"

我决定采用冷静战术。如果那样行不通,我就把他扔进河里,然后往死里跑。

"当然不能接受,"我缓慢地说道,"因为你和我都出生和成长于民主国家,而民主国家的人民的意愿不是无足轻重的。我认为,这个时候人民的意愿就是,政府不能为了谋取自身利益而到处谋害本国或别国的公民。也许下个星期三,人们会说这是个好主意,但此时此刻,当我们谈论这类活动时,应该用坏主意来定义,这也是人民的意愿。"我深深地吸了口烟,将烟蒂抛向水面,它似乎过了很久才落入水中。

"朗,从你慷慨激昂的讲话中,我得出两点,"巴恩斯沉默了好一会儿才说,"第一点,你和我身处的都不是民主国家,每隔四年投一次票并不代表民主。第二点,谁说我们只想谋取自身利益?"

"哦,当然了,"我拍了一下脑门,"我没有意识到,你会把销售武器所得的利益捐给儿童救助基金会。这是一大善举,你做好事不留名。亚历山大·沃尔夫知道了会很高兴的,"我开始偏离冷静战术了,"哦,等等,不过他的肠子被拍在金融区一栋楼的墙上了,所以他可能没法表达足够的感激之情。而你,巴恩斯先生,"我甚至还伸出一根手指,"需要去看一下脑科。"

我离开他身边,继续沿着泰晤士河走。两个戴耳机的卡尔准备拦住我。

"朗,你认为钱去哪儿了?"巴恩斯岿然不动,仅仅提高了嗓门。我停下了脚步。"当某个阿拉伯王子来到圣马丁,给自己买了五十辆 M1 艾布拉姆斯主战坦克和六架 F-16 战斗机,签了张五亿美元的支票,你认为钱会落到谁的手上?你觉得是给了我吗?给了比尔·克林顿?给了大卫·莱特曼①?还是给了谁?"

"务必告诉我。"我说。

"我会告诉你的,不过你已经知道答案了。钱给了美国人民。两亿五千万美国人得到了那笔钱。"

我做起了不那么快的心算。除以十,再进二……

"他们每人能分到两千美元,对吗?每个男人、女人和儿童?"我咂了咂嘴巴,"为什么听起来不够真实?"

"因为那笔钱,"巴恩斯说,"十五万人得到就业。有了那些工作,他们可以养活三十万人。那五亿美元可以让人们买到足够的汽油、足够的面粉、足够的日产玛驰。五十万人会向他们销售日产玛驰,五十万人会修理日产玛驰,擦洗挡风玻璃,检查轮胎。五十万人会为该死的日产玛驰修建公路,很快,两亿五千万民主主义者就会需要美国继续做它最不擅长的事——制造军火。"

我低头看着泰晤士河,因为这个人让我无言以对。我该从何说起呢?

"所以为了那些好的民主主义者,时不时地出现一具尸体也不是什么坏事。你是这个意思吗?"

"是的,每一个好的民主主义者都会这么认为的。"

"我想亚历山大·沃尔夫不会。"

"这没什么大不了的。"

我继续看着河。河水看起来厚重而又温暖。

"我是认真的,朗。没什么大不了的。少数服从多数,只有一票反对。这就是民主。想知道点别的吗?"我看向巴恩斯,现在他面朝着我,剧院广告牌的灯光照亮了他那沟壑纵横的脸,"我刚才漏了两百万美国公民,知道他

---

① 美国脱口秀主持人、喜剧演员、电视节目制作人。

们今年要做什么吗？"

他慢慢地、自信地朝我走来。

"成为律师？"

"他们会死，"他说，对这句话背后的含义无动于衷，"衰老、交通事故、白血病、心脏病、酒吧斗殴、失足掉落，谁知道死于什么！反正今年要死两百万美国人。你来告诉我，你会为他们每一个人落泪吗？"

"不会。"

"为什么？有什么区别？同样都是死人，朗。"

"区别是我和他们的死毫无瓜葛。"我说。

"你当过兵，看在上帝的分上！"此刻我们面对面站着，他以不吵醒别人的声音喊道，"你所受的训练，都是为了替同胞杀人。难道不是吗？"我正要回答，但他并没有给我机会，"这是不是事实？"他的口气有种奇怪的甜味。

"这是诡辩，老大哥，真的。多读点书，看在上帝的分上。"

"民主主义者不读书，朗。平民不读书。他们对辩论没有丝毫的兴趣。他们关心的，他们想从政府那里得到的，是会持续上涨的薪水。年复一年，他们希望收入越来越高。要是薪水不再上涨，他们就会自己成立一个新政府。这就是平民想要的，是他们仅有的渴望。我的朋友，这才是民主。"

我做了个深呼吸。其实是做了好几个深呼吸，因为我接下来要对拉塞尔·巴恩斯做的事可能会让我停止呼吸一阵子。

他还在看我，考验我，让我做出反应，暴露弱点。所以我转头就走。两个卡尔过来站到我的两侧，但是我继续走，因为我料想，没有巴恩斯的指示，他们不敢轻举妄动。我走出几步后，他应该是给出了指示。

左侧的卡尔伸手拉住我的手臂，但我轻松地挣脱并扭过他的手腕，使劲向下按，他不得不顺势倒下。另一个卡尔用手臂勒住我的脖子，下一秒钟，我重重地踩住他的脚背，向后捶他的腹股沟。他松开了手，两个人围绕着我，我站在他们之间，心里想着让他们吃点永生难忘的苦头。

突然间，他们往后退了，好像什么都没发生过一样，掸了掸自己的外套。

我想，巴恩斯一定是说了什么我没听到的话。他走到两个卡尔中间，离我非常近。

"我们明白你的意思了，朗，"他说，"你对我们很生气。你一点都不喜欢我，我很伤心。但这无关紧要。"

他为自己抖出一支烟，这一次没有问我要不要。

"如果你想给我们制造麻烦，朗，"他说，用鼻孔轻轻地呼出烟，"最好清楚自己会付出什么代价。"

他看向我身后，向某个人点了点头。

"灭口。"他说。

然后他对我笑了。

好啊，我想。这很有意思。

我们沿着 M4 高速公路行驶了大约一个小时，接着我想是在雷丁附近的某处下了高速。我希望自己能说出是哪个岔路口，又开上了哪些小路，但鉴于旅途的大部分时间里我都在外交官的地板上，脸贴着地毯，我无法施展我的信息感知能力。地毯是深蓝色的，散发着柠檬味，如果这样说有帮助的话。

在最后的一刻钟里，车速减慢了。但据我所知，那也可能是因为交通堵塞、浓雾或突然出现在路中间的长颈鹿。

接着我们来到一条砾石车道上，我心想：快到了。你可以从英格兰的大部分车道上收集到砾石，并装满一个盥洗用品袋。马上就要到了，我想，我马上就能下车，来到离公路不远的地方了。

但这不是一趟寻常的旅途。

车兜兜转转，一直没有停下来。当我以为我们转个弯就会刹车时，车又继续往前开了。

我们还是停了下来。

然后车又发动了，继续往前行驶。

我开始认为车根本没往哪儿开。也许林肯外交官被精准地设计成一旦超过保修里程数就会分解成细微的碎片，而我听到的只是底座的碎片撞击和弹射在车轮拱罩上的声音。

最后，车终于停了。我知道这一次是真的停了，因为那只放在我后颈上的十二码的鞋子，此刻有了足够的动力挪开，并下了车。我抬起头，从开着的车门向外张望。

眼前出现的是一栋豪宅。显然，经过这样一段永无止境的旅途，终点不会只是上下各两间房的普通住宅。即便如此，这栋房子还是令人叹为观止。我估计房子建于十九世纪晚期，但模仿的是更早期的风格，山寨了很多法国特色。当然，不能说山寨，而是满怀爱意地接合与勾缝、珠饰与夹角接、斜切与雕槽，很有可能与下议院门前的栏杆出自同一批工人之手。

我的牙医在他的候诊室里放了几本过期的《乡村生活》，所以我知道这样一栋房子大概值多少钱。四十间卧室，距离伦敦一小时车程，昂贵得远超想象，远——超想象，真的。

我正要估算这样一栋房子需要几盏灯来照明时，一个卡尔一把抓住我的衣领，把我拖出车门，轻易得就像在拽一个没装几根球杆的高尔夫球袋。

第十三章

四十岁以上的男人都是无赖。

——萧伯纳

我被带到一个房间里。这个房间全是红色的,红色的墙纸、红色的窗帘、红色的地毯。他们说这里是客厅,但是我不知道为什么他们只把这里当作客厅。显然,在这么大的房间里,坐人肯定是绰绰有余的。你还可以在这里表演歌剧、举行自行车赛,再来一场酣畅淋漓的扔飞盘游戏,不必挪动任何家具,这些都能同时进行。

这么大的房间都可以自己下雨了。

我在客厅门口徘徊着,欣赏画作、烟灰缸底部装饰之类的东西,没过多久就看腻了,便朝房间另一头的壁炉走去。半路上,我不得不停下来坐一会儿,因为我已不再年轻。我坐下来的时候,另一扇双开门打开了,一个卡尔和一个管家模样、穿灰色条纹裤与黑色外套的人咕哝了几句话。

两个人时不时地朝我的方向瞥上一眼,然后卡尔点了点头,退出了房间。

管家朝我走来,我认为姿态有失庄重,他在两百米开外大声喊道:"朗先生,您想喝点什么吗?"

我不需要太多时间考虑。

"请给我苏格兰威士忌。"我喊回去。

这应该能给他个教训。

他走到一百米外一张看起来使用频繁的桌子前,打开一个小银盒子,从里面抽出一支烟,甚至没有低头看一眼里面有没有烟。他点燃了它,继续向我走来。

当他靠近我的时候,我能看出他有五十多岁,长相柔美,脸上散发出一种奇异的光泽。落地灯和枝形吊灯的光线在他的前额上跳跃,以至于他走动的时候都在闪着光。但不知为什么,我确信那不是汗水,也不是油,而仅仅是光泽。

在离我还有十米远的地方,他笑着向我伸出一只手,并保持着伸手的姿势走来。我条件反射般地站起身,准备像老朋友一样迎接他。

他的手温热而干燥,他攥紧我的手肘,把我摁回到沙发上,在我身边坐下,我们的膝盖都快碰到一起了。如果他总和客人坐得这么近,那我不得不说,他买这栋房子的钱花得也太不值了。

"灭口。"他说。

接着是一阵沉默。我想你肯定知道原因。

"对不起,你说什么?"我说。

"我是奈姆赫·默尔达[①],"他说,然后耐心地看着我,我在脑海里重组这个名字的拼写,"见到你很荣幸,万分荣幸。"

他的声音柔和,从口音判断他受过良好教育。我感觉,他的其他十几门外语也能说得如此纯正。他心不在焉地往一个碗里弹了弹烟灰,然后靠向我。

"拉塞尔跟我说了很多关于你的事。我得承认,我一直在为你喝彩。"

近看时,我有了两个关于默尔达先生的新发现:第一,他不是管家;第二,他脸上的光泽是金钱。

那光泽不是由金钱造成的,也不是随金钱而生的。那就是金钱。他吃过的、穿过的、开过的、呼吸过的金钱,以庞大的数量,经久不衰地从皮肤的毛孔中分泌出来。你也许认为这不大可能,但金钱让他显得俊俏。

他正在笑。

---

① 发音与"灭口"相似。

"的确是这样,没错。你知道,拉塞尔是个位高权重的人,但有时候,我觉得受点挫折对他有好处。可以说,他习惯了盛气凌人。而你,朗先生,我感觉你正好能挫挫他的锐气。"

他有一双黑色的眼睛,黑得出奇,眼睑边缘也呈黑色,就像画了眼线一样。

"我想,"默尔达仍然笑容满面,"你让很多人受挫。也许这就是上帝将你放在我们中间的原因,朗先生。你说呢?"

我也跟着笑了。鬼知道为什么,他可没说任何好笑的话。但我还是像个喝醉的傻瓜一样吃吃地笑着。

某处传来开门声,我们之间突然出现了一个放着两杯威士忌的托盘,端着它的是一名穿黑衣的女仆。我们俩各拿了一杯,女仆在一旁等着,默尔达往自己的杯子里倒满苏打水,而我只倒了一点。然后女仆离开了,没有微笑,没有点头,没有发出一点声音。

我猛地灌下一口威士忌,在吞咽之前就感觉自己要醉了。

"你是个军火商。"我说。

我不清楚他会做出什么样的反应,总之先试探一下。我想他也许会紧张、脸红、生气、朝我开枪,或者把这些都做一遍,但他没有任何反应。甚至没有停顿。他接过话茬,好像几年前就已经知道我要说什么了。

"没错,朗先生,因为我罪孽深重。"

哇,我想,无与伦比的回答。我是个军火商,因为我罪孽深重。这句话和他本人一样华丽。他带着显而易见的谦卑垂下目光。

"我做军火生意,没错,"他说,"不得不说,做得还算成功。当然,你和你的同胞无法认可我,这是这个行业的不利之处。如果可以的话,我必须承受。"

我认为他在取笑我,但听起来不像。他好像真的因为我的不认可而感到沮丧。

"在许多信教的朋友的帮助下,我审视过我的生活和行为。我相信自己在上帝面前问心无愧。事实上,如果我能预测你的问题的话,我相信自己只对上帝负责。现在,你介意我们继续往下谈吗?"他又笑了,笑容热情、迷人,带着歉意。他对待我的方式就好像对我这样的人已司空见惯——好像他是一位彬彬有礼的电影明星,而我在令人尴尬的时刻来找他签名。

"家具不错。"我说。

我们在客厅里四处参观起来,伸伸腿,做做深呼吸,消化一下并没有吃的大餐。为了使画面完整,我们真的需要几条跟在脚边的狗,以及一扇可以倚靠的大门。但我们没有这些,所以我凑合着靠在家具上。

"这是布勒①的作品。"默尔达指着我手肘下方的大木柜说。我点了点头,就像当人们告诉我植物的名称时我会点头一样。出于礼貌,我低头细看繁复的铜质嵌体。

"他们把饰面薄板和铜黏贴在一起,直接在那上面裁切出图案。那一个,"他指着一个明显类似的柜子说,"是反布勒的风格。看见没?正好是它的反面。不浪费一丁点材料。"

我若有所思地点了点头,来回比对这两个柜子,试图想象自己得拥有多少辆摩托车才会舍得花钱买这类玩意儿。

显然,默尔达走得累了,想回到沙发上。他走路的样子好像在说,快没有客套话可讲了。

"同一事物的正反两面,朗先生,"他说,伸手去拿第二支烟,"你可能会说,这两个柜子和我们之间的小问题很相似。"

"我可能会这样说,"我等着他继续,但他并没有要展开的意思,"当然,我首先得知道你在说什么。"

他转向我,脸上的光泽依旧,柔美依旧。但友好的氛围正在消散,在炉子里迸着火星,没有温暖到任何人。

---

① 布勒(1642—1732),法国宫廷首席家具师。

"朗先生，我在说'毕业生研究'，显然。"他一脸惊讶地说。
"显然。"我说。

"我和某个群体有些联系。"默尔达说。

此刻他站在我面前，像这几年政客喜欢做的那样，大大地展开双臂，好像在迎接我与他一起展望未来，而我只是坐在沙发上。没有发生什么变化，除了有人在附近炸鱼排。这股味道不该出现在这个房间里。

"这些人，"他继续说道，"在许多情形下是我的朋友。我和他们做了很多年的生意。他们信赖我，倚靠我。你能理解吗？"

当然，他并不是问我能否理解他们的关系。他只是想知道，像"信赖"和"倚靠"这样的词，在我生活的环境中是否还具备现实意义。我点了点头，表示在紧急时刻我还能将它们拼写出来。

"为了向这些人表达友谊之情，我冒了一次险。我很少做这种事。"我想这总该是个笑话，所以笑了笑。他似乎心满意足。"我以个人名义为大量商品的销售做了签字担保，"他没再说下去，看着我，等我作出反应，"我想你应该熟悉这是什么性质的商品。"

"直升机。"我说。事到如今，装傻似乎没有任何意义。

"直升机，完全正确，"默尔达说，"我得告诉你，我自己并不喜欢这东西，但他们说直升机的某些性能十分出色。"他开始跟我故弄玄虚，我心想他这么假装厌恶那些粗俗、油腻的军械，但据我所知，这些军械让他买得起这栋房子，以及其他十几栋这样的房子，所以我决定代表平民把话说开。

"它们的确制作精良，"我说，"你销售的这些直升机能在一分钟内摧毁一个村子，当然还有住在里面的村民。"

他闭上眼睛，好像一想起这种事内心就感到痛苦。也许那是真的，但也没有持续多久。

"我说过了，朗先生，我认为自己没必要向你辩解。我不关心这些商品的最终用途。为了我和我朋友的利益，我只关心商品能否找到买家。"他攥紧双手,等着我开口,好像现在整件事是我的问题。

"那就打广告,"过了一会儿,我说,"比如《妇女界》的末版。"

"嗯,"他说,好像我很蠢,"你不是商人,朗先生。"

我耸了耸肩。

"而我是,你明白吗?"他接着说,"我想你应该相信我,我了解自己的市场,"他似乎突然想到了什么,"毕竟我也不会建议你如何更好地……"然后他意识到自己陷入了困境,因为我的简历上没有写任何我擅长的技能。

"骑摩托车?"我殷切地提醒道。

他笑了。

"是的,"他又坐回到沙发上,这次靠得没那么近了,"我认为,我所负责的商品需要比《妇女界》末版更巧妙的推广渠道。如果你制造的是一款新型捕鼠器,那么,就像你说的,你要打一个关于新型捕鼠器的广告。但是另一方面,"他伸出另一只手,让我看看它长什么样,"如果你要销售一款捕蛇器,那么你的首要任务是展示蛇有多恶毒,为什么需要用捕蛇器抓它们。你能理解吗?然后,在很长一段时间之后,你和你的商品一同现身。你明白我的意思吗?"他耐心地笑着。

"所以,"我说,"你要赞助一次恐怖主义行动,让你的小玩具在黄金档的新闻中大显身手。这些我都知道,老大哥知道我都知道。"我看了一眼手表,好像我十分钟后要去见另一个军火商似的。但是默尔达不是那种别人能催促或阻止的人。

"那大体上就是我所要做的。"他说。

"那我该怎么做?既然你告诉了我,我该怎么处理这条信息?写在日记里?为它写首歌?还是怎么的?"

默尔达看了我一会儿,然后深吸一口气,轻轻地、仔细地从鼻子呼出,好像他上过呼吸课似的。

"你,朗先生,要为我们执行这场恐怖主义行动。"

沉默,长久的沉默。一阵眩晕袭来。这个巨大房间的墙壁向我聚拢,又退开,让我感觉自己比以往任何时候都更加渺小和不起眼。

"啊哈。"我说。

又是一阵沉默。炸鱼排的气味变得更加强烈了。

"我有发言权吗?"我沙哑地说道。出于某种原因,我的嗓子不太好使。"比如,如果我说'去你妈的',那么按照今天的代价,我身上大概会发生什么?"

现在轮到默尔达看手表了。他像突然厌倦了似的,脸上的笑容逐渐凝固。

"朗先生,我认为你不该浪费时间关心这个。"

我感到颈后冷飕飕的,转头看到巴恩斯和卢卡斯站在门口。巴恩斯一脸镇定,但卢卡斯有些紧绷。默尔达点了点头,两个美国人走过来,一人一边坐到沙发上,面朝着我。默尔达在卢卡斯面前伸出一只手,掌心朝上,看都没看他一眼。

卢卡斯从外套的内兜里掏出一把自动手枪。我想那是一把九毫米口径的斯太尔。但这不重要。他轻轻地把枪放到默尔达手里,然后转向我,瞪大眼睛,承受着我无法解读的信息所带来的压力。

"朗先生,"默尔达说,"你需要关心的是两个人的安全。一个当然是你自己,而另一个是沃尔夫小姐。我不知道你把自己的安全看得有多重要,但我想如果你关心一下她的安全,那会显得很有绅士风度。而且我希望你是深切地关心她的安全,"他突然绽放笑容,好像说完了最糟糕的部分,"当然,如果没有一个好理由,我也不指望你会关心。"

他在说这话的时候给枪上了膛,然后抬起下巴看着我,枪没有握紧。我的掌心立刻渗出汗水,喉咙发干。我等着,因为我想不出还能做什么。

默尔达在心里盘算了一会儿,然后伸出手,从侧面将枪口抵在卢卡斯的脖子上,开了两枪。

一切发生得太突然,太出乎意料,太荒诞,有一瞬间我甚至想笑。沙发上坐着三个人,两声枪响过后,只剩下两个人了。整个过程挺有意思的。

我意识到自己尿裤子了,不多,但也算尿了。

我眨了眨眼睛,看见默尔达把枪交给了巴恩斯,巴恩斯朝我脑袋后面的门做了个手势。

"他为什么杀他?为什么要做出如此惨无人道的事?"

这话应该由我来问,但声音不是从我嘴里发出的。那是默尔达的声音,轻柔而又冷静,十分克制。"这种事惨无人道,朗先生,"他说,"没有一点人性,因为它没有理由。但是我们总是试图为死亡找理由。我说得对吗?"

我抬头去看他的脸,但无法聚焦。他的脸忽远忽近,就像他的声音,既在耳边,又在千里之外。

"这么说吧,虽然他没理由死,但我有理由杀他。我想这样说你更容易理解。朗先生,我杀他是为了向你证明一件事,只有这一件事,"他停顿了一下,"那就是我能杀他。"

他低头去看卢卡斯的尸体,我顺着他的目光望去。那景象惨不忍睹。枪口贴着肉,膨胀气体随子弹进入体内,使伤口严重肿胀、变黑。我不忍凝视太久。

"你明白我的意思了吗?"

他歪着头,向前倾身。

"这个人是官方认可的美国外交官,"默尔达说,"受雇于美国国务院。我敢肯定他有很多朋友,有妻子,甚至还有孩子。当然,这样一个大活人凭空消失是不可能的,对吗?"

几个人在我面前俯身,铆足了劲抬起卢卡斯的尸体,他们的衣服发出窸窸窣窣的声音。我努力让自己听默尔达讲话。

"我想让你看清事实,朗先生。事实是,如果我希望他消失,他就会消失。我在自己家里开枪杀了一个人,我让他在我的地毯上流血,因为我想这样做。没有人能阻拦我。警察不能,密探不能,卢卡斯先生的朋友不能,当然你也不能。你听见了吗?"

我再次抬头看他,能更清楚地看到他的脸了。

黑色的眼睛,脸上的光泽。他扶了扶自己的领带。

"朗先生,"他说,"这能成为你关心沃尔夫小姐安全的理由吗?"

我点了点头。

他们把我载回伦敦,又把我摁在外交官的地毯上,然后在泰晤士河南岸的某处把我抛出车外。

我跨过滑铁卢大桥,走过斯特兰德大街,时不时毫无缘由地停下来,偶尔往十八岁乞丐的手里扔几个硬币,希望这部分现实只是一场梦,这种感觉比以往任何时候对美梦变成现实的愿望都更强烈。

迈克·卢卡斯告诉过我要小心。他说这话是冒了风险的。我不认识这个人,也没有求他为我冒险,但他还是那样做了,因为他是个正派的政府官员,不喜欢他的工作要他去的那些地方,也不想让我去。

砰砰两声。

再无回头路,世界不会因此而停止运转。

我为自己感到难过,为迈克·卢卡斯感到难过,也为乞丐感到难过,但最令我感到难过的还是我自己。必须停止自怨自艾。我开始往家走去。

待在自己公寓里的时候,我再也不必担惊受怕了,因为上个星期在背后盯着我的人现在来到了我的面前。还能睡到自己的床上是我唯一的安慰。于是我飞快地出门,大步走向贝斯沃特,一边走,一边试着寻找整件事有趣的一面。

这并不容易,我也不确定自己做得对不对,但是当事情进展得不顺利时,我就会这样做。进展得不顺利是什么意思呢?和什么时候相比?比如,和几个小时前,和几年前相比。但那不是重点。如果两辆车全速撞向一堵砖墙,一辆比另一辆更早撞墙,你不能在那个间隙说第二辆车的情况比第一辆好多了。

死亡与灾难伴随我们一生,时刻准备将我们击倒,大多数时候都没有命中。无数次在高速公路上行驶而没有爆胎;无数病毒溜进我们体内而没有致命;无数次在我们经过一分钟后有钢琴从空中坠落——或者一个月后,没多大区别。

所以,除非我们在每次躲过灾难后都跪下来感谢上苍,否则灾难降临时的哀叹毫无意义,不管它是降临到我们自己身上,还是别人身上。因为我们不会拿它与任何东西相比。

不管怎样,我们都已经死了,或从未出生,整件事都是一场梦。

看,这就是有趣的一面。

第十四章

于是自由如今鲜少醒来，

唯有当愤愤不平的心破碎

她才悸动，以显示她一息尚存。

——托马斯·莫尔

当我拐进自己的街区时，路边意外地停着两辆车。一辆是我的川崎，带着伤痕和血渍，但幸好没有变形。另一辆是鲜红色的 TVR。

罗妮在方向盘后面睡着了，外套遮到鼻子。我打开副驾驶座的门，坐到她旁边。她抬起头，眯着眼看我。

"晚上好。"我说。

"你好，"她眨了眨眼睛，望向车窗外的街道，"天啊，现在几点了？好冷啊。"

"十二点四十五分。想进来坐坐吗？"

她想了一会儿。

"你真直接，托马斯。"

"我直接？"我说，"这得看情况，不是吗？"我又打开车门。

"看什么情况？"

"看是你开车来到了这里，还是我在你的车周围重建了我家。"

她又想了一会儿。

"我很想喝杯茶。"

我们坐在厨房里，一边喝茶，一边抽烟，有一句没一句地聊着。罗妮有心事,以我非专业的眼光来看,她刚刚哭过。要不然就是她用睫毛膏尝试了某种浓密花哨的效果。我提出给她倒一杯威士忌,但她不想喝,所以我把瓶里的最后四滴倒给了自己,并尽可能喝得慢一些。我努力把注意力集中在她身上,把卢卡斯、巴恩斯和默尔达抛诸脑后,因为她不太高兴,因为她在我的房间里,而其他人不在。

"托马斯,我能问你一个问题吗?"

"当然。"

"你是同性恋吗?"

不是吧? 一上来就问这个。你应该聊聊电影、戏剧、最喜欢的滑雪坡道之类的话题。

"不,罗妮,我不是同性恋,"我说,"你呢?"

"不是。"

她盯着自己杯子里的东西。但我泡的是茶包,所以她不会从那里找到答案。①

"那个人怎么样了——他叫什么来着?"我一边说,一边点燃一支烟。

"菲利普。他睡了,或者去了某个地方。我不知道,说实话,也不在乎。"

"罗妮,我想你这话只是说说而已。"

"不,我说真的,我他妈一点儿都不在乎菲利普。"

听到言语得体的女士说脏话总让我感觉异常的兴奋。

"你们吵架了。"我说。

"我们分手了。"

"你们吵架了,罗妮。"

"我今晚能跟你一起睡吗?"她说。

我眨了眨眼睛。然后,为了确认这不是我想象出来的,我又眨了一下眼睛。

---

① 西方曾迷信茶叶占卜术,认为杯子里的茶叶图案能预测未来。

"你想跟我一起睡?"我说。

"是的。"

"你的意思不是想和我同时睡下,而是睡在同一张床上?"

"求你了。"

"罗妮……"

"如果你愿意的话,我可以不脱衣服。托马斯,别让我再求你一次。对一个女人来说,这样太没面子了。"

"对一个男人来说却很有面子。"

"哎,闭嘴,"她用杯子遮住脸,"我现在对你没兴趣了。"

"哈,"我说,"奏效了。"

最终我们还是起身进了卧室。

结果她的确没脱衣服。我也没脱。我们肩并肩躺在床上,看了一会儿天花板。当我认为看得足够久的时候,我伸出手,抓住了她的手。她的手温暖、干燥,有很好的触感。

"你在想什么?"

老实说,我不记得是谁先说了这句话。在破晓前我们都说了五十遍。

"没什么。"

这句话我们也说了很多遍。

罗妮不太高兴,整件事的大意就是如此。我不能说她向我倾诉了全部的生平事迹。她的讲述围绕几起信息量巨大的事件,中间隔着大段的空白,好像从打折书店买来的小说。但是当云雀来给夜莺替班时,我对她已有了足够的了解。

她在家里排行老二,很多人看到这里可能会说:"啊,果不其然,你看。"不过我也是老二,并没有因此而感到困扰。她的父亲在金融城工作,专门压榨穷人,她的两个兄弟看来也要往这方面发展。她的母亲在她十几岁的时候迷上了海钓,从那以后,每年一半时间都在遥远的海上,而她父亲则养起了情妇。罗妮没有说是在哪里。

"你在想什么?"这一次是她。

"没什么。"

"说嘛。"

"我不知道。就是……想事情。"我摩挲了一下她的手。

"想萨拉?"

我有点猜到她会这样问。但我故意把第二次发球打深,不再提菲利普,所以她不能到网前来。①

"还有其他事。我是说人,"我轻轻捏了一下她的手,"说到底,我几乎不认识她。"

"她喜欢你。"

我忍不住笑了。

"没有比那更不可能的事了。我们第一次见面时她以为我要杀她父亲,而最近一次见面时她几乎一直在嘲笑我在敌人面前的怯懦表现。"

我想最好先不提接吻的事了。

"什么敌人?"罗妮说。

"说来话长。"

"你的声音不错。"

我在枕头上转过头来看着她。

"罗妮,在这个国家,当一个人说'说来话长'时,只是在委婉地表示拒绝告诉你。"

我醒了。这说明我之前可能睡着了,但我不知道是什么时候睡着的。我唯一能想到的是大楼起火了。

我跳下床,直奔厨房,看到罗妮在用平底锅煎培根。炉子上的烟在从窗

---

① 此处借用了网球术语,"深"指远离网。

外射进来的一束束阳光中雀跃,BBC广播四台在不远处嗡嗡地播着节目。她穿上了我仅有的一件干净衬衫,这让我有些恼火,因为那是我留着在特殊场合穿的,比如我孙子的二十一岁生日。但她穿着还挺好看,我也就不和她计较了。

"你喜欢培根煎到什么程度?"

"煎到酥脆。"我看向她身后,撒了个谎。别的我也不好说什么。

"如果你想的话,可以去煮咖啡。"她说完,转身继续煎培根。

"咖啡,行啊。"我正准备转开一罐速溶咖啡,但罗妮喷了一声,朝餐具柜抬了抬下巴。原来田螺姑娘在夜间来访,留下了一堆好东西。

我打开冰箱,看到了别人的生活。鸡蛋、奶酪、酸奶、牛排、牛奶、黄油,还有两瓶白葡萄酒。三十六年来,我用过的任何一台冰箱里都没有这样的东西。我用水壶接水,打开开关。

"我得把买东西的钱给你。"我说。

"嘻,都是成年人了。"她试图用一只手在平底锅沿打碎鸡蛋,却弄得一团糟。而我没有养狗。①

"你不应该去画廊吗?"我问,把梅尔福德烘焙早餐舀进碗里。这一切都显得怪异。

"我打了电话。告诉特里我的车坏了,刹车失灵,我不知道自己多久才能到。"

我想了一会儿。

"但是如果刹车失灵,你应该早到才对。"

她笑着把一盘黑色、白色与黄色混杂的东西放到我面前。虽然它看起来令人生疑,但味道还不错。

"谢谢你,托马斯。"

---

① 作者的俏皮话,一团糟的原文是 dog's breakfast,直译为"狗早餐"。

我们穿行在海德公园里,没有目的地,牵牵手,又放开,好像牵手不是什么大不了的事。太阳出来了,伦敦景色宜人。

"谢我什么?"

罗妮低头看着地上,踢着可能并不存在的物体。

"谢你昨晚没有占我便宜。"

"不用谢。"

我不知道她希望我说什么,甚至不知道这是一段对话的开始还是结束。"谢谢你谢我。"我补充了一句,这就更像要结束对话了。

"哦,别说了。"

"不,我说真的,"我说,"非常感谢。我每天努力不占上百万个女人的便宜,却从没有人谢过我。这样的转变真不错。"

我们继续散步。一只鸽子朝我们飞来,在最后一刻又朝别的方向飞走了,好像突然发现我们不是它以为的那种人。两匹马沿着骑马道小跑,骑马的是两个穿粗花呢外套的人,可能是皇家骑兵团的。马看上去智慧过人。

"托马斯,你现在有人吗?"罗妮说。

"我想你指的是女人?"

"那是最基本的。你有一起睡的人吗?"

"一起睡的意思是……"

"立刻回答我的问题,否则我报警了。"她在笑,因为我而笑。我逗她笑了,这种感觉真不错。

"没有,罗妮,我现在没有一起睡的女人。"

"男人呢?"

"也没有男人。或者动物,或者任何针叶树种。"

"为什么没有?如果你不介意我这么问的话。嗯,就算介意我也要问。"

我叹了口气。这个问题连我自己都不知道答案,但是这样说也无法给我解围。我在不清楚自己要说什么的情况下开始解释起来。

"因为性带来的不幸比快乐多,"我说,"因为男人和女人想要的东西天差地别,结果总有一方会失望。因为我很少被人约,也讨厌约别人。因为我不擅长交往。因为我习惯了一个人。因为我想不出别的理由了。"我停下来顺气。

"好吧。"罗妮说。她转身,为了看清我的脸,开始往后退。"哪一句是真的?"

"第二句,"我想了一会儿后说,"我们的需求截然不同。男人想和一个女人上床,然后换一个,再换一个。他们想吃点玉米片,再睡一会儿,接着再换一个女人上床,直到死。而女人,"我想在形容对立性别时最好注意措辞,"想要的是恋爱关系。她们可能得不到,或者要和很多男人上床之后才能得到,但那才是她们真正的需求。那是终极目标,而男人没有目标——没有天性驱使的目标。所以他们发明了球门①,把它们放到球场的两端。然后他们还发明了足球。他们挑衅斗殴、蝇营狗苟、发动战争,或者做出其他任何愚蠢可笑的事,只为了掩饰他们没有真正的目标。"

"胡扯。"罗妮说。

"当然,那也是一项主要区别。"②

"你真觉得我想和你谈恋爱?"

这个问题有点棘手。直线球,在难打到的位置。

"我不知道,罗妮。我猜不到你想从人生中得到什么。"

"哦,又胡扯。拿捏要准确,托马斯。"

"对你?"

罗妮停下来,笑开了花。

"这还差不多。"

我们找到一个公用电话亭,罗妮进去打电话给画廊。她告诉他们,她为

---

① 原文中目标和球门是同一个词。
② 胡扯的原文 bollocks 直译为睾丸。

了修车已经耗尽了精力,需要躺一下午。然后我们开车前往克拉里奇饭店用午餐。

我心里清楚,最后我总要告诉罗妮发生了什么,以及我认为会发生什么。也许我会撒点小谎,为了她,也为了我自己,也许还会谈到萨拉。这也是我迟迟说不出口的原因。

我非常喜欢罗妮。如果她是个受难少女,被囚禁在黑暗悬崖上的黑暗城堡里,我也许会爱上她。可惜她不是。她就坐在我对面,一边唠叨个没完,一边要了一份多佛鳎鱼配芝麻菜色拉。在我们后面的大厅里,穿着奥地利民族服装的弦乐四重奏乐队拉着某支莫扎特的曲子。

想到现在可能不止一队人在跟踪我,我仔细留意餐厅内部。附近没有可疑的人,除非中情局派出了一群脸上沾满自发面粉的七十岁寡妇。

不管怎样,比起被人跟踪,我更担心被人偷听。我们随机选择了克拉里奇饭店,所以这里不会被事先安装窃听器。我背对着人群,所以任何手持式定向话筒都不会接收到太多信息。我给我们俩各倒了一大杯罗妮选的口感极佳的普依-富赛白葡萄酒,然后开始了叙述。

我告诉她,萨拉的父亲死了,我看着他死的。我想先说完最坏的部分,把她扔进洞里,再慢慢拉上来,一次给一点助力。我也不想让她以为我害怕了,因为那对我们俩都没有好处。

她平静地接受了。连多佛鳎鱼她都没有接受,在盘子上原封未动,直到被服务员收走。鱼流露出仿佛说错话的忧伤眼神。

等我说完的时候,弦乐四重奏已经抛开莫扎特,转而演奏起《超人》的主题曲,酒瓶倒插在冰桶里。罗妮盯着桌布,紧锁着眉头。我知道,她想给人打电话、砸东西,或者跑到街上喊:这个世界如此糟糕透顶,为什么人们还能照常吃喝、购物、大笑,像没事发生一样。我理解她,因为自从看到亚历山大·沃尔夫被一个笨蛋用枪打死以后,我也想这么做。最后她终于开口了,她的声音愤怒地颤抖着。

"那你答应了吗?你会按照他们说的做吗?"

我看着她,微微耸了耸肩。

"是的,罗妮,我会。我不想,但我觉得不这么做后果会更严重。"

"你管这叫理由?"

"是的。大部分人做事也是基于这样的理由。如果我不合作,他们可能会杀了萨拉。他们已经杀了她父亲,没有什么是他们干不出来的。"

"但是会有人因此而丧命。"泪水在她的眼眶里打转,这时服务员过来推荐我们再开一瓶普依-富赛,要不是这样,我大概会抱住她。但此刻我只是拉住她的手。

"人固有一死,"我说,厌恶自己像巴恩斯讲话时的语气,"如果我不答应,他们还会找别人,或者尝试其他方式。结果不会变,但萨拉会死。他们有这能耐。"

她又低头盯着桌子,我能看出她内心同意我说的话。但她还是要检验一遍这些信息,好像某个准备出远门的人:关煤气,拔电视机插头,给冰箱除霜。

"那你呢?"过了一会儿,她说,"如果他们有这能耐,你会发生什么事?他们会杀你,对吗? 不管你是否帮助他们,他们都会杀你。"

"他们也许会动手,罗妮。这一点我没法骗你。"

"那你能骗我什么?"她马上问道,我觉得这并非她的本意。

"以前也有别人想杀我,罗妮,"我说,"但没有得逞。我知道,你觉得我是个不会自己购置日常用品的懒人,但我能用其他方式照顾自己,"我停下来看她是否会笑,"实在不行,我也可以找个开跑车的时髦妞儿来照顾我。"

她抬头看我,几乎笑了。

"你已经有一个了。"她一边说,一边掏出钱包。

我们在室内的时候,天下起了雨。罗妮的 TVR 还敞着顶篷,为了抢救康诺利真皮座椅,我们不得不飞快地穿过梅菲尔富人区。

正当我忙乱地拉扯顶篷,努力让边框跨越六英寸的间隙衔接上挡风玻璃时,我感觉到一只手搭上了我的肩膀。我尽量让自己不那么紧张。

"你他妈是谁?"一个声音说。

我缓缓直起身,回头看。他和我差不多高,年纪相仿,但是他比我有钱得多。他的衬衫出自杰明街①,西装出自萨维尔街②,口音则出自最昂贵的公立学校。罗妮正在叠后车厢的行李罩,这时也抬起头来。

"菲利普。"她说,我大概已经猜到她会这么说。

"这他妈是谁?"菲利普说,视线没有离开我。

"你好啊,菲利普。"

我尽量表现得客气。

"滚开,"菲利普说,转向罗妮,"就是这家伙在喝我的伏特加?"

一小群穿着鲜艳防水衣的游客驻足,朝我们三个人微笑,希望我们是很好的朋友。我也希望是这样,但有时候仅仅靠希望是不够的。

"菲利普,别自讨没趣。"罗妮啪地合上后车厢,来到车门边。权力发生了转移,我试图从他们俩中间抽身。我最不愿掺和的就是别人的婚前纠纷,但是菲利普揪着我不放。

"你他妈想去哪儿?"他说,稍稍抬高下巴。

"离开这儿。"我说。

"菲利普,别这样。"

"你个小混蛋,你以为自己是谁?"他伸出右手,拽住我的翻领。他拽的力气很大,但还没有大到想和我打一架,这让我松了口气。我低头看看他的手,又看看罗妮。我想给她叫停的机会。

"菲利普,求你了,别犯傻。"她说。

显然,她这样说就大错特错了。当一个男人被逼急了,最不能让他冷静下来的就是一个女人说他犯傻。如果是我,就会给他赔不是,轻抚他的眉

---

① 伦敦市中心特色商业街,被称为"男人衣橱"。
② 伦敦西区一条拥有两百多年历史的小街,又名"裁缝街"。

头,微笑,做任何我能想到的消解雄性激素的事。

"问你话呢,"菲利普说,"你以为自己是谁?喝我酒柜里的酒,在我的房子里撒尿?"

"请放开我,"我说,"你弄皱我的衣服了。"你看,我是个讲道理的人。不恐吓,不大喊大叫,不摆出干架的姿势,不做任何显示奇怪主张的事。只是直截了当地表明我担心自己的衣服。真诚而又坦率。

"我他妈不关心你的衣服,蠢货。"

你们都看到了。我已经试遍了每一种可能的外交手段,都无法达到目的,所以我选择了使用武力。

我先是推了他一下,他反推回来,人们总会这么干。我顺着他的推力向后退,拉直他的手并转身,他不得不翻过手腕来继续抓牢我的衣服。我一只手放在他的手上,让他保持抓衣服的动作,用另一只手的前臂轻轻倾向他的手肘。如果你感兴趣的话,那我来告诉你,这是合气道中的二教固技,几乎可以毫不费力地造成剧烈的疼痛。

他双腿发软,脸色煞白,快要跪坐到人行道上,迫切地想要缓解手腕关节上的压力。在他的膝盖触地之前我放开了他,因为我想,给他留的情面越多,他越没理由轻举妄动。我也不想让罗妮把他踩在脚下,一直说:"好了,好了,怎么不还手了?"

"对不起,"我迟疑地笑着说,好像我也不清楚到底发生了什么,"你还好吧?"

菲利普把手拧过来,给了我一个记恨的眼神,但是我们心里都清楚,他不会再轻举妄动了。不过他不敢确定我是不是故意伤害他的。

罗妮来到我们中间,轻轻地把手放到菲利普的胸前。

"菲利普,你严重误会了。"

"是吗?"

"是的,你误会了。我们只是在谈生意。"

"鬼才信。你跟他上床了。我可不是傻瓜。"

最后一句应该会让任何正直的控方律师愤然起身，但是罗妮只是转向我，使了个眼色。

"这位是阿瑟·柯林斯。"她说，等着菲利普皱眉怀疑。过了很久他终于皱眉了。"我们在巴斯看到的三联画就是他画的，记得吗？你说你喜欢那幅画。"

菲利普看看罗妮，又看看我，接着又去看罗妮。当我们等着他消化这一信息时，世界发生了些许转变。一方面，他为自己可能犯了个错误而感到尴尬，另一方面，他更多的是感到释然，现在他终于有机会利用一个体面的理由来避免跟我干架了——我就站在那儿，准备把那家伙狠狠教训一顿，打得让他求饶，结果他不是我要找的人。完全不是一类人。到处都是笑声。菲利普，你真可笑。

"画羊的那个？"他一边说，一边抚平领带，并熟练地抖落衬衫袖口。我看着罗妮，但她不想帮我回答这个问题。

"其实是天使，"我说，"很多人都把它们看成羊。"

他似乎对这个回答很满意，脸上绽放出笑容。

"上帝啊，对不起。你会怎么看我？我以为……现在不重要了，对吗？有个小子……哎，不提也罢。"

他不停地解释，我摊开双手以表示完全理解，我自己每天也会犯三四次同样的错误。

"失陪一下，柯林斯先生。"菲利普一边说一边抓住罗妮的胳膊肘。

"当然。"我说。菲利普和我现在是好哥们儿了。

他们移步几英尺之外。我意识到他们谈了至少有五分钟，因为我抽了一整支烟，于是我决定缓和一下气氛。穿着鲜艳防水衣的几位游客在人行道上急着往远处赶路，我朝他们挥挥手，表示伦敦是个疯狂之地，但他们应该继续前进，玩得开心点。

菲利普显然想弥补他和罗妮的关系，但他采取的战术是"我原谅你了"，而不是更有效的"求你原谅我"，我发现后者总是有更多胜算。罗妮的嘴唇扭曲成半接受半抗拒的形状,她时不时地朝我这里瞥一眼,以表达这整场对话有多么无聊。

我朝她笑笑,这时菲利普从口袋里掏出一沓又长又薄的纸。那是一张机票,一份邀请函:周末跟我走吧,我们去痛快地享受性爱和香槟。他把票交给罗妮,吻了她的额头——这又是一个错误,然后向英格兰西南部著名画家阿瑟·柯林斯挥挥手,便沿着人行道走了。

罗妮看着他走远,然后朝我站的位置悠闲地走来。

"天使。"她说。

"阿瑟·柯林斯。"我说。

她低头看了一眼机票,叹了口气。"他想让我们再努力一次,他说我们的感情来之不易,诸如此类的话。"

"哈。"我说,然后我们一起看了一会儿人行道。

"他要带你去巴黎吗?要我说的话,那太老套了,不过不关我的事。"

"是布拉格。"罗妮说。我隐约想起了一件事。她展开机票。"菲利普说,布拉格是新威尼斯。"

"布拉格,"我点点头说,"据说在捷克斯洛伐克。"

"事实上是捷克共和国,菲利普明确指出。斯洛伐克已经不行了,景致不及捷克的一半。他在老城广场附近订了酒店。"

她又低头去看机票,我能听到她因恐惧而哽住喉咙的声音。我顺着她的视线望去,没有看到任何狼蛛钻出她的袖口。"有问题吗?"

"CED。"她合上机票说。

我皱了皱眉。

"他怎么了?"我不明白她想表达什么,但是我脑海中有种熟悉的感觉,"你知道他是谁了吗?"

"他是 OK,对吗?"罗妮说,"萨拉的日记里,CED 后面跟的是 OK,没错吧?"

"没错。"

"好,"她把机票递给我,"看航空公司。"

我看了看。

也许我早该知道了。也许除了罗妮和我,每个人都知道。根据阳光旅行社为罗妮·克赖顿女士打印的行程单,新捷克共和国的国家航空公司缩写正是CEDOK。

第十五章

> 无论战争中的哪一方自称胜者，
> 他们都是败者，没有赢家。
>
> ——尼维尔·张伯伦

就这样，我的两条故事线在布拉格交会。

布拉格是萨拉的目的地，也是美国人派我去执行"死木行动"第一阶段的地方。他们执意叫它"死木"，我当场告诉他们，这名字糟透了。不过他们拒绝改名，所以要么它是某个重要人物选的，要么已经形成了白纸黑字的文件。它就叫"死木"，汤姆。

行动本身至少在官方层面上是例行公事，为了渗透进一个恐怖组织，一到那儿，就去干掉他们以及他们的供应商、出资人、支持者、亲人。没有丝毫异常。全世界的情报组织都在尝试这类行动，并以不同程度的失败告终。

第二条故事线，即萨拉故事线，或者说巴恩斯、默尔达、"毕业生研究"故事线，都是为了向专制政府出售直升机，我给这条线起了个名字。我称它为"上帝啊"。

两条故事线在布拉格交会。

我预定周五晚飞往布拉格，这意味着在接下来的六天里，白天我要听美国人给我做简报，晚上我要牵着罗妮的手陪她喝茶。

在我差点弄断他手腕的当天，菲利普就飞到了布拉格，与紫罗兰革命分子达成某些重要交易，留下困惑而又悲伤的罗妮。在我之前，她的人生也许算不上惊心动魄、百转千回，但也不至于苦不堪言。突然被拽进恐怖主义和政治暗杀的世界里，加上一段急速恶化的恋爱关系，并不能让一个女人放轻松。

我吻了她一下。

"死木"的简报会在亨利外一栋三十年代的红砖楼里进行。两平方英里的面积全铺着镶木地板,每隔两块就有一块因受潮而翘起,只有一个马桶能够正常冲水。

他们带来了一些家具:椅子、桌子、行军床,被随意地扔在各处。我的大部分时间都在客厅里度过,看看幻灯片,听听录音机,背诵逃亡交涉步骤①,了解明尼苏达州雇农的生活状况。我不能说自己像回到了学生时代,因为他们逼我更努力地学习,但还是有一种异常熟悉的氛围。

他们找人修好了我的川崎,我每天骑着它去那里。他们希望我留宿,但我告诉他们,我要在走之前多呼吸一下伦敦的空气,他们似乎接受了这个说法。美国人都尊重爱国主义。

人员不停变换,但从不少于六个人。一个叫萨姆的勤杂员,经常进出的巴恩斯,一些在厨房喝花草茶、在门口走道做引体向上的卡尔,还有一些专业人员。

其中一个自称史密斯,我不相信这是真名。此人是个戴眼镜、穿背心的小胖子,经常谈到六七十年代,如果你在史密斯这一行的话,那正是恐怖主义盛行的时期。那时他似乎需要满世界跟踪巴德分子、迈恩霍夫分子、红色旅分子②,就像少女追着杰克逊五兄弟的巡回演出那样,带着一堆海报、胸章、签名照之类的东西。

马克思主义革命者令史密斯失望透顶,他们大部分人早在八十年代初期就已经不再信仰了,过上了缴保险、还房贷的寻常生活,只有红色旅偶尔还会高举旗帜。至于光辉道路③和中南美洲其他类似的组织,则完全不是

---

① 指导逃亡者和救援部队在敌对区进行交涉,帮助友方逃离的步骤。
② 巴德-迈恩霍夫是德国左翼恐怖分子集团;红色旅是意大利极左翼恐怖组织。
③ 秘鲁极左翼反政府游击队组织。

史密斯的路数,就像爵士乐之于汽车城唱片公司①,几乎不值得一提。我插进几个自认为切题的关于临时爱尔兰共和军的问题,但是史密斯摆出柴郡猫的表情,然后扯开了话题。

第二个是戈德曼,他高高瘦瘦,虽然不喜欢这份工作,却自得其乐。戈德曼最关注的似乎是礼节。从挂电话到舔邮票,每件事他都要示范一遍正确做法和错误做法,绝不能容忍偏差。经过一天的训练,我感觉自己像卖花女伊莉莎②。

戈德曼告诉我,今后我就叫达雷尔。我问他能不能用我的本名,他说不能,达雷尔已经被录入"死木行动"的文件。我问他有没有听说过涂改液,他说那个名字很蠢,还不如叫达雷尔。

特拉维斯是徒手格斗家,当他们告诉他,他只能给我一小时训练时,他叹了口气,说了句脏话便走了。

在最后一天,行动策划者来了:两男两女,穿得像银行家,手里提着大手提箱。我试着和两位女士调情,她们不为所动,倒是较矮的那个男人来了兴致。较高的那个名叫路易斯,是四人中最友善的一个,大多数时候都是他在说话。他似乎深谙此道,很少透露相关信息,这也说明他的确很懂这一行。他还是叫我汤姆。

综上所述,有且只有一件事很明显。"死木"不是一时兴起的产物,这些人不是前一天刚开始研究国际恐怖主义这个议题。在我加入之前,他们已经计划了好几个月。

"汤姆,你知道金泰斯吗?"路易斯跷着二郎腿,像大卫·弗罗斯特③那样朝我倾身。

---

① 美国底特律以黑人音乐为主的唱片公司。
② 萧伯纳戏剧《卖花女》的主人公。
③ 大卫·弗罗斯特(1939—2013),英国时事评论员、电视节目主持人。

"不知道,路易斯,"我说,"我是一张白纸。"我点燃另一支烟,只为了惹恼他们所有人。

"没关系。你首先得知道,我想你已经知道了——世界上不存在理想主义者。"

"除了我们俩,路易斯。"

其中一位女士看了一眼手表。

"没错,汤姆,"他说,"除了我们俩。自由斗士、解放者、新黎明的缔造者,所有这些人都像喇叭裤潮流一样消逝了。这年头,恐怖分子其实是商人……"房间远处一位女士清了清嗓子,"和女商人。对现在的年轻人来说,恐怖主义是一份不错的事业。晋升空间大,出差密集,有公款账户,能提前退休。如果我有个儿子,我就让他长大后在律师和恐怖分子当中二选一。仔细想想,也许恐怖分子对人的危害更轻。"

这是个笑话。

"你可能在想钱是从哪儿来的,"他朝我挑眉,我像个幼儿园教师一样点点头,"在叙利亚、利比亚、古巴,有些坏人依然把恐怖主义看作国家产业。他们时不时地开出巨额支票,哪怕只是让人砸破美国使馆的窗玻璃,他们也知足。但近十年来,他们变低调了。如今,一切得看利润,而说到利润,每条路都指向保加利亚。"

他坐回到座位上,轮到一位女士走上前来,念出写字板上的内容,不过她显然已经背熟了,写字板只是为了安心。

"表面上,"她开始说,"金泰斯是一家总部位于索非亚郊区的国营贸易机构,共有五百二十九名员工从事进出口贸易。暗地里,金泰斯负责超过百分之八十的从中东销往西欧和北美的毒品,并频繁换取向中东叛乱组织转售合法与非法武器的委托。海洛因也以类似方式转售给顶尖的中西欧贩毒集团。多数参与这些活动的员工不是保加利亚人,但会在黑海沿岸的瓦尔纳和布尔加斯给他们提供仓库和宿舍。借助另一个名字格洛巴斯,金泰斯还参与全欧洲毒品收益的洗钱活动,用现金交换黄金和珠宝,以及通过土耳其和东欧的一系列商业运作,将资金重新分配给客户。"

她抬头去看路易斯,确认是否还需要她讲下去,但是路易斯看着我,发现我的眼神有些茫然,微微摇了摇头。

"人还不错,对吗?"他说,"他们就是把枪交给穆罕默德·阿里·阿贾的人,"我依然没有反应,"他在一九八一年刺杀教皇约翰·保罗二世,轰动媒体。"

"哦,想起来了。"我说,晃了晃脑袋表示震惊。

"金泰斯,"他继续说道,"就像一站式商店,汤姆。如果你想在世界上制造点麻烦,摧毁几个国家,杀害几百万个人,那就带上信用卡去找金泰斯。没人比他们更优惠。"

路易斯在笑,但我能看出他眼里燃起了正义的怒火。我环顾四周,发现其他三人也是满腔怒火。

"而金泰斯,"我说,极度希望他们能否定我,"就是亚历山大·沃尔夫要对付的人。"

"是的。"路易斯说。

这时,我才意识到,这些人中根本没人知道"毕业生研究"是什么,也不知道"死木行动"想达到什么目的。他们真以为自己将代表山姆大叔和海外大婶,与毒品恐怖主义,或者说恐怖毒品主义,或别的什么名字进行一场直观的战斗。这只是中情局一次寻常的行动,没什么特别。他们要把我安插在一个乙级恐怖分子组织里,简单而又天真地幻想我能在夜间悄悄去公用电话亭透露许多名字和地址。

教我开车的是四个失明的教练,这迟来的醒悟让我动摇了。

他们为我安排了渗透行动的计划,每一阶段都让我复述一百万遍。我想,因为我是英国人,他们担心我不能同时记住两件以上的事情。当他们发现我能轻松学会后,他们拍拍彼此的背,相互赞赏着。

晚餐是令人作呕的肉丸配蓝布鲁斯科葡萄酒,上餐的萨姆一脸疲倦。

餐后，路易斯和同伴们收拾好手提箱，握住我的手快速上下晃动，意味深长地点点头，然后上车，沿着黄砖路离开了。我没有挥手，对卡尔们说我要出去走走。

我来到房子后面的花园，一片草坪延伸到泰晤士河，那里有着河畔最美的风景。

这是个温暖的晚上，河对岸是正在散步的年轻夫妇和遛狗的老人。几艘游艇徐徐靠岸，河水轻柔地拍打着船身，从窗口透出柔和而又舒适的黄光。里面的人们欢笑着，我都能闻到他们的罐头汤的味道。

我陷入了大麻烦。

午夜刚过，巴恩斯就来了，跟我第一次见他时比完全变了个样。布克兄弟的行头不见了，现在的他好像随时准备钻进尼加拉瓜丛林中。卡其布长裤，墨绿斜纹布衬衫，红翼鞋。帆布表带的军用表取代了劳力士时装表。我感觉他恨不得对着镜子往脸上涂迷彩。他的脸部棱角比以往任何时候都分明。

他打发走了卡尔们，剩下我们俩在客厅里坐定。他取出半瓶杰克·丹尼、一盒万宝路和一个芝宝迷彩打火机。

"萨拉怎么样了？"我说。

这个问题听起来很蠢，但我得提出来。毕竟她才是我参与这一切的原因。如果她早上被巴士撞了，或者死于疟疾，我肯定退出行动。如果她死了，巴恩斯倒不至于告诉我实情，但我可以从他的表情中找到线索。

"很好，"他说，"她没事。"他倒了两杯波旁酒，把其中一杯放在镶木地板上滑向我。

"我想和她谈谈，"我说，他的表情没有异样，"我得知道她没事，知道她活着并活得很好。"

"我告诉你了，她没事。"他喝了口威士忌。

"我听见了，"我说，"但你是个精神变态，你的话我一个字也不信。"

"我也不太喜欢你,托马斯。"

现在我们面对面坐着,一边喝威士忌,一边抽烟,但是氛围达不到特工与组织人的理想状态,并且每分每秒都在恶化。

"你知道自己的问题在哪里吗?"过了一会儿,巴恩斯说。

"是的,我很清楚自己的问题在哪里。他会买 L.L.Bean①的衣服,此刻就坐在我对面。"

他假装自己没听见。也许真的没听见。

"托马斯,你的问题在于,你是英国人,"他开始以奇怪的方式转动脖子,令骨头咔咔作响,他似乎因此感到满足,"你的问题就是整个国家的问题。"

"等等,"我说,"给我点时间想想。这不对。不能让一个美国人来告诉我这个国家有问题。"

"没种,托马斯。你没种,这个国家也没种。也许以前你有种,但丢失了。我不知道,也不在乎。"

"老大哥,说话小心点,"我说,"我要警告你,在这里,'有种'指勇敢。我们不知道在美国指什么,可能是那些一听到三角洲、袭击、碾压就亢奋的人。这才是重大的文化差异,而文化差异,"我补充道,我承认自己血气上涌,"不代表价值观分歧,而是用钢丝刷干翻你。"

他听完笑了,这不是我希望他给的反应。我更希望他来打我,这样我就可以捶他喉头,然后心情舒畅地逃入夜色。

"好吧,托马斯,"他说,"我想我们发泄了情绪。希望你现在能感觉好点。"

"好多了,谢谢。"我说。

"我也是。"

他起身去给我倒威士忌,然后把香烟和打火机扔到我腿上。

"托马斯,我不跟你绕弯子。你现在不能和萨拉·沃尔夫见面或说话。

---

① 美国著名户外用品品牌。

这不可能。但与此同时,我也不指望你在见到她之前帮我做任何事。怎么样?听起来公平吗?"

我啜了一口威士忌,从烟盒里抖出一支烟。

"她不在你们手上,对吗?"

他又笑了。我得想办法把话挑明。

"我从没说过她在我们手上,托马斯。你是怎么想的,我们把她拴在某个房间的床柱上?拜托,相信我们,好吗?我们以此为生,你知道,可不是什么新手,"他靠到椅背上,继续拉伸脖子,真希望我能帮帮他,"如果有必要,我们能找到她。现在看到你是这么一个友好的英国人,我们就不去找她了。明白吗?"

"不好,"我掐灭烟头,站起身来,巴恩斯似乎并不在意,"要是我不能亲眼见到她,确认她没事,我是不会做的。不仅不做,我可能会为了证明自己不做而杀了你。明白吗?"

我慢慢走向他,以为他会把卡尔们喊进来。但我倒不担心他那样做。要是到了这一步,我只需要几秒钟就能进入战斗姿态,而身躯庞大的卡尔们需要一个小时。紧接着,我意识到他为什么不紧张了。

他把手伸进身旁的手提箱里,拿出一个银光闪闪的金属物。那是一把大型手枪,他随意地把枪举在腹股沟上方,瞄准我的腹部,距离约八英尺。

"好家伙,"我说,"你快硬了,巴恩斯先生。你腿上的莫不是一把柯尔特三角精英?"

这一次他没有回答,只是看着我。

"十毫米口径,"我说,"专为那些没胆量或者没信心射中靶心的人准备的。"我在想如何在不被他打中的情况下跨越这八英尺。虽然不容易,但是有可能。只要在那之前和之后我还活着。

他准是察觉到了我的想法,因为他缓缓扳下了击锤。我得承认,它发出的咔嗒声很悦耳。

"托马斯,你听说过葛雷瑟安全弹吗?"他的声音轻柔,像在梦里。

"没有,老大哥,"我说,"我不知道那是什么。听起来你会让我厌烦而死,而不是直接打死我。开始吧。"

"葛雷瑟安全弹的弹头用铜包裹,里面填满了细小的铅粒,以液态聚四氟乙烯为盖塞,"他等着我接收这些信息,知道我能听明白,"击中后,子弹能将百分之九十五的能量灌注进目标。不击穿,不反弹,只有大量的冲击力,"他停下来,喝了口威士忌,"你的身体上会留下一个大洞。"

我们就这样坐了一会儿。巴恩斯品尝威士忌,我则品尝活着的感觉。我能感觉到自己吓出一身冷汗,肩胛骨开始发痒。

"好吧,"我说,"也许现在我还不想杀你。"

"很高兴听你这样说。"过了好一会儿,巴恩斯说,但是柯尔特没有动。

"在我身上开一个大洞对你来说没多大好处。"

"也没多大坏处。"

"我得跟她谈谈,巴恩斯,"我说,"她才是我来这儿的原因。如果我不能跟她说上话,那这一切都没有意义。"时间又过去了几百年,我开始觉得巴恩斯露出了微笑。但我不知道他为什么笑,也不知道他是什么时候开始笑的。就像在正片播放之前坐在电影院里,试图弄清楚灯光是不是真的要灭了。

然后,它击中了我,或者更确切地说是轻抚了我。十亿分之一浓度的莲娜丽姿"花之花"香水。

我们来到河边散步,身边没有其他人。卡尔们在某处跟着,但巴恩斯叮嘱他们要保持距离,他们照做了。月亮出来了,倒映在水波上,照得她的脸上发出乳白色的光。

萨拉脸色很差,却依然很美。她瘦了,刚刚哭过。十二小时前,他们把沃尔夫去世的消息告诉了她,当时我最想做的事就是搂住她。但那样做不对,我不知道为什么。

我们望着水面,沉默地坐了一会儿。游艇熄了灯,鸭子早就归巢了。月亮倒影的两边,河水黢黑而又宁静。

"所以……"她说。

"是啊。"我说。

我们又陷入长时间的沉默,想着该说些什么,好像你得举起一个巨大的水泥球,你绕着它转圈,寻找可以抓握的地方,但就是无处下手。

萨拉先开口了:"老实说,你一开始并不相信我们,对吗?"

她几乎笑了,我几乎要说,她也不相信我不是去杀她父亲的。我及时制止了自己。

"是的,我没信。"我说。

"你觉得我们很可笑。像两个捕风捉影的美国疯子。"

"差不多。"

她又开始哭起来,我坐着等待飓风平息。她停止呜咽后,我点了两支烟,递给她一支。她深深地抽了一口,然后每隔几秒钟就往河里弹一弹不存在的烟灰。我看着她,假装没在看她。

"萨拉,"我说,"我非常抱歉,为了这一切,为了发生过的事,也为了你。我想……"我无论如何也想不好该怎么说,又觉得应该说些什么,"我想要一个改过的机会。我是说,我知道你的父亲……"

她抬头看着我,笑了,示意我不用担心。"但不论发生了什么,"我笨嘴拙舌地说,"在正确的事和错误的事之间总有个选择。我想做正确的事。你明白吗?"

她点了点头。她可真好,因为我根本不知道自己在说什么。我有太多话想说,却无法理出头绪。我的思绪纷乱得就像圣诞节前三天的邮局。

她叹了口气。

"他是个好人,托马斯。"

好吧,这话怎么接?

"那是当然,"我说,"我喜欢他。"这是真的。

"直到一年前我才知道,"她说,"不管父母是好人还是坏人,你都不太会去关注,对吗?他们一直在你身边,"她停顿了一下,"直到离开的那天。"

我们看了一会儿河水。

"你父母还健在吗?"

"不在了,"我说,"我父亲在我十三岁的时候就去世了。心脏病。我母亲是四年前走的。"

"对不起。"我不敢相信,发生了这一切后她还能如此有礼。

"没关系,"我说,"她六十八岁了。"

萨拉靠近我,我意识到自己的声音非常温柔,不知道为什么。也许是为了尊重她的不幸,也许是不想让我的声音挫伤她仅剩的一点沉着。

"你关于母亲最喜欢的记忆是什么?"

这不是一个悲伤的问题,听起来好像她的确想知道,好像她准备听听我的童年故事。

"最喜欢的记忆……"我想了一会儿,"每天晚上七点到八点。"

"为什么?"

"她会喝一杯金汤力。七点整,就一杯。在接下来的一个小时里,她会变成全世界最快乐、最风趣的女人。"

"然后呢?"

"悲伤,"我说,"没有其他词可以形容了。我母亲是个悲伤的女人,为我父亲,也为她自己。如果我是她的医生,我会给她开每天六杯金汤力的处方,"有一瞬间,我感觉自己想哭,但还是忍住了,"你呢?"

她不必费神回忆她的母亲,但还是想了一会儿,在脑中回放,挤出一丝笑容。"我没有任何关于母亲的快乐的回忆。我十二岁时她勾搭上了她的网球教练,第二年夏天就消失了。对我们来说那再好不过了。我父亲,"她因为关于父亲的温暖回忆而闭上了眼睛,"在我们八九岁的时候教我和哥哥下国际象棋。迈克尔下得很好,进步神速。我也下得很好,但没他好。在我们学习的过程中,爸爸会拿掉他的皇后。他总是选黑方,也总是不用皇后。迈克尔和我下得越来越好,他却从不拿回皇后,即使迈克尔在十步内就能赢他。甚至到迈克尔自己不用皇后也能赢的时候,父亲也没有改变习惯,一把接一把地输给我们,从来不用完整的一套棋子。"

她笑了,同时整个人放松下来,上半身往后靠,用手肘支撑着。

"在父亲五十岁生日时,迈克尔送给他一枚用小木盒装着的黑皇后。他哭了。看到自己的父亲哭感觉很奇怪。但我想他是从我们的学习和成长中获得了乐趣,并且永远不想失去这种感觉。他希望我们能赢。"

接着,泪水突然涌上来,她情绪失控,瘦弱的身体颤抖着,直到近乎窒息。我躺下来,用双臂紧紧搂住她,为她抵挡一切。

"会好的,"我说,"一切都会好起来的。"

不过这当然不是真的。事情只会越来越糟糕。

第十六章

她灵巧地颤动着永恒之舌,
永远庄严地捍卫错误。

——爱德华·杨格

飞往布拉格的航班出现了炸弹恐吓。没有炸弹,只有恐吓。

我们刚刚在位子上坐定,机长就在广播里通知我们以最快速度下机。甚至没说"女士们先生们,我代表英国航空公司……",只说了立刻下机。

我们被安排在一个淡紫色的房间里,有十名乘客没有椅子坐,没有音乐,还禁烟。但我被允许抽烟。一个穿制服、化浓妆的女人让我把烟掐灭,我解释说我有哮喘,烟能帮我在精神紧张时扩张支气管。所有人都因此而讨厌我,尤其是平时吸烟的人。

终于回到飞机上,我们都往座位底下看,担心警犬今天感冒,担心搜查人员遗漏了某个地方的黑色小旅行袋。

有个人因为饱受恐飞症的折磨去看精神科医生,他坚信自己所搭乘的每趟航班都会有炸弹。精神科医生无法消除他的恐惧,让他去找统计学家。统计学家戳了一会儿计算器,告知这位患者,他的下一趟航班出现炸弹的几率是五十万分之一。他依然不满意,坚信自己会坐上那五十万趟中的一趟。于是统计学家又戳了一会儿计算器,说:"好吧,如果几率是一千万分之一,你会更安心吗?"患者说当然会了。统计学家就说:"你所搭乘的下一趟航班出现两个互不关联的炸弹的几率正是一千万分之一。"患者感到困惑,说:"那很好啊,但这对我有什么用?"统计学家回答道:"很简单。你带一个炸弹登机。"

我把这个故事讲给一个来自莱斯特的商人听，他穿灰色正装，坐在我旁边的座位上。但他没有笑，还叫来了乘务员，说他认为我的行李中有炸弹。我只好把故事向乘务员再讲了一遍，接着又向走出驾驶舱的副驾驶员讲了一遍，他蹲在我脚边的时候一脸不悦。我再也不会主动和陌生人聊天了。

也许是我误判了人们对飞机上的炸弹的感受。这是有可能的。但更有可能的是，我是飞机上唯一知道这出恶作剧从哪里来、有何目的的人。

这是"死木行动"第一个笨拙的场景布置。

航站楼前面那块写着"布拉格机场"的指示牌比布拉格机场本身还要大一点。巨幅的指示牌让我不禁怀疑，早在无线电导航发明之前它就存在了，那样飞行员在飞越一半大西洋时就能看到它。

机场内部，机场该有的它都有。无论在世界的哪个角落，你得有方便行李手推车移动的石材地板，得有行李手推车，还得有展示一千年文明以来无人购买的鳄鱼皮皮带的玻璃柜。

捷克从苏联脱离的消息还未传到移民官员这里。他们坐在玻璃隔间里，持续着冷战，每一次都用厌恶的眼神从护照照片看向眼前颓废的帝国主义者。我就是那样的帝国主义者，还错误地穿了一件夏威夷衬衫，我想这加重了我的颓废气息。下一次我就知道了。不过，也许下一次，有人会找到玻璃隔间的钥匙，告诉这些可怜的家伙，他们现在和欧洲迪士尼乐园共享文化和经济空间。我决定去学用捷克语说"已经开始想你们了"。

我兑换了一些钱，到机场外面叫出租车。这是个清凉的夜晚，停车场里巨大的水坑飞溅出水花，反射着新建霓虹广告牌的蓝灰色灯光，似乎使夜晚更冷了。我走过航站楼的转角，一阵风吹向我，用柴油味的雨舔舔我的脸，然后围着我的小腿嬉闹蹦跳，并拉扯我的裤子。我在那儿站了一会儿，吸收着这个地方的陌生感，深深地意识到自己完全来到了另一个国家。

最后我找到一辆出租车，用流利的英语告诉司机，我要去瓦茨拉夫广场。后来我才明白，这一请求的发音相当于捷克语的"我是个傻瓜游客，请拿走我的一切"。车子是"太脱拉"，司机是混蛋。他开得又快又稳，快乐地哼着歌，好像刚刚赢了钱。

这是我在各个城市里看到过的最美的景色之一。瓦茨拉夫广场根本不是一个广场，而是两条大路，从山坡上宏伟的国家博物馆一路延伸下来。即使我对这里一无所知，也能感觉到它的举足轻重。无论是古代还是现代，历史在这半英里的灰黄石头上发生，留下了一股气味。那是布拉格的时代气息——布拉格之春、布拉格之夏、布拉格之秋、布拉格之冬来了又去，也许还会再来。

当司机告诉我应付的价格时，我花了好几分钟解释自己并不是想买他的车，只是想支付我在里面待了十五分钟的费用。他告诉我，这是豪华轿车服务，至少他说了"豪华轿车"这几个字，并多次耸肩。过了一会儿，他同意把价格降低到天文数字。我拎起旅行袋，开始走路。

美国人让我自己找旅馆，而让一个人看起来像长途跋涉找旅馆的唯一办法就是长途跋涉找旅馆。于是我进入舒适的行军模式，两小时后来到布拉格一区。这里是老城的中心区，拥有二十六座教堂、十四家画廊、几家博物馆、一家歌剧院（青年莫扎特首演《唐璜》的地方）、八个剧院，以及一家麦当劳餐厅。其中有一处门外排了五十米的长队。

我进了几家酒吧，去感受用写着"百威"的啤酒杯装着的当地文化，并观察现代捷克人如何走路、说话、穿衣和作乐。大多数服务员都以为我是德国人，考虑到这座城市里有很多德国人，犯这种错误也无可厚非。他们总是以十二人为一组，背着背包，迈着粗腿，走路的时候喜欢并排把路挡住。不过，当然了，对于大多数德国人来说，坐轻型坦克来布拉格只要几个小时，所以也难怪他们把这里当作自家的后花园。

在河边的咖啡馆里，我吃了一盘猪肉配馒头片，并听从隔壁桌一对威尔士夫妇的建议，来到查理大桥散步。威尔士夫妇向我保证，大桥十分壮观，但是防护矮墙边唱着鲍勃·迪伦歌曲的上千名街头艺人让我无法领略建筑的美。

最后我在兹拉塔旅馆找到了住处,那是城堡附近的山上一所破败的寄宿公寓。房东让我在脏乱的大房间和整洁的小房间之间做个选择,我选择了脏乱的大房间,以为自己可以打扫干净。她走了之后,我意识到那是个愚蠢的决定,因为我连自己的公寓都没有打扫过。

我从行李袋里拿出行李,躺到床上抽烟。我想起了萨拉、她的父亲和巴恩斯,想起了自己的父母、罗妮、直升机、摩托车、德国人和麦当劳汉堡。

我想起了很多事。

八点我醒来,听着城市起床去上班的各种声响。唯一陌生的声音来自有轨电车,它们驶过鹅卵石街道、跨过桥梁的时候发出咔嗒声和嘶嘶声。我在想要不要继续穿那件夏威夷衬衫。

到了九点,我来到老城广场,一个留着小胡子的矮个子男人纠缠了我半天,向我推销坐马车参观城市的旅游项目。我本应该被那古怪而又真实的交通工具打动,但我随意地检查了一番之后,发现它像极了老式迷你汽车,只不过拿走了发动机,车头灯换成了辕。我说了十几遍"不需要,谢谢"和一遍"滚开"。

我在寻找一家室外座位上支着可口可乐遮阳伞的咖啡馆。那是他们说的:"汤姆,你到了之后,就会看到一家室外座位上支着可口可乐遮阳伞的咖啡馆。"他们没说的,或者说没有意识到的是,可口可乐的销售代表在这一带工作勤恳,给广场上一百米半径范围内二十家左右的店铺放置了遮阳伞。骆驼香烟的销售代表只说服了两家,所以他很有可能已死在某条阴沟里了,而可口可乐的销售代表则获得了一块铜匾和犹他州总部的私人停车位。

二十分钟后,我找到了它——尼古拉斯咖啡馆,一杯咖啡两英镑。

他们让我去室内,但那是个美好的早晨,我不想照他们说的做。于是我坐在外面欣赏广场和来来往往的德国人。我点了杯咖啡,点单的时候发现从咖啡馆里出来两个人,坐到我附近的桌子边。他们看上去年轻而又健康,都戴着墨镜。两人都没有往我这里看。也许他们在里面坐了一个小时,为这次会面找了个隐蔽的座位,然而我没有进去,一切都毁了。

干得漂亮。

我挪动了一下椅子的位置,闭上眼睛,让阳光照进我的鱼尾纹。

"主人,"一个声音响起,"真是难得,很高兴在这里见到你。"

我环顾四周,看到一个穿棕色雨衣的人正俯视着我。

"这里有人坐吗?"所罗门说。他不等我开口就坐了下来。

我看着他。

"你好,大卫。"我终于说道。

我从烟盒里弹出一支烟,他示意服务员过来。我看了一眼那两个戴墨镜的,但每次我转头时,他们都尽可能回避我的视线。

"卡瓦酒,谢谢。"所罗门用故作驾轻就熟的口吻说道。他转向我说:"这儿的咖啡不错,但食物难吃。我在明信片上是这么说的。"

"不是你。"我说。

"不是我?那是谁?"

我继续看着他。这几乎出人意料。

"我这样问吧,"我说,"是你吗?"

"你问的是,坐在这儿的人是我吗?还是要跟你见面的人是我吗?"

"大卫。"

"都是,先生。"所罗门往后靠,让服务员放下咖啡。他尝了一口,用嘴唇发出啪的一声表示认可。"我很荣幸将成为你在此地的培训师。相信你会发现这段关系对你大有裨益。"

我朝墨镜的方向点了点头:"他们跟你一起的?"

"没错,主人。他们不乐意来,但还好。"

"美国人?"

他点了点头。

"如假包换。这次行动有多方参与。事实上,参与方比制定计划时多了很多。总的来说,这是好事。"

我想了一会儿。

"但是他们为什么不告诉我?"我说,"他们知道我认识你,为什么没有告诉我是你?"

他耸了耸肩。

"先生,我们不都是巨大机器上的轮齿吗?"

的确。

当然,我还有很多问题要问所罗门。

我想让他从最开始说起,重构我们对巴恩斯、奥尼尔、默尔达、"死木"和"毕业生研究"的认识,以便从这乱糟糟的一团中获取定位,甚至有可能绘制出路线图。

但有好几个理由阻止我这样做。身材魁梧的理由们在教室后面举起手,在座位上蠢蠢欲动,强迫我听从它们。如果我把自认为知道的事情告诉所罗门,他不是去做正确的事,就是去做错误的事。正确的事很有可能会害我和萨拉丢了性命,而且依然无法阻止即将发生的灾难。它可能会推迟灾难,使其在另一个时间、另一个地点重新发酵,但不会阻止灾难。而错误的事我连想都不敢想,因为那意味着所罗门是敌人。要是到了这一步,那任何人都不值得信任了。

所以,我暂时闭嘴,乖乖听所罗门按照附加条款给我安排接下来的四十八小时。他讲得很快,但心平气和,在九十分钟内介绍了很多内容,这得感谢他没有像美国人那样,每隔一句话就说"这一点至关重要"。

墨镜们喝着可乐。

下午我能自由活动,看情形这是近期最后一次了,于是我好好奢侈了一把。我喝了葡萄酒,看了过期报纸,听了马勒的露天演奏,算是享受了一回绅士的闲暇。

我在一间酒吧里遇到一个法国女人,她自称为一家计算机软件公司工作,我问她愿不愿意跟我上床。她法式地耸了耸肩,我想那代表拒绝。

我们约在晚上八点碰头,不过我在一家咖啡馆里磨蹭到十点多,一边吃猪肉配馒头片,一边毫无节制地抽烟。我付完钱,走入清冷的夜晚,终于为即将开始行动而血脉偾张。

我知道自己不该感觉良好。我知道这项任务几乎不可能完成,前方的路漫长而又坎坷,几乎没有加油站,我能活命的几率微乎其微。

但是,不管出于什么原因,我就是感觉良好。

所罗门和其中一个墨镜在碰头地点等我。对,是墨镜们之中的一个。当然,晚上他没有戴墨镜,所以我不得不立刻给他取一个新名字。努力想了一会儿之后,我决定叫他"不戴墨镜"。我想我可能有印第安克里族血统。

我为自己的迟到而道歉,所罗门笑着说我没有迟到,这让我恼火。接着我们三人上了一辆灰头土脸的柴油奔驰,"不戴墨镜"开车,沿着主干道驶向城市的东面。

半小时后,我们驶离了布拉格郊区,道路只剩两条快车道,我们从容地向前行驶。要想搞砸一次在外国领土上的隐秘行动,最丢人的方式就是吃一张超速罚单,"不戴墨镜"似乎已经得到过教训。所罗门和我偶尔对沿路的田园风光发出赞叹:草多茂盛啊,有些地方看起来多像威尔士啊——虽然我不太确定我们俩有谁去过威尔士。除此之外我们没怎么开口说话,而是在凝结雾气的后车窗上画画。所罗门画花,我画笑脸,任由欧洲的景色在窗外展开。

又过了一个小时,路边的指示牌开始指向布尔诺(Brno),这个地名似乎总也写不对,总也念不对,但我知道我们不会去那么远的地方。我们转向北面的科斯泰莱茨,然后又急转向东,上了一条更窄的路,周围看不到任何提示。这也算是整个行动的特点了。

我们在黑松林中蜿蜒穿行了几英里，接着"不戴墨镜"打开侧灯，减缓了车速。这样开了几英里之后，他把灯全熄了，还让我把烟掐灭，因为它"干扰了他的夜视能力"。

然后，突然之间，我们到了。

他们把他关在一间农舍的地下室里。看不出关了多久，只知道不会再关很久了。他和我年纪相仿，身高相近，也许在他们不给他吃东西前体重也相近。他们说他叫里奇，来自明尼苏达州。他们没说他已吓得失魂落魄，想尽快回明尼苏达，因为他们没必要说，他的眼神非常清楚地告诉了我。

里奇十七岁时辍学，放弃了学业，放弃了家人，放弃了一个年轻人可以放弃的一切。但很快他接触了另一些事，令他自我感觉变好了，至少有那么一阵。

此刻，里奇的自我感觉可糟透了，很大程度上是因为他让自己陷入了一个尴尬的境地：一丝不挂地出现在一个陌生国家的一栋陌生房子的地下室里，被陌生人看着，其中一些显然让他吃了不少苦头，另一些正伺机而动。我知道，里奇的脑海中闪现过许多电影画面，和他陷入同样困境的男主人公仰起头，傲慢地讥笑，对折磨他的人说"见鬼去吧"。那时里奇和其他上百万名少年一起坐在电影院里，心里立刻记住了，这就是男人面对厄运时该有的表现。首先，他们忍耐；然后，他们复仇。

但是里奇不太聪明，缺根筋，或者随便什么明尼苏达州的说法——他忽略了自己与这些猛男之间的重要差距。事实上，他们之间的差距只有一个，但也是很重要的一个，即电影都是骗人的，那种情节在现实中都是不存在的。

要是我在这里粉碎了某些人内心深处的美好想象，那么先说声对不起。在现实生活中，处在里奇这种情况的人不会对任何人说"见鬼去吧"。他们不会傲慢地讥笑,不会朝任何人的眼睛里啐口水,也绝对、肯定、确定不会轻易摆脱困境。他们只会呆若木鸡,直打哆嗦,哀声痛哭,跪下求饶,止不住地喊妈妈。他们一把鼻涕一把泪,双腿颤抖,泣不成声。这就是男人的真面目,也是现实生活的真面目。

抱歉,但现实就是如此。

我父亲曾种过草莓,用网搭在棚上。偶尔有鸟看到地上又大又红的甜蜜浆果,决定钻到网下,叼上一颗,马上逃跑。每一次,鸟总能把前面两件事做好——小意思,进展十分顺利。但第三步就会一团糟。它们会被网眼缠住,发出刺耳的尖叫,拼命扑扇翅膀,我父亲则会从土豆地里抬起头来,吹口哨叫我过去,让我把鸟放了。我托着鸟,解开网,放走它们。

这是我小时候最讨厌的差事。

恐惧令人害怕,它是所有情绪中最让人害怕看到的。处于愤怒中的动物是一回事,处于恐惧中的动物是另一回事。前者虽然也会引起恐慌,但后者震颤着,瞪大双眼,惊慌地掉落羽毛,是我再也不想看到的景象。

然而,我还是看到了。

"混球。"一个美国人说着来到厨房,立刻用烧水壶接起了水。

所罗门和我互相看了一眼。他们把里奇带走后,我们已在餐桌前一声不吭地坐了二十分钟。我知道,他和我一样受了刺激,他也知道我知道,所以我们只是坐在那儿,我盯着墙,他用拇指甲刮着椅子侧面。

"他现在怎么样了?"我问道,继续盯着墙。

"你不用管,"那个美国人一边说,一边把咖啡粉倒进水罐,"过了今天,谁也不用管。"我想他说完这句话后笑了,但我不确定。

里奇是一个恐怖分子。美国人是这么认为的,这也是他们恨他的原因。不管怎么样,他们恨所有恐怖分子。而且,他是一个美国恐怖分子,这是里奇的特殊之处,也是他们特别恨他的原因。这似乎不符合逻辑。俄克拉荷马城爆炸案发生之前，美国民众一向把在公众场合引爆炸弹看作是一种古怪的欧洲传统，就像斗牛和莫里斯舞。如果要传出欧洲，那肯定也是传向东方，传到骑骆驼、裹头巾的穆斯林兄弟姐妹那里去。炸毁购物中心和大使馆，狙击政府民选官员，以非谋利的目的劫持波音747飞机，这些都跟美国人不沾边，更不用说明尼苏达人。但俄克拉荷马城爆炸案改变了很多事，全都是往坏的一面发展，结果里奇被迫为了他的理想付出惨重的代价。

里奇是一个美国恐怖分子，他让祖国失望了。

黎明时分我回到了布拉格，但我没有上床休息。至少我到了床上但没有躺下来。我坐在床沿上，盯着墙，床边是一只盛满烟蒂的烟灰缸和一个空的万宝路烟盒。要是房间里有电视机，我可能还会看一会儿电视。也可能不看。十年前首播、德语配音的《夏威夷神探》并不比一面墙有意思。

他们告诉我警察八点会来，但是七点刚过几分钟，门外就传来了脚步声。他们骗我也许是想确保我大吃一惊，生怕我演得不够逼真。这些人缺少信仰。

他们有十几个人，都穿着制服，大张旗鼓地踹门进来，大喊大叫，打翻东西。领头的会点英语，但还不够，显然听不懂"疼"。他们把我拽下楼梯，途中经过脸色惨白的房东，她也许在想，以后可别再发生清晨房客被警察带走这种事了。几个蓬头垢面的房客紧张地从门缝里看我。

在警察局里，我被关在一个房间里，没有咖啡，没有烟，也没有友善的面孔。然后，在他们朝我喊叫、扇我巴掌、推我胸口之后，我被扔进一个牢房，连腰带和鞋带都被没收了。

总的来说，他们效率挺高。

牢房里还有两个男人，我进去的时候他们没有站起来。其中一个估计即使想站起来也做不到，因为他醉得比我平生任何一次都厉害。他六十岁，失去了意识，每个毛孔都散发着酒气，脑袋垂在胸口，几乎让人怀疑他是不是还有脊柱。

另一个年轻些,肤色更深,穿着 T 恤和卡其裤。他从头到脚又从脚到头打量了我一番,然后继续让手腕和手指的关节发出咔嗒声,我则把醉鬼从椅子上扶起来,让他躺到角落里,动作几近粗暴。我在 T 恤对面坐下,闭上了眼睛。

"德国人?"

我不知道自己睡了多久,因为他们把我的手表也拿走了——也许是为了防止我用它上吊。但我的屁股都麻了,说明我至少睡了几个小时。

醉鬼不在了,T 恤现在正蹲在我边上。

"德国人?"他问道。

我摇了摇头,又闭上眼睛,在成为另一个人之前,享受最后一次属于自己的呼吸。

我听见 T 恤给自己挠痒的声音。长时间的、慢慢的、若有所思的挠痒。

"美国人?"他说。

我点点头,没有睁眼,内心感觉到奇特的安宁。成为别人容易多了。

他们把 T 恤关了四天,把我关了十天,不准我刮胡子或抽烟,做饭的人也想尽办法让我咽不下饭。他们审讯过我一两次,有关从伦敦出发的航班上炸弹恐吓的事,先让我看两三张指定的照片,后来他们失去了兴趣,就给我看所有违法者的照片。但我强烈表明了不理他们的决心,每次被扇巴掌都以打哈欠作为回应。

第十天晚上,他们把我带到一个白色的房间里,从一百个不同的角度给我拍了照,然后把皮带、鞋带和手表都还给了我,甚至还给了我一把剃须刀。但是剃须刀的握柄看起来比刀刃还锋利,我的胡子又能帮助我更好地伪装,所以我拒绝了。

外面又黑又冷,天似乎想下雨,又懒得行动。我慢慢地走着,好像不在乎天会下雨，或者其他生活中会发生的倒霉事，只希望自己不用等太久。

我根本不用等。

那是一辆墨绿色保时捷911，发现它并不需要敏锐的观察力，因为出现在布拉格街上的保时捷和出现在布拉格街上的我一样稀有。它跟着我缓缓行驶了一百米，然后拿定主意，冲到街的尽头并停下来。在我距离它约十米时，副驾驶座的门打开了。我放慢脚步，看了看身后，又看了看前方，然后低头去看司机。

他四十五岁左右，下颚方正，头发是标志着成功的灰色，保时捷销售人员会很乐意将他标榜为"典型车主"——如果他真的是车主，但考虑到他的职业，又觉得不太可能。

当然，这时我还不应该知道他的职业。

"要搭车吗？"他说，听口音可能来自任何地方，也可能真的去过很多地方。他看我正在考虑他的提议，或者考虑他是否值得信任，就用一个微笑来增加说服力。一口好牙。

我看了看他身后蜷缩在狭小空间里的T恤。当然，他现在穿的不是T恤，而是一件艳丽、笔挺的紫衬衣。看到我惊讶的表情，他满足了好一会儿，然后朝我点点头，像打招呼，又像让我上车。等我上车后，司机踩下油门，车子调皮地冲了出去，我乱抓一气才把车门关上。他们俩似乎觉得这很有趣。T恤名叫雨果，那肯定是临时取的，不是真名。他把一盒登喜路递到我眼前，我拿了一支，按下点烟器。

"你要去哪儿？"司机问道。

我耸了耸肩说，可以去市中心，但去哪儿都没关系。他点点头，继续自顾自哼歌。我想他哼的是普契尼，也有可能是"接招乐队"。我坐在那儿抽烟，一言不发，好像习惯了这种处境。

"顺便告诉你，"司机终于说道，"我叫格雷格。"他笑了。我心想，随便你怎么编。

他从方向盘上抽出一只手,朝我伸过来。我们短促而友好地握了握手,然后我又不出声了,只是为了表明我是个有主见的人,想开口的时候才会开口。

过了一会儿,他转头看我,眼神变得坚定,却不那么友好。所以我开口了。

"我叫里奇。"我说。

第二部

第十七章

你不是认真的吧。

——约翰·麦肯罗

现在我入伙了。这个团队全都是演员,拥有等级制度。我们来自六个国家、三个大陆、四种宗教、两种性别。我们是快乐的兄弟连,外加一个妹妹。她也很快乐,能独享一个卫生间。

我们努力工作,尽情玩耍,痛快喝酒,沉沉入睡。事实上,我们就是一群硬汉。我们以专业的方式买卖武器,以开阔的视野讨论时政。

我们自称"正义之剑"。

每隔几个星期,我们就转移一次营地。到目前为止,我们已从利比亚、保加利亚、苏里南以及南卡罗来纳州的河里取过水了。当然不是饮用水,我们喝的还是瓶装水,每两个星期与巧克力和香烟一起空运过来。到这个时候,"正义之剑"似乎偏爱起了波多矿泉水,因为它"含少量二氧化碳",也难怪团队成员都气鼓鼓的。

不可否认,过去的几个月改变了我们所有人。体能训练、徒手格斗、通信演习、武器练习、战术及战略规划,所有这些一开始都受到质疑并产生了恶性竞争。现在我很高兴地宣布这些都过去了,取而代之的是真正令人敬畏的团队精神。有些笑话在重复了一千遍后终于被我们听懂了;有些私情愉快地告吹;我们分享美食,在各自擅长的领域用一连串的点头和哼哼表达赞美。我最擅长的应该是颇受欢迎的土豆色拉汉堡包。秘方是生鸡蛋。

现在是十二月中旬,我们即将前往瑞士,打算去滑滑雪,放松一下,干掉几个荷兰政客。

我们玩得开心，活得充实，觉得自己很重要。人生还有什么可奢望的呢？

由于我们承认领导的概念，所以我们有一个叫弗朗西斯科的领导者。我在给所罗门的密信中提到，有些人叫他弗朗西斯，有些人叫他西斯科，我则叫他守门人。弗朗西斯科说他出生在委内瑞拉，在八个孩子中排行第五，儿时得过小儿麻痹症。关于这些，我没有理由怀疑他。萎缩的右腿和戏剧化的瘸腿应该就是小儿麻痹症的缘故，似乎可以随着他心情的好坏和要求的多寡而变化。拉蒂法说他长相俊美，我想她说得有道理，如果你喜欢长睫毛和橄榄色皮肤的话。他个子不高，身材健硕。如果我要找人演拜伦勋爵，也许会找弗朗西斯科。至少他演技精湛。

对拉蒂法来说，弗朗西斯科是个英雄般的哥哥——睿智、敏感、宽容。对伯恩哈德来说，他是个冷酷、镇定的专业人士。对塞勒斯和雨果来说，他是个热情的理想主义者，因为他对任何事都不满足。对本杰明来说，他是个实验性的学者，因为本杰明相信上帝，想对每一步都确信无疑。而对里奇这个留胡子、带口音的明尼苏达无政府主义者来说，弗朗西斯科是个友好、爱喝啤酒、摇滚味十足的冒险家，他知道许多布鲁斯·斯普林斯汀的歌词。他的确能扮演很多角色。

如果说存在弗朗西斯科的真面目的话，那么我想自己曾在由马赛飞往巴黎的航班上见过。计划是我们去巴黎，但不坐在一起，我在弗朗西斯科后面五六排靠过道的位置。前面一个约五岁的小男孩开始哭闹，他妈妈帮他解开座位上的安全带，带他去走道尽头的洗手间。这时飞机微微倾斜，小男孩没站稳，撞到了弗朗西斯科的肩膀。

弗朗西斯科打了他。

他没用力，也没有用拳头。如果我是他的律师，我也许会证明他只是推了一把，为了帮小男孩站直。但我不是律师，而弗朗西斯科也确实打了他。

我想只有我看见了,小男孩被吓得止住了哭声。他对一个五岁小孩那种本能的厌恶让我对他有了深层的了解。

天知道我们也有烦心的日子,但除此之外,我们七个人相处得还算愉快,工作的时候还会吹口哨。

我认为可能导致我们失败的唯一祸根,正如人类历史上几乎所有合作关系的祸根,还没有形成。因为作为新世界秩序的缔造者和自由事业的扛旗手,我们"正义之剑"还会一起认真洗碗。

我从来没想过还会发生这种事。

米伦坐落于少女峰、僧侣峰和艾格尔峰这三座著名山峰的背面,没有汽车,没有垃圾,也没有赊欠的账单。如果你对神话传说感兴趣,你可能会想知道,僧侣终其一生抵抗食人魔艾格尔,捍卫少女的贞操,自渐新世这三块岩石存在以来,岿然不动,恪尽职守,经过地质运动无情的锤炼才形成今天的模样。

米伦是个小镇,没有发展的希望。外人只能靠直升机或索道进入,所以供应山上居民和游客的香肠、啤酒数量有限,总体上来说,当地人喜欢这样。这里有三家大型酒店、十几家小型寄宿公寓,以及一百所零散的农舍和小木屋。它们都有高得过分的斜屋顶,使每座瑞士建筑看起来都像被埋在地下。鉴于他们对核掩体的钟爱,也许的确是埋在地下的。

虽然小镇由一个英国人规划和建造,但它不是一个典型的英国度假村。夏天,德国人和奥地利人会来散步,骑自行车;冬天,意大利人、法国人、日本人、美国人等任何说休闲质感的国际语言的人则会来滑雪。

而瑞士人全年都会来这里赚钱。十一月到次年四月,这里是出了名的车水马龙,有几家雪道外的零售商店和外币兑换处,他们非常希望明年赚钱会成为奥运会比赛项目——也是时候了。瑞士人默默地幻想着这种可能性。

但米伦有一个特点,对弗朗西斯科来说独具魅力,因为这是我们第一次出勤，所有人都很紧张，即使是塞勒斯，他平常可是铁石心肠。由于米伦是个瑞士小镇，居民遵纪守法，交通不便，所以这里没有警察。

连兼职警察都没有。

今天早上，伯恩哈德和我到达米伦，入住了各自的旅馆。他在少女峰，我在艾格尔峰。

前台检查了我的护照，像从未见过护照一样，又花了二十分钟时间详细询问个人信息，只有知道了这些信息，瑞士的旅馆老板才会让你睡到他们的一张床上。我想不起地理老师的中间名了，也没有立刻报出接生我曾曾祖母的助产婆的邮编，除此之外我回答得还算顺利。

我打开旅行袋，换上橙、黄、淡紫相间的荧光风衣，因为我不想在滑雪场惹人注意。然后我缓步走出旅馆，向山上的小镇走去。

这是个美丽的午后，让人意识到，上帝有时候也是善于创造天气和景色的。在一天中的这个时候，供初学者使用的平缓坡道没几个人，在太阳沉到雪朗峰背后前还能痛快地滑上一个小时，人们突然想起来自己在海拔七千英尺的地方，时间是十二月中旬。

我在一间酒吧外坐了一会儿，假装写明信片，时不时看一群法国小孩两个两个地跟着女教练滑下山坡。每个小孩都只有灭火器这么大，穿着价值三百英镑的戈尔特斯面料鸭绒滑雪服，跌跌撞撞地在队长后面滑行，有些直立着，有些弯着腰，还有一些太小了，看不出是直立还是弯腰。

我开始想，过不了多久，滑雪坡上就会有孕妇喊着技术要领，吹着莫扎特的口哨，肚皮贴着地面滑行。

德克·冯·德·霍威陪他的苏格兰妻子罗娜和两个女儿，在当天晚上的八点来到滑雪场。他们挨家挨户地问路，走了六个小时才到达，德克疲倦、暴躁、肥胖。

如今政客都不胖，不是因为他们比以前更勤劳，就是因为现代选民更喜欢直观地看到候选人的两面,但德克看起来打破了这一趋势。他是上个世纪的化身,那时从政只是下午两点到四点工作,下班后就能穿上高档正装去参加牌局和晚宴。他穿着运动服和毛皮靴,如果你是荷兰人,这身打扮倒不奇怪;胸口用粉色绳子挂着一副老花镜。

他和罗娜站在大厅中央,监督门房把写满"路易威登"的奢华行李箱搬进房间,他们的女儿一脸不悦地踢着地板,发泄着青春期的躁动。

我从吧台上看着他们,伯恩哈德从报摊上看着他们。

第二天是技术彩排,弗朗西斯科是这么说的。一切都按一半速度,甚至四分之一速度进行。如果出现问题,或者有出现问题的隐患,我们就停下来做调整。第三天是带妆彩排,全速进行,用滑雪杖代替步枪,但今天讲求的是技术。

我、伯恩哈德和雨果组成一支小队,拉蒂法是替补。我们希望不会用到她,因为她不会滑雪。德克也不会——荷兰境内没有几座比烟盒更高的山。但他已经花了钱来这里度假,安排了新闻摄影师抓拍殚精竭虑的政治家玩耍的样子,要是不亲自上阵,那可就太浪费了。

我们看着德克和罗娜租用滑雪装备,然后穿上滑雪靴,以沉重的步子行走。我们看着他们沿着初学者滑雪道吃力地走了五十码,时不时地停下来欣赏风景,并捣鼓装备。我们看着罗娜做好了滑下山坡的准备,而德克找到了一百五十个原地不动的理由。最后,当我们因为站着无所事事的时间太久而开始发痒时,我们看见荷兰财政部副部长往下滑了十英尺,一屁股坐在地上,吓得脸色惨白。

伯恩哈德和我交换了一个眼神,这是我们自抵达以来唯一一次允许自己做的交流,紧接着我转移视线,低头挠膝盖。

等我重新回头去看德克时,发现他也在笑,好像在说:"我喜欢竞速的刺激,像其他男人渴望女人和酒一样渴望冒险。我无数次疯狂冒险,按理说早就没命了。如今的每一次呼吸都是恩赐。"

他们重复了三次同样的练习，每次都往上多爬一码，但每次都让肥胖占了上风，于是他们进了一家咖啡馆吃午餐。当夫妇俩步履蹒跚地走过雪地时，我转头去看山上的两个女儿，希望能看出她们的滑雪水平，继而算出她们一天平均能滑多远。如果她们身体孱弱、手脚笨拙，我猜想她们可能会在坡下父母的视线范围内。如果她们滑得不错，并且对德克和罗娜的厌恶有表面上的一半，那么她们此刻会在匈牙利。

我找不到她们的身影，正想回头下坡，却看到了一个人，他站在我上方的山顶往山脚看。他离得太远了，我看不清楚他的脸，即使这样，他也太过可疑了，不是因为他没有滑雪板、滑雪杖、滑雪靴、墨镜，甚至羊毛帽。

可疑的是他身上穿的棕色雨衣，通过《星期日快报》广告页邮购的。

第十八章

今夜在我眼里只是生病的白昼。

——《威尼斯商人》

"谁来扣扳机?"

所罗门不得不等我回答了。

事实上,他不得不等我所有的回答,因为我正在旱冰场里滑冰,而他没在滑。我每滑完一圈并回答他大约需要三十秒钟,所以我有很多次恼人的机会。并不是说我缺少机会,你懂的。只要给我一丁点机会,我就能气死你。

"你说的扳机是比喻吗?"我滑过他身旁时说。

我回头看到所罗门笑了,微微抬起下巴,像个宠溺的家长,然后转头继续看他本应该看的冰壶比赛。

又一圈。广播里爆发出欢乐的瑞士铜管乐。

"不是比喻,先生。真实的……"

"我。"说完我又滑走了。

我已经掌握了滑冰的诀窍,开始模仿前面一个德国女孩的压步转弯,学得还挺像。我也渐渐能跟上她的节奏了,这让我感到沾沾自喜。她准有六岁了。

"步枪呢?"所罗门又说,两手掬在嘴边,好像在呵气取暖。

这一次他得多等一会儿了,因为我在另一头摔倒了,有那么一阵还以为自己摔碎了骨盆。但事实上它完好无损。这真令人遗憾,否则所有问题就都能解决了。

最后我又回到他面前。

"明天到。"我说。

这样说并不准确。但在这特殊的任务汇报环境下，准确消息要到一个半星期之后才能说。

步枪不是明天到。零件已经在这里了。

经过我的极力推荐，弗朗西斯科终于同意使用 PM L96A1。这个名字不够动听，我知道，也不容易记住，但是这种被英国军队戏称为"绿家伙"的枪（大概因为它是绿色的，而且是真家伙）具有很高的实用性，即保证一名合格的业余射击手（肯定就是我）在五百五十米外用七点六二毫米口径的子弹精准地击中目标。

尽管有制造商的保证，但我告诉弗朗西斯科，如果目标距离我超出两百米——有侧风的话甚至低于两百米，我就不会动手。

弗朗西斯科想办法拿到了拆卸状态的"绿家伙"，或者制造商口中的"隐蔽型狙击步枪系统"。它以零件的方式抵达，换句话说，大多数零件已经在镇上了。收起的狙击镜伪装成伯恩哈德相机的两百毫米前置镜头，托架也藏在里面；枪栓是雨果的剃须刀握柄；拉蒂法则设法将两发雷明顿马格南子弹塞进了她那双天价漆皮高跟鞋的鞋跟里。现在只缺枪管，弗朗西斯科会把它放在他那辆阿尔法罗密欧的车顶，和其他许多冬季运动用的金属装备一起运进翁根。

我亲自带扳机，就放在裤兜里。也许是我缺乏创意。

我们决定不用枪托和前端支架，因为这两样都太难伪装，而且老实说，可有可无。双脚架也省了。枪说到底不过是一根管子、一块铅和一些火药。更多的碳纤维，打磨令射速更快的线条，不会让射击目标死得更彻底。让一件武器致命的唯一要素（好在这一要素很难找，即使在如今这个邪恶的世界里），就是一个有意愿瞄准并射击的人。

比如说我。

所罗门没有告诉我任何关于萨拉的消息,她怎么样了,她在哪儿——哪怕告诉我上次见她时她穿了什么也行,但他只字未提。

也许是美国人叮嘱他不要提的,不管是好消息还是坏消息。"听着,大卫,仔细听好了。我们对于朗的分析显示,他在接收恋爱数据时会有消极反应"之类的话,再穿插几句"让我们去干掉那帮混蛋"。但话又说回来,所罗门非常了解我,足以自己判断哪些话该不该告诉我。他选择不告诉我,要么是他没有萨拉的任何消息,要么是他掌握的消息不妙。不过,最有可能的原因往往是最简单的,那就是我没问。

我不知道为什么。

我躺在艾格尔山上的浴缸里,用脚转着水龙头,每隔十五分钟就加一点热水,然后思考这个问题。也许我害怕听到答案。这是有可能的。也许我担心与所罗门的秘密会面会有危险,由于我们谈了很多自己人的事,我让他也面临着同样的生命危险。这也是有可能的,如果稍有不慎的话。

又或者是我不再关心她了——这是我思考得最久的一种解释,我警惕地围着它转,仔细看它,时不时地用尖刺戳戳它,看它会不会起来咬我。也许我一直在假装萨拉是我经受这一切的理由,而实际上,自从加入"正义之剑"以来,我交到了更好的朋友,发现了更深层的意义,每天早晨获得了更多起床的动力,现在是时候承认了。

显然,那根本不可能。

那太荒谬了。

我爬上床,疲倦地睡着了。

天气很冷。当我拉开窗帘时,这是我注意到的第一件事。一种干燥的、灰暗的、提醒你正身处阿尔卑斯山的冷,这让我有些担心。天冷倒是可以让一些不情愿的滑雪者赖在床上,但也会让我的手指转速降低到每分钟三十三转,严重影响我的枪法。更糟糕的是,这种天气会让枪声传得更远。

就步枪而言,"绿家伙"的声响不算大——不像 M16,在子弹击中目标之前就能把人给吓死。但即便如此,当你正好是那个持枪者、专心用十字标线瞄准一位欧洲重要政客时,你就会在意噪声。实际上,你会在意一切。你希望路人朝其他地方看一会儿,如果他们不介意的话。当你扣动扳机时,你知道半英里以外,送到嘴边的杯子会停下,耳朵会竖起,眉毛会抬高,几百个人会用十几种语言七嘴八舌地嘀咕"刚才是怎么回事",这些都会稍稍影响你的发挥。在网球运动中,人们称它为"击球时触网"。我不知道在暗杀行动中该怎么说,也许是"开枪时触网"。

我美美地享用了早餐,想到二十四小时后我的饮食可能会发生巨变,也许等我胡子白了都不会好转,我补充了足量的卡路里,然后朝地下室的滑雪室走去。有一家子法国人正在那里大笑,争论着谁拿了谁的手套、防晒霜去哪儿了、滑雪靴为什么硌脚。于是我找了一张最远的长凳,花点时间收集步枪零件。

伯恩哈德笨重的相机在我胸口撞击出哐啷哐啷的声音,令它显得更假了。枪栓和一枚子弹藏在一只尼龙腰包里,系在我的腰间,而枪管塞在一支滑雪杖里——手柄上标了红点,以防我无法分辨一支一百七十克的手杖和一支近四斤的手杖。我已经把其余三发子弹扔出了洗手间的窗户,断定一发就足够了,因为如果不够的话,我就会陷入更大的麻烦——我想目前自己还无法面对更大的麻烦。我浪费了一分钟时间用扳机的一端剔干净指甲,然后将一小块银色金属用纸巾包好,塞进了口袋。

我站起来,深吸了一口气,经过那一家子法国人,走进洗手间。

我这个罪人把一顿丰盛的早餐都吐了出来。

拉蒂法把墨镜支在头顶,这意味着待命,也意味着毫无意味。没戴墨镜意味着范·德·霍威一家在房间里玩挑圆片游戏[①];戴上墨镜意味着他们要去滑雪。

[①] 室内游戏,用一片小塑料圆片挑另一片,使之弹入杯中。

支在头顶意味着他们有可能、你有可能、我有可能、别人有可能做任何事。

我步履蹒跚地穿过初学者滑雪道，朝索道站走去。雨果已经到了，穿着橙色和青绿色相间的衣服，他的墨镜也支在头顶。

他所做的第一件事是看着我。

不顾我们的培训，不顾我们的训练，不顾我们点头接受的弗朗西斯科叮嘱的注意事项——不顾所有准备工作，雨果直视着我。我立刻明白过来，在我们的目光相遇之前他是不会转移视线的，于是我朝他看了，希望这一切赶紧过去。

他的眼睛闪闪发光，找不到其他形容词了，闪着快乐、兴奋和迫不及待，像个圣诞节早晨等着拆礼物的孩子。

他伸出一只戴手套的手，调整了一下索尼随身听的耳机。这是个典型的滑雪迷，你要是看到他，肯定会发出啧啧声。滑过地球上最美丽的景色还不满足，他要在山顶播放枪炮与玫瑰乐队的歌。要不是知道耳机其实连着他腰间的短波接收器，而伯恩哈德正在另一端播报实况，我准会发火。

他们同意我不带无线电设备。原因是如果我这样被捕的话，对方不会立刻想到有共犯——当弗朗西斯科说到这里的时候，拉蒂法抓住了我的手臂。

所以我只有雨果和他闪闪发光的眼睛。

在雪朗峰顶上，海拔略超过三千米处，坐落着或者说矗立着皮兹·格罗里亚餐厅。这是一座用玻璃和钢铁精心打造的奢华建筑，只要支付一辆跑车的价格，就能坐下来喝杯咖啡，在晴朗的日子里俯瞰至少六个国家。

如果你和我一样，那么在这晴朗的日子里，你大部分时间都在辨认可能是哪六个国家，但如果还有时间的话，你会思考米伦人是如何把餐厅建在山顶上的，又有多少人死在建造过程中。当你亲眼看到如此不可思议的建筑，再想到普通英国建筑商给出一份厨房扩建预算所需要的时间，你会羡慕瑞士人的。

令这家餐厅出名的另一个原因是，007系列电影曾在这里取过景。电影中的名字"皮兹·格罗里亚"就此保留了下来，同时还能在这里买到007的纪念品，如果你还没有因为那杯咖啡破产的话。

总之，如果有机会这里是游客在米伦期间的必经之地。而范·德·霍威一家在前一天晚上吃酥皮包牛肉时断定，他们有机会去。

雨果和我到达山顶并下了缆车后，便分开行动了。我走进餐厅，一边指点，一边摇头，惊叹着这家山顶餐厅的精工细作，而雨果则在外面闲逛，抽烟，摆弄自己的绑带。他想打扮成专业滑雪者的模样，追求陡峭的雪坡和细雪沫。不管怎么样，别跟我说话，因为此刻的低音独奏让人沉醉。我很乐意扮演一个目瞪口呆的笨蛋。

我又写了一些明信片——不知为什么，都写给一个叫科林的人。我时不时地往下看看奥地利，或意大利，或法国，或其他有雪的地方，直到服务员开始不耐烦。我正在想"正义之剑"的预算够不够我喝第二杯咖啡，一个亮色的身影吸引了我的视线。我抬起头，看见雨果正在外面的龙门支柱下冲我招手。

餐厅里的其他人都看到他了。也许身处奥地利、意大利和法国的数千人都看到他了。总之，这是灾难级的业余行为，要是弗朗西斯科在的话，会狠狠扇他巴掌，训练期间他经常这么做。但是弗朗西斯科不在，雨果出尽了丑态，无缘无故把我也抖搂了出来。好在这么多好奇的旁观者中没有一个知道他在朝什么人或什么东西招手。

因为他戴着墨镜。

第一段路我跑得不快，原因有二：第一，我希望当自己开枪时，呼吸能尽量保持平稳；第二，更重要的是，我不想（重申一遍，我不想）摔断腿，然后与大量步枪零件一起被抬下山。

于是我横着往前跑，转弯时弧度尽量大，速度尽量慢，穿过最危险的区域，一路到达树线。滑雪道的坡度令人担忧。任何傻子都能看出来，凭德克和罗娜的水平，不摔几次是无法完成的，也许摔了之后就再也起不来了。如果我是德克，或者德克的朋友，或者只是一个关切的路人，我会劝他们，放弃吧，坐缆车回去，找个平缓的雪坡。

但是弗朗西斯科对德克充满信心。他觉得自己了解目标。根据弗朗西斯科的分析，德克对金钱相当谨慎——我想这是当财政部长必备的条件。如果德克和罗娜决定退出的话，他们得支付一笔坐缆车回去的巨额罚款。

弗朗西斯科准备用我的命来赌德克会去滑雪。为了确保这一点，他安排拉蒂法前一天晚上去酒吧找已经灌下几杯白兰地的德克，并让她用甜言蜜语唤起德克挑战雪朗峰的勇气。德克起初有些担忧，但拉蒂法忽闪忽闪的睫毛和隆起的胸部最终说服了他，他许诺明晚要请她喝一杯，如果他能活着回来的话。

拉蒂法在心里默默祈祷，并许诺明晚九点准时到。

雨果给射击点做了标记，现在正站在那儿，一边抽烟，一边咧嘴笑着，看起来备受煎熬。我从他身边滑过，到十米外的树林里休息，只为了提醒自己和雨果，我还知道如何做决定。我转身回看山上，检查射击点、角度、掩体——然后猛地扭头去看雨果。

雨果扔掉手中的烟，耸了耸肩，朝山下滑去，在一个小雪墩上做了一次不必要的炫技跳跃，然后在约一百米外滑雪道的另一端漂亮地滑停，雪沫飞溅。他从我身上移开视线，拉开滑雪衣的拉链，开始往一块石头上撒尿。

我也想撒尿。但我感觉，一旦开始就再也停不下来了。我会一直尿下去，直到我化为乌有，只剩一堆衣服。

我卸下相机的前置镜头，拿掉盖子，通过目镜调整山上的焦距。镜头由于冷凝而变得模糊，于是我拉开外套的拉链，把瞄准镜塞到里面，用体温捂暖。

周围又冷又安静，我能听到自己组装步枪时手指颤抖的声音。

现在我瞄准他了,距离大约半英里。他还是那么胖,拥有狙击手梦寐以求的身形。如果他们还能做梦的话。

即使在这么远的距离,我也能看出德克很难受。他的肢体语言归结为一句话——我,快,要,死,了。他撅着臀部,挺着胸,双腿因恐惧和疲劳而僵硬,动作慢得像冰川的移动。

罗娜滑得好一些,但也好不到哪儿去。她的动作笨拙、抽搐,不过有进步。她尽可能慢地滑下山坡,试着不把她那位痛苦的丈夫甩开太远。

我等待着。

当目标在六百米外时,我开始过度换气,给血液充氧,让自己有勇气拉开保险栓,并保持到三百米的距离。我用嘴角轻轻呼气,让水汽避开瞄准镜。

四百米外,德克第十五次摔倒,似乎也不急着爬起来。我看着他喘气时,将枪栓上的滚花握柄向后拉,听到撞针咔嗒一声巨响。天啊,这一枪的动静不会小。我突然担心会不会发生雪崩,努力不去想自己被埋在一千吨积雪下的景象。要是我的尸体好几年都没人发现,该怎么办?要是当人们把我拖出来时,我身上的滑雪服已经完全过时了,该怎么办?我眨了五次眼睛,试着稳住呼吸、视线和情绪。天太冷了,不可能发生雪崩。要制造一场雪崩,需要大量积雪以及充分的光照。这两样我们都没有。振作起来。我眯着眼从瞄准镜里看到,德克又站起来了。

不仅站起来了,他还看着我。

或者至少是朝我的方向看,一边擦掉护目镜上的雪,一边往我所在的树林里张望。

他看不见我,不可能看见。我把自己藏在一个雪堆后面,挖出一条窄沟放枪,不管他在看什么,目标都会被杂乱的树丛遮挡。他不可能看见我。

那他在看什么?

我轻轻把头沉到雪堆下面,翻过身来,查看是否有单独行动的越野滑雪者,或是迷了路的岩羚羊,或是表演《不,不,纳内特》的合唱团——任何可能引起德克注意的东西。我屏住呼吸,从左往右慢慢转头,扫视山上可能的声源。

什么也没有。

我小心地把头探出雪堆,继续用瞄准镜看。左,右,上,下。

德克不见了。

我猛地抬头——这很不专业,绝望地寻找他那令人不安的哪怕是模糊的身影。我的嘴里突然有了血液的味道,心脏撞击着胸腔,拼命想要出来。

在那儿,三百米外。他滑得更快了,正试着在稍缓的雪坡上全速直下,一路滑到了滑雪道的另一端。我又眨了眨眼,用右眼抵住瞄准镜,闭上左眼。

两百米外,我长长地、平稳地吸了一口气,在肺部达到四分之三满时停下,屏住呼吸。

此时德克穿越雪坡,以及我的火线。瞄准镜跟着他,随时都可以开枪,但我知道这必须是我人生中最有把握的一枪。我把手指放在扳机框内,触碰扳机,挤压手指第二和第三关节之间的肌肉,等待着。

他在大约一百五十米外停住了,看看山上,又看看山下,然后朝我的方向转过身来。他大汗淋漓,吃力地喘着气,带着恐惧和预感。我将准心移向他的胸口正中,正如我向弗朗西斯科承诺的那样,正如我向所有人承诺的那样。

按压,而不是牵动。用你所知的最缓慢、最温柔的方式按下扳机。

第十九章

晚上好，这里是BBC（英国广播公司）九点档新闻。

——彼得·西森斯

我们在米伦滞留三十六小时后才离开。这是我的主意。

我告诉弗朗西斯科，他们首先会封锁火车站出口。任何在枪击事件后十二小时内离开或试图离开的人，无论是不是罪犯，都不会好过。

弗朗西斯科咬着嘴唇思索了一番，然后微笑着表示同意。我想留在米伦对他来说是更冷静、更勇敢的选择，而冷静和勇敢绝对是弗朗西斯科希望《新闻周刊》有一天用来形容他的品质，并配上一张深沉的照片，标注说明"弗朗西斯科：冷静和勇敢"，等等。

我留在米伦的真正原因是，我想找机会和所罗门谈谈，但我认为最好不要对弗朗西斯科说实话。

于是我们单独在镇上闲逛，当直升机到达时，我们和其他人一样目瞪口呆。首先是警察，然后是红十字会，最后，不可避免的就是电视台工作人员。枪击的消息在十五分钟内就传遍了整个小镇，但大多数游客都被吓坏了，以至于无法相互谈论此事。他们来回游荡，驻足旁观，皱着眉，把孩子紧紧揽在身旁。

瑞士人坐在酒吧里，彼此低声交谈。他们若不是生气，就是担心这件事会影响他们的生意。这很难说。当然，他们大可不必担心。等夜幕降临，酒吧和餐厅里的人比以往任何时候都多。人们不想错过任何观点、流言，或者对这次可怕事件的丁点解释。

首先，他们责怪伊拉克人，这似乎是如今的基本流程。这个说法讨论了一个小时，直到一些自作聪明的人指出，不可能是伊拉克人干的，他们不可能在无人注意的情况下进入小镇。口音、肤色、面朝麦加跪下来祈祷的方式，这些特点不可能逃过精明的瑞士人的眼睛。

接下来，他们讨论起了失控的五项全能运动员：他因二十英里越野滑雪而精疲力竭，失足摔倒，导致他的点二二打靶步枪走火，以极罕见的概率杀死了范·德·霍威先生。虽然这个想法十分诡异，却得到了不少人的支持，主要原因是它不存在恶意，在这个白雪皑皑的天堂中，恶意是瑞士人所不能容忍的。

过了一阵子，两种流言相互结合，产生了更加离奇的混合体：其实是伊拉克五项全能运动员干的，不怎么聪明的人说。由于上届冬奥会上斯堪的纳维亚人取得的成功，一名因嫉妒而发疯的伊拉克五项全能运动员（某人听某人说，他听到某人提到了"穆斯塔法"）犯下暴行。实际上，他现在可能还在山里，搜寻金发的高个子滑雪者。

然后是一阵间歇。酒吧的人渐渐散去，咖啡馆陆续打烊，服务员在收拾一盘盘原封不动的食物时疑惑地对视。

我也是过了好一阵才明白发生了什么事。

游客发现镇上流传的大部分解释都无法令人满意，于是回到各自的旅馆房间，单膝或双膝跪地祈祷，直到全知全能的CNN（美国有线电视新闻网）借现场播报员汤姆·汉密尔顿为世界带来"刚刚收到的最新消息"。

拉蒂法和我与一群微醺的德国人聚在"狂野赫尔施"酒吧的电视机前，听到汤姆宣称"这起枪击事件可能是激进分子所为"——这让我推测，汤姆的年薪大约是二十万美元。我很想问他，他是如何果断排除消极分子的可能性的。事实上，我可以轻易走过去问他，因为汤姆正在一圈钨丝灯中工作，距离人头攒动的酒吧不到两百米。仅二十分钟之前，我站在一旁看技术人员把无线电麦克风扣到汤姆的领带上，汤姆挥手让他走开，说可以自己来，他不想让人弄乱领带结。

声明将于当地时间十点发布。如果赛勒斯完成了任务，声明就会按计划到达CNN手上,然后他们会花点时间核查。更有可能的情况是,如果其余工作人员都和汤姆一样认真,那么他们也会阅读声明。弗朗西斯科坚持使用"霸权"一词,这可能让他们一时回不过神来。

消息最终在十一点二十五分播报,CNN主持人道格·罗斯语速缓慢,咬字清晰,带着强烈的潜台词"上帝啊,这些人真让我恶心"。

"正义之剑"。

妈妈,快来看呀。我们上电视了。主持人在说我们。

我想,要是我愿意,那晚我也许会和拉蒂法上床。

在余下的时间里,CNN播放了大量历史上关于恐怖主义的资料片,将观众的记忆带回到上周初巴斯克分裂分子在巴塞罗那炸毁政府大楼的事件。一个大胡子男人出来推销他写的一本有关狂热主义的书,然后我们回到CNN的主要节目:告诉那些正在收看本节目的观众,他们最该做的事情就是收看CNN。如果观众能换一家高级酒店就更好了。

我独自躺在艾格尔山上的房间里,一手拿威士忌,一手拿烟,开始思考,如果在播放广告的时候你的确在他们宣传的高级酒店里,你会怎么样。那意味着你死了吗?去了平行宇宙?还是时间开始倒流?

瞧,我有点醉了,所以起初我没有听到敲门声。或者我其实听到了,只是说服自己没有听到,敲门声持续了十分钟,也可能是十个小时,我的大脑才把我从CNN的迟钝中拽出来。我起身去门口。

"谁?"

沉默。

我没有武器,也没有使用武器的欲望,于是我打开门,探出头去。该来的总会来。

一个很矮的男人站在走廊里,矮得像我这样高的人都会招他的恨。

"鲍尔弗先生?"

我的大脑一片空白。这种空白常常出现在卧底身上——在危急时刻,他们想不起自己应该是谁、真实身份是什么、用哪只手握笔，或如何打开门把手。而且我发现，喝威士忌会增加空白的频率。

我知道他在看我，于是假装咳嗽，借机平稳情绪。鲍尔弗，是或者不是。鲍尔弗是我正在使用的名字，但是对谁用的？对所罗门来说我是朗，对弗朗西斯科来说我是里奇，对大多数美国人来说我是达雷尔，至于鲍尔弗……对了，对旅馆来说我是鲍尔弗。因此，如果让他们选的话，对警察来说我也是鲍尔弗——我毫不怀疑他们会这样选。

我点了点头。

"你跟我走。"

他向后转，沿着走廊出发了。我拿起外套和房卡跟了上去，因为鲍尔弗先生是个遵纪守法的好公民，也希望别人能遵纪守法。当我们往电梯走的时候，我低头去看他的脚，发现他还穿着厚底鞋。他确实不是一般的矮。

外面在下雪（我承认这里经常下雪，但是记住此时我还没完全清醒），大片的雪花翩翩落到地面上，像进行了一场枕头大战，散落的羽毛覆盖了一切，软化了一切，让一切都变得渺小。

我们走了约十分钟，我的一步是他的七步，直到来到小镇边缘的一栋房子前。这是一栋单层木质建筑，可能有些年代了，也可能刚建不久。窗户上是松垮的百叶窗，雪地上的脚印显示最近有不少人到访。也可能只是一个人，但总是落东西。

走进屋子时有一种异样的体验，我想即使我酒醒了也会如此感觉。我感觉自己应该带点东西来，至少也该是黄金或者乳香。我对没药这种香料没有偏见，但我一直都不是很清楚那到底是什么东西。

小矮个子停在一扇侧门前，回头看了我一眼，然后敲了一下门。过了好一会儿，某处传来插销打开的声音，接着又是一声，接着又是一声，接着又是一声，最后门开了。一个满头白发的女人盯着小矮个子看了一会儿，然后用三倍的时间看我，点点头，站到一边让我们进去。

德克·范·德·霍威坐在房间里唯一的椅子上,擦拭着眼镜。他穿着厚重的大衣,戴着围巾,臃肿的脚撑着鞋子。那双鞋价格不菲,是配有真皮鞋带的黑色牛津鞋。我注意到这一点,是因为他自己似乎也在研究那双鞋。

"先生,这是托马斯·朗。"所罗门说,从阴影中走了出来,看着我的时候比看着德克的时候还多。

德克不急不慢地擦拭着眼镜,然后一边盯着地板,一边熟练地把它架到鼻梁上。最后,他抬起头来,看着我,眼神并不友好。他用嘴呼吸,像个努力不去品尝西兰花味道的孩子。

"你好。"我说着伸出手。

德克看着所罗门,好像没有人提醒过他这时候应该伸出手来。最后他闷闷不乐、有气无力地朝我举起带手指的潮乎乎的前肢。

有一刻,我们相互看着对方。

"我现在可以走了吗?"他说。

所罗门伤心地沉默了一会儿,好像原本希望我们三个能在一起多聊聊,玩玩惠斯特纸牌。

"当然,先生。"所罗门说。

当德克站起来后,我才发现他虽然很胖(没错,他绝对称得上肥胖二字),但也没有到米伦时那么胖。你瞧,这就是"生命科技"防弹背心的特点。这东西好用极了,能确保你免于生命危险。但它对于身形而言不够美观。要是和滑雪服一起穿,微胖的人也会变得非常胖,结果德克就变成了拦截气球。

我猜不出他们和他,甚至和荷兰政府做了怎样的交易。肯定也不会有人站出来告诉我。也许他即将休假、退休或者被解雇,也许他们逮到他和十几个未成年少女在一起,又也许他们只是给了他一大笔钱。我明白有些人可以被收买。

不管他们是如何做到的,德克在接下来的几个月里得隐匿起来了,为了他,也为了我。如果他下周出现在某个国际会议上,宣布北欧国家需要推行浮动汇率机制,那可就太奇怪了,很多人会提出质疑。甚至连 CNN 都可能会跟踪报道。

德克没有道歉就离开了。白发女人把他从门里推了出去,他和小矮个子便一起消失在夜色中。

"你感觉怎么样,先生?"

现在是我坐在椅子上了。汇报完工作后,所罗门绕着我慢慢踱步,衡量着我的斗志、骨气和醉酒程度。他将一根手指放到嘴唇上,假装没在看我。

"我很好,谢谢,大卫。你感觉怎么样?"

"我会说,如释重负,主人。是的,大松一口气,"他停顿了一下,没有把全部想法说出来,"顺便说一句,"他最后说,"我要恭喜你完美击中了目标,先生。我的美国同事想让你知道这一点。"

所罗门以一种略显病态的方式对我笑了笑,好像他已说光了客套话,接下来即将放狠话。

"哦,我很高兴能让他们满意,"我说,"现在怎么办?"

我点燃一支烟,想吐烟圈,但所罗门的踱步让空气流动起来。我看着烟雾飘散,化成丝丝缕缕,再扭曲变形,最后意识到所罗门还没有回答我的问题。

"大卫?"

"哦,是的,主人,"他停顿了一下,"现在怎么办? 这真是个聪明而又合宜的问题,需要全心回答。"

有点不对劲。所罗门平常不这样说话。我喝醉时会这样说话,但所罗门从来不会。

"哦?"我说,"这就结束了? 任务完成,坏人被抓,开始论功行赏了?"

他在我右后方停下脚步。

"主人,其实从现在开始事情才有点难办。"

我回头去看他,试着露出微笑。但是他没有回以笑容。

217

"那么,就目前的情况而言,你觉得用什么形容词更好?我是说,如果朝防弹背心开枪还不算尴尬的话……"

但他没在听我说话。这也不像他。

"他们想让你继续执行任务。"他说。

哦,他们当然想了。我就知道。抓捕恐怖分子不是这次行动的目标,从来都不是。他们希望我继续执行任务,希望这场戏继续演下去,直到大规模演习的布景搭建完成,CNN恰巧在现场,摄像机开拍——而不是事件发生的四小时后。

"主人,"过了一会儿,所罗门说,"我得问你个问题,需要你如实回答。"

我不喜欢这个气氛。这太不对劲了,就像红酒配鱼、晚礼服配棕色皮鞋。

"问吧。"我说。

他的脸上写满了担忧。

"你会如实回答吗?我需要在问之前知道。"

"大卫,这我可说不准,"我笑着说,希望他别紧张,放松下来,别再吓唬我,"如果你问我你有没有口臭,我会如实回答。如果你问我……别的事,那我可能会撒谎。"

他似乎对这番解释不是很满意。这当然不会令人满意,但我还能说什么呢?他故意慢慢地清了清嗓子,好像以后很长时间都没法清嗓子了一样。

"你和萨拉·沃尔夫是什么关系?"

现在我被搞糊涂了,弄不清是怎么回事。于是我看着所罗门来回踱步,抿着嘴,皱着眉,低头看地上,像个准备和青春期儿子谈谈自慰的父亲。倒不是说我有过类似的经历,但我猜想儿子会脸红、坐立不安,外套袖口的一点灰尘会突然吸引他很高的注意力。

"为什么来问我,大卫?"

"别这样,主人。只要……"我能看出,所罗门今天过得并不顺利,他深吸了一口气,"只要回答我。拜托。"

我看了他一会儿,既生他的气,又同情他。

"你是不是想说'看在过去的分上'?"

"看在一切的分上,"他说,"只要能让你回答,主人。不管是过去还是现在,告诉我吧。"

我又点燃了一支烟,看着自己的手,努力在回答他之前,先为自己回答这个问题,像之前许多次那样。

萨拉·沃尔夫,灰眸中一抹绿,漂亮的脖子。是的,我记得她。

我的真实感受?是爱情吗?哦,这我没法回答,不是吗?我们还没有发展到我可以如此肯定的地步。爱是一个字、一个声音,它与一种特定感情的联系是随机的、无法衡量的,最终也是毫无意义的。如果你不介意的话,我想回过头来再考虑。

是同情?我同情萨拉·沃尔夫,因为……因为什么?她失去了哥哥,接着失去了父亲,如今被关在黑暗塔里,罗兰公子正摸索着折叠梯往上爬。我想,我能因此而同情她,因为她把我视为救星。

是友情?看在上帝的分上,我几乎不认识她。那么,到底是什么?

"我爱上她了。"我听见有人说,随后意识到说这句话的人就是我。

所罗门闭上眼睛沉默了一会儿,好像这又是个错误的答案,然后他慢慢地、不情愿地走到靠墙的桌子旁,拿起一个小塑料盒。他掂了掂盒了,像在思量是给我,还是扔到门外的雪地上。然后他开始翻自己的口袋。不管他在找什么,那东西在他翻的最后一个口袋里。我想,要是换成别人,这景象该多么滑稽。他掏出了一把点火枪,把它和塑料盒一起递给我,转身离开了,留下我自行处理。

好吧,我打开了盒子。我当然得打开。别人给你一个合上的盒子,就是要你打开的。于是我掀开黄色盖子,既有字面意思,也有隐喻[①]。我的心情更加沉重了。

---

① 英语中,打开盖子有揭露秘密的意思。

盒子里装着一些照片，我可以肯定，不管照片上是什么，我都不会喜欢。我抽出第一张，把它举到点火枪前。

是萨拉·沃尔夫。这一点确认无误。

晴朗的天气，她穿着一袭黑裙，正从伦敦出租车上下来。

好吧，可以接受，没什么不对。她在笑，笑得很开怀，但这又不犯法。不要紧。我并不指望她整日以泪洗面。下一张。

付车钱。这也没问题。坐出租车就得付钱给司机，这就是生活。照片是用长焦镜头拍的，焦距至少一百三十五毫米，甚至更长。从照片的时间间隔看，应该是从摩托车上拍摄的。为什么有人想拍……

下一张是下车后走向路边，继续笑着。出租车司机在看她的臀部，如果我是他，我也会看。公平交易。嗯，也许不是很公平，但这本来就不是个完美的世界。

我看了一眼所罗门的背影。他低着头。请翻到下一张。

男人的手臂。事实上是手臂和肩膀，穿着深灰色西装。他伸手搂着她的腰，她侧过脸来，准备亲吻。笑容灿烂。这有什么可担心的？我们又不是清教徒。一个女人可以出去和别人共进午餐，可以出于礼貌而表现得很高兴见到对方——这不代表我们他妈需要报警。

现在两人相互搂着，她的头在前，挡住了他的脸，但他们肯定是抱在一起的，完完全全、毫无保留地抱在一起。所以他可能不是她的银行经理。那又如何？

这一张和前一张几乎相同，但他们开始转身。他的头正离开她的脖子。

他们现在朝镜头来了，依旧相互搂着。看不到他的脸，因为镜头前飘过一个模糊的路人。但是她的表情是怎么回事？极乐？幸福？愉快？狂喜？还是仅仅出于礼貌。只剩最后一张了。

噢，你好，我想，就是这张。

"噢，你好，"我说，"就是这张。"

所罗门没有转身。

一对男女正朝我们走来,两个人我都认识。我刚刚坦白承认自己爱上了那个女人,虽然我不确定那是不是真的,而且每过一秒我都变得更加不确定;而那个男人……怎么说呢。

　　他又高又帅,饱经风霜的样子,穿着昂贵的正装。他也在笑。他们两个人都在笑,笑得很开心,夸张得像要笑掉脑袋。

　　当然,我想知道他们为什么那么开心。如果是听了一个笑话,那么我也想听一听,判断是否值得你笑破胰脏,拉住身旁的人,搂得那么紧——或该不该搂。

　　显然,我没法知道这个笑话,但我可以肯定,那个笑话我笑不起来。

　　照片里搂着我那黑暗塔中的情人、逗她笑的男人——据我所知,用欢笑、快乐和他自己填充她的,是拉塞尔·P.巴恩斯。

　　我们休息一下。等我把照片盒子摔出去,再继续说。

第二十章

> 人生由呜咽、抽泣和微笑组成,
> 而在三者之中,抽泣处于支配地位。
>
> ——欧·亨利

我把一切都告诉了所罗门。我不得不这么做。

因为你知道他是个聪明人,我认识的人中最聪明的一个,要是不利用一下他的聪明,那可就太蠢了。在看到这些照片之前,我一直是一个人,犁着荒僻的地,现在必须承认我的轨迹往右偏了,犁进了谷仓边缘。

等我说完已经是凌晨四点,所罗门早就打开了他的背包,拿出这个世界上其他所罗门从不会缺少的东西。我们有一水壶茶和两个塑料杯;两个橙子和一把剥皮刀;还有半磅吉百利牛奶巧克力。

当我们吃东西、喝茶、抽烟,又提议戒烟的时候,我把"毕业生研究"从开始到中间的部分讲述了一遍:我离开原来的地方,为了民主放弃原来的事业;我没能让人们睡得安稳,也没能把这个世界变得更自由、更幸福;自整件事开始以来,我所做的就是卖枪。

这意味着所罗门也在卖枪。我是军火商和销售代理人,所罗门负责营销推广。我知道他不会喜欢。

所罗门一边听一边点头,在适当的时间,以适当的顺序,问适当的问题。我无法判断他有没有相信我的话。但是话说回来,我从来都看不透所罗门,大概以后也不会。

说完后我坐回到椅子上,摆弄着几块巧克力,心想带吉百利来瑞士是否相当于带煤去纽卡斯尔,最后明白不是这样。瑞士巧克力自我小时候起就在走下坡路了,如今只适合送给婶婶。而吉百利巧克力始终在前行,比世界上其他任何巧克力都要物美价廉。反正这是我的观点。

"这真是个精彩的故事,主人,如果你不介意我这么说的话。"所罗门站着,两眼盯着墙。如果那里有窗户的话,他可能会看着窗外,但是没有窗户。

"是啊。"我同意道。

我们回到照片上,思考它们可能意味着什么。我们又是揣测又是假设,说了很多个"也许""如果""难道",最后,当屋外的雪反射着不知道从哪里发出的光,透过百叶窗和门缝照射进来时,我们断定自己从所有角度考虑了一遍。

有三种可能性。

显然可以分出更多可能性,但彼时我们想从大方向上考虑,于是将许多可能性归入三大类:一、他在骗她;二、她在骗他;三、他们两个都没骗对方,只是相爱了——同是美国人,在陌生的城市共度漫长的午后。

"如果她在骗他,"我第一百次开始狡辩,"那是出于什么目的?我是说,她能从中获得什么好处?"

所罗门点点头,然后快速地揉了揉脸,强迫自己合上眼睛。

"事后坦白?"他说完就皱起了眉,"她录了音,拍了视频,或者留下其他什么证据,寄给了《华盛顿邮报》?"

我不太喜欢这个猜测,他也一样。

"我觉得有些牵强。"

所罗门再次点了点头。他给我的认可依旧比我应得的多——也许是因为他看到我没有崩溃而松了口气,加上我经历了一件大事和无数件小事,他想帮我变回理性、乐观的人。

"那是他在骗她?"他说,把头歪向一侧,挑起眉毛,像条机智的牧羊犬那样将我领出大门。

"也许吧,"我说,"自愿的俘虏比被迫的俘虏好管束。又或者是他编了个故事,对她说他会搞定一切,自称有总统那边的关系,诸如此类。"

这个猜测也站不住脚。

只剩第三种可能性了。

为什么像萨拉·沃尔夫这样的女人会和像拉塞尔·P.巴恩斯这样的男人在一起?为什么她会陪他散步,有说有笑,还跟他睡觉?——如果她真的这么做了,我也不会有太多怀疑。

好吧,他长得帅,身材好,头脑聪明,却也透着愚蠢。他握有权力,穿得精致,但除此之外,还有什么吸引她的呢?

在艰难地走回旅馆的路上,我反复思考着拉塞尔·P.巴恩斯的异性魅力。天马上就要亮了,积雪开始像通了电一般闪耀着白光。它爬进我的裤腿,尖叫着附着在靴底,而前面的雪好像在说:"请别踩我,请别踩我……哦。"

拉塞尔·屁·巴恩斯。

我回到旅馆,蹑手蹑脚地走向我的房间。我打开门,溜进去,然后突然停住:我僵住了,风衣脱到一半。走过雪地后,我的体内循环只剩下阿尔卑斯山的空气,能察觉到室内气味最细微的变化——酒吧的走气啤酒、地毯上的洗发水、地下泳池的氯水、到处都有的防晒霜,现在又出现了一种新的味道,一种房间里不该有的味道。

说不该有,是因为我付了单人间的钱,而瑞士旅馆在房间分类上出了名的严格。

拉蒂法伸展四肢躺在我床上,呼呼大睡,上层床单裹在她裸露的身体上,像一幅模仿鲁本斯的油画。

"该死的,你去哪儿了?"

她现在坐起来了,我坐在床尾脱靴子的时候,床单裹紧了她的下巴。

"散步。"我说。

"去哪儿散步了？"拉蒂法气冲冲地说，依旧睡眼惺忪，又因为让我看到她这副样子而更加生气，"正下雪呢。下雪天你能去哪儿？你到底干什么去了？"

我脱下第二只靴子，慢慢转身去看她。"今天我朝一个人开枪了，拉蒂法，"不过我对她来说是里奇，所以我故意念成"拉迪法"，"我扣动扳机，射中了一个人。"我转身看着地面，一个心怀诗意的战士，被战斗的丑陋击沉。

我感觉到身下的床单略微松弛了。她看了我一会儿。

"你走了一整晚？"

我叹了口气："我边走边想，偶尔也坐一会儿。你知道，一条人命……"

根据我的演绎，里奇不是个擅长说话的人，所以我过了一阵才回答，让最后半句话停在空中。

"很多人都会死，里奇，"拉蒂法说，"到处都有死亡和谋杀。"床单更加松弛了，我看到她的手慢慢移到床边，靠近我的手。

为什么我走到哪里都能听到这个论调？每个人都这么说，要是不说就落伍了。我突然很想打她，告诉她我是谁、内心的真实想法是什么。干掉德克，干掉任何人都改变不了什么，除了满足弗朗西斯科那该死的自我，它已经自大得可以装下两个地球的穷人，还能往客房里塞进几百万个中产阶级。

幸好我是个沉得住气的专业人士，所以我只是点了点头，耷拉着脑袋，叹了几次气，看着她的手离我的手越来越近。

"你感到难受是好事，"她想了一会儿说，显然只想了一点，没想太全，"如果一点感觉也没有，那说明你丧失了爱和激情。如果没了激情，我们就什么都不是了。"

我想，有了激情也没什么大不了的，然后开始脱衬衣。

瞧，事情发生了变化——在我脑海中。

最终是那些照片起了作用，使我认识到自己长时间以来只是别人讨价还价的筹码，但现在我已经不在乎了。我不在乎默尔达和他的直升机，不在乎萨拉·沃尔夫和巴恩斯，不在乎奥尼尔和所罗门，也不在乎弗朗西斯科和该死的"正义之剑"。我不在乎谁说服了谁，或是谁赢了这场战争。

我尤其不在乎自己。

拉蒂法的手指轻拂过我的手背。

一旦涉及性，在我看来，男人就像被夹在一块石头和一个柔软、湿润、带着歉意的地方之间。

男女的性爱机制并不兼容，这就是可怕的真相。一方是小汽车，适合购物、去市区办事，而且停车十分便捷；另一方是旅行车，为长途旅行设计，载重量大，体型更大，结构更复杂，保养更困难。你不会为了把古董从布里斯托尔运到诺维奇而买一辆菲亚特熊猫，也不会出于其他理由买一辆沃尔沃。它们并非一款比另一款更好，只是有所不同。

这是我们如今不敢承认的事实，因为一致性是我们的信仰，差异性已经不像以前那样受欢迎了。但是我要承认这一事实，因为我总是认为，敬畏事实是唯一能让人保持理性的东西。就像萧伯纳说的"在事实面前谦卑，在异议面前自豪"。

其实他没有说过。我只是想为自己的见解找个权威的出处，因为我知道你们不爱听。

如果一个男人全心投入性爱，那它不过是一个瞬间、一阵痉挛、一起无法延续的事件。另一方面，如果他尽力克制，通过回忆多乐士色卡上的名字，或是其他有助于分心的方法，那么他就会被指责为性冷淡。不管哪种情况，如果你是个异性恋者，想从一次现代的性接触中赢得哪怕一丁点信誉都是地狱级的难度。

当然，信誉并非这种行为的目的。但话又说回来，如果你有一些信誉的话，这么说很容易。那可是信誉啊，如今男人很难为自己赢得这种东西。在性的竞技场中，男人受到女性标准的评判。你可以发出嘘声、喷喷声、倒吸冷气，但这是真的（没错，显然，男人在其他领域评判女人——屈尊俯就，施以暴政，排斥她们，压迫她们，令她们痛苦不堪，但在这件事上，标准由女人来定。菲亚特熊猫要像沃尔沃看齐,而不是反过来)。你不会听到男人批评女人需要十五分钟才达到高潮;即使听到了,那他也没有指责对方软弱、傲慢或以自我为中心的意思。男人通常只会垂着头说,是的,她们的身体就是这样,那正是她渴望从我这里得到的,但我没办法满足。我表现得很糟糕,只要找到另一只袜子,我马上就走。

老实说,这不公平,几近荒谬。就像因为无法把衣柜塞进菲亚特熊猫的后备厢,就把它归类为低端车,这也是荒谬的。也许在其他方面它确实是低端车——容易抛锚,耗油,可悲地写在后挡风玻璃上的柠檬绿字样"涡轮增压",但不该因为它小巧的设计特点而被称为低端车。也不该因为沃尔沃挤不过停车场出口的栏杆,无法让你逃掉停车费,就称它为低端车。

如果你想的话,点火烧死我吧。但这两种车截然不同,就是这样。设计出来的目的就是要在不同的道路上,以不同的时速,做不同的事。他们有差异,不对等,不相像。

看,我说完了。但我的感觉没有变得更好。

拉蒂法和我在早餐前做了两次,早餐后又做了一次,临近中午时我设法记起了色卡上的三十一号深赭色,算是破了个人纪录。

"西斯科,"我说,"请教一件事。"

"说吧,里奇。别客气。"

他看了我一眼,然后伸手把点烟器放到仪表盘上。

我像明尼苏达人那样沉思了半天:"钱是从哪儿来的?"

我们又行驶了两千米,他才开口回答。我坐的是弗朗西斯科的阿尔法罗密欧,车里只有我俩。我们行驶在从马赛到巴黎的阳光高速公路上,如果他再放一遍《生在美国》,我就要流鼻血了。

德克·范·德·霍威枪击事件已经过去三天,"正义之剑"此刻觉得自己战无不胜了,因为报纸开始讨论其他事情,而头脑僵化的警方也因为缺少足够的证据而找不到对策。

"钱是从哪儿来的?"弗朗西斯科最后重复了一遍,用手指敲着方向盘。

"是啊。"我说。

宽阔笔直的法式高速公路从两边呼啸而过。

"你为什么想知道?"

我耸了耸肩。

"就是……你知道……就是想想。"

他狂野地笑了起来。

"别想了,里奇,我的朋友。做就行了。你是行动派。继续保持。"

我也笑了,因为这就是弗朗西斯科恭维我的方式。如果他能再长高六英寸,一定会像个善良的大哥哥一样抚弄我的头发。

"是啊,我就是在想……"

我没再说下去。一辆深蓝色标致宪兵缓缓经过我们,有三十秒钟,我们俩在座位上挺直了身子。弗朗西斯科稍稍松开油门,让它先通过。

"我在想,"我说,"当我在旅馆退房时,你知道……我想,开销可不小啊……你知道……我们六个人……住宿之类的……机票……数目不小。我就想……钱是从哪儿来的?你知道,有人付钱,对吗?"

弗朗西斯科明智地点了点头,好像在帮我解决关于恋爱的复杂问题。

"是的,里奇。有人付钱。总得有人付钱,一直如此。"

"好吧,"我说,"我就是这么想的。总得有人付钱。于是,我想……你知道……这人是谁?"

他继续直视前方,然后慢慢转过头来看我,看了许久,久得我不得不朝前方看两眼,确保我们前面没有卡车车队。

在这两眼之间,我收回视线来看看他,眼神中尽量流露出天真的愚蠢。我只想说,里奇并不危险。里奇是一个老实的步兵、一个简单的人,只想知道谁在支付他的工资。里奇不是威胁——过去不是,将来也不是。

我紧张地笑了一声。

"你要不要看看路?"我说,"我是说……你知道。"

弗朗西斯科咬了会儿嘴唇,突然和我一起笑了起来,然后将视线转向前方。

"你还记得格雷格吗?"他用愉快、起伏的嗓音说。

我紧紧皱眉,因为除非在过去几小时内发生了什么事,否则里奇不会记得太清楚。

"格雷格,"他又说,"开保时捷,抽雪茄,用你的照片做了护照。"

我等了一会儿,然后拼命点头。

"格雷格,当然,我记得他,"我说,"开一辆保时捷。"

弗朗西斯科笑了。也许他认为告诉我也无所谓,因为等我们到巴黎时,我就全忘了。

"就是他。告诉你,格雷格这家伙很聪明。"

"是吗?"我说,好像第一次听说一样。

"哦,是的,"弗朗西斯科说,"真的很聪明。既聪明又有钱,还有其他很多优点。"

我想了一会儿。

"在我看来是个混蛋。"我说。

弗朗西斯科惊讶地看着我,然后爆发出一阵爽朗的笑声,用拳头捶起了方向盘。

"没错,他是个混蛋,"他喊道,"不折不扣的混蛋,是的。"

我跟着他笑了,因取悦了主人而沾沾自喜。最后,渐渐地,我们平静下来,接着他伸出一只手,关掉了布鲁斯·斯普林斯汀的歌。我可以为此而亲吻他。

"格雷格和另一个人共事,"弗朗西斯科说,他的表情一下子严肃起来,"在苏黎世。他们类似于金融人士,把钱转来转去,做些交易,操纵很多大买卖。各种不同的方式,你明白吗?"他望着我,我尽职地皱了皱眉,表现出专心听讲的样子,那好像是他所希望的,"总之,格雷格接到电话,钱进账,拿这笔钱干点这个,干点那个。或存着,或流失,随便怎么样。"

"你的意思是,我们有银行账号?"我咧嘴笑着说。

弗朗西斯科也咧嘴笑着。

"当然,我们有银行账号,里奇。我们有很多个银行账号。"

我摇了摇头,惊叹于这样的操作方式,然后又皱起了眉。

"那么是格雷格付钱给我们,对吗?但钱不是他的?"

"对,不是他的钱。他只是中间人,抽点手续费。数目不小,我想,因为他开保时捷,而我只有一辆阿尔法。但那不是他的钱。"

"那是谁的?"我问道,也许问得太快了,"是一个人,还是很多人,还是怎么样?"

"一个人。"弗朗西斯科说,郑重其事地看了我一眼——审查我,估量我,试着回忆起所有我惹他生气的事情,所有我逗他开心的事情;计算着我是否做出了足够多的贡献,来赢取这一条本来不该知道的信息。然后他抽了抽鼻子,这是弗朗西斯科在宣布重要情况之前的习惯。

"我不知道他的名字,"他说,"我指的是他的真名。但他汇款时用的名字我知道。从银行那边得来的。"

"是吗?"我说。

我尽量使自己看上去并没有屏住呼吸。西斯科现在开始戏弄我了,兜圈子完全是为了好玩。

"是吗?"我又说了一遍。

"他叫卢卡斯,"他最终说了出来,"迈克尔·卢卡斯。"

我点点头。

"真酷。"我说。

不一会儿,我将头靠在窗户上,假装睡着了。

在驶向巴黎的路上,我想到了一件事,这事耶稣很清楚。这是一条世人都遵守的处世哲学,原来我只不过没有意识到。

我一直觉得"不可杀人"是第一原则。最要紧的一条。觊觎邻居的财产显然是不对的;同样应该引起注意的还有通奸、不尊重父母,以及膜拜雕刻出来的偶像。

但"不可杀人"是十诫中的一条。每个人都记得,因为它最正确、最真实、最绝对。

大家都忘记了的一条是不可作假证陷害人,和"不可杀人"比起来实在微不足道,简直是吹毛求疵,就像停车罚款一样。

但当你真正面对时,当你的大脑还来不及对听到的话做出反应,结果被勇气抢在前面时,你会意识到生命、品行和价值——它们似乎都不是你所想象的样子了。

默尔达朝迈克尔·卢卡斯的喉咙开了一枪,那是我所见过的最邪恶的场面之一,我要指出自己见过很多邪恶场面。但后来默尔达下定主意,也许是出于方便、好玩或者便于管理,决定要针对被他杀死的那个人作出假证——不仅夺走他的生命,还要毁掉他的名声;他的存在,他的记忆,他的声誉;使用他的名字,给他抹黑,只是为了掩盖自己的罪行——这样他就可以用那个二十八岁的中央情报局职员当作挡箭牌,而后者不过是一时兴起帮了我。从那时起我的想法起了变化。

从那时起我真的生气了。

第二十一章

我感觉自己撑飞了裤子上的一粒纽扣。

——米克·贾格尔

弗朗西斯科给我们放了十天假，让我们休息和放松。

伯恩哈德说他要去汉堡度假，他的表情好像在说那和艳遇有关。塞勒斯去了埃维昂莱班，因为他母亲快死了——不过后来发现她临终时在里斯本，塞勒斯只是想躲得越远越好。本杰明和雨果飞去海法潜水。弗朗西斯科则留在巴黎的房子里，继续扮演孤独的领导者。

我说要去伦敦，拉蒂法说要和我一起去。

"我们在伦敦会玩得很开心。我带你参观，伦敦是个漂亮的城市。"她对我绽放笑容，扑扇着睫毛。

"滚开，"我说，"别老是黏着我。"

这句话显然太伤人，我真希望自己不必那么说。但是我难以想象带着拉蒂法走在伦敦的路上，一个傻瓜朝我喊道："托马斯，好久不见，这位美女是谁？"我需要来去自如，因此只能甩掉拉蒂法。

当然，我可以谎称去看我的祖父母、我的七个孩子，或者我的性病顾问，但最后我还是觉得"滚开"最直白。

我用鲍尔弗的护照从巴黎飞往阿姆斯特丹，又花了一个小时甩掉任何可能跟踪我的美国人。倒不是说他们有跟踪我的理由。米伦的暗杀行动让他们大部分人都很满意，认为我是个可靠的团队合作者，所罗门也建议他们在下次行动前放松对我的管制。

即使这样,我也希望在接下来的几天里没有人会起疑心,两边都不会有人过问我做了什么或去了什么地方。于是,在斯希普霍尔机场,我买了张去奥斯陆的机票,又把它扔了,然后买了新衣服和新墨镜,在洗手间里犹豫了一阵,最后作为小人物托马斯·朗登场。

晚上六点,我抵达希斯罗机场,入住驿站酒店。这是个便利的地方,因为离机场很近;也是个糟糕的地方,因为离机场很近。

我痛快地洗了个澡,抓起一包烟和烟灰缸,重重地躺到床上,拨打了罗妮的电话号码。我不得不请她帮忙——那种需要抽出时间和精力来帮的忙,所以我做好了长谈的准备。

我们聊了很久,这让我感到愉快。聊天无论如何都是愉快的,但尤其令我愉快的是,默尔达将长期支付我的电话账单,正如他要支付我在房间点的香槟和牛排以及我在床尾绊倒的台灯一样。我知道,这些钱他一转眼就能挣回来——但是当你投入战斗,就得准备好满足于这样的小胜利。

与此同时,你也在静静地等待巨大的胜利。

"柯林斯先生,请坐。"

前台按下开关,对着空气说:"柯林斯先生来见巴勒克拉夫先生。"

她当然不是在跟空气说话,那是与头戴式耳机相连、埋在定型的头发里的麦克风。但我花了五分钟才意识到这一点,其间我甚至想喊人来,告诉他们前台的妄想症犯得厉害。

"马上好。"她说,不知道是在对我说还是在对麦克风说。

我和她在斯密茨·维尔德·柯克普莱恩的办公室里。不说别的,这个名字也许能帮你在拼字游戏中胜出。而我是来自汤顿的画家阿瑟·柯林斯。

我不确定菲利普还记不记得阿瑟·柯林斯,他不记得也没关系。但是我需要投资一小笔钱才能上到十二楼这里,而柯林斯似乎是最稳妥的身份,总好过某个和他未婚妻上过床的人。

我起身在房间里踱起步来,像个画家一样抬头欣赏墙上各式各样的企业艺术。它们大多是灰色与蓝绿色的肆意涂抹,带有极少量古怪的猩红色。它们看起来就像出自实验室,也许是专门用来提升斯洛伐克首次投资者的信心和乐观度的。它们对我不起作用,我是出于其他原因才来这里的。

走廊尽头一扇黄橡木门打开了,菲利普从门内探出头来。他眯起眼睛看了我一会儿,然后走出来,把着敞开的门。

"阿瑟,"他有些犹豫地说,"你好啊!"

他的背带是亮黄色的。

菲利普背对着我,正在为我倒咖啡。

"我不叫阿瑟。"我说着陷进一把椅子里。

他转过头来,又转了回去。

"见鬼。"他说,开始吮自己的袖口。然后他转过来,对敞开的门喊道:"简,亲爱的,给我们拿块抹布来,好吗?"他低头看着洒了的咖啡、牛奶和浸湿的饼干,决定置之不理。

"抱歉,"他说,还在舔自己的衬衫,"你说什么?"他绕过我身后,走向干净的办公桌。他在办公桌后慢慢地坐了下来,不是因为他有痔疮,就是因为担心我会做出什么危险的事来。我笑了笑,表示我相信原因是前者。

"我不叫阿瑟。"我又说了一遍。

我们沉默了一会儿,菲利普的脑海里闪过一千种可能的反应,它们像老虎机的随机图案一样出现在他的眼神里。

"哦?"他最后说。

两个柠檬和一串樱桃。重新开始吧。

"恐怕那天罗妮对你撒谎了。"我怀着歉意说道。

他靠在椅背上,表情凝固,带着冷静、愉悦、不为所动的微笑。

"是吗?"他停顿了一下,"她可真调皮。"

"不是因为愧疚。你得理解,我们之间什么也没发生,"我也停顿了一下,时间长到足够被称为停顿,然后打开包袱,"在那个阶段。"

他以肉眼可见的幅度退缩了一下。

当然是肉眼可见的,否则我不会知道。我的意思是,他的动作幅度很大,几乎吃了一惊,大到足以引起板球外内场裁判的注意。

他低头去看自己的背带,用指甲刮着一个搭扣。

"在那个阶段。我明白了,"他抬头看我,"抱歉,"菲利普说,"我觉得在往下谈之前应该请教你的真实姓名。我的意思是,如果你不是阿瑟·柯林斯,那么……"话音渐渐消失,他感到迫切与不安,但不想表现出来,至少在我面前。

"我叫朗,"我说,"托马斯·朗。我得把话说在前头,我知道你听了肯定会大吃一惊的。"

我正要道歉,他挥手阻止了我。他在办公桌后面坐了一会儿,一边啃着指关节,一边思索自己接下来要做什么。

他就那样坐了五分钟,然后门开了,一个穿条纹衬衫、可能是简的女人拿着茶巾出现在门口,还有罗妮。

两个女人在门口停住了,来回看着我和菲利普,而我们俩也站起身,以同样的方式看着她们俩。如果你是一个电影导演,会很难决定机位摆放在何处。场景不变,我们所有人都在相同的社交牢笼中受折磨,直到罗妮打破了沉默。

"亲爱的。"她说。

可怜的菲利普听到后往前走了一步。

但罗妮朝我的方向走来,菲利普不得不微妙地转向简,咖啡洒了,饼干湿了,你能行行好收拾一下吗?

等他解释完,他转过头来看我们,罗妮已经在我怀里。她以迅雷不及掩耳之势抱住我,我顺水推舟抱住了她,也因为我想这么做。她身上很香。

过了一会儿,罗妮微微松开手,往后靠,以便看着我。我想她眼里有泪水,她演得很投入。然后她转向菲利普。

"菲利普……我能说什么呢?"她说,也只能这么说了。

菲利普抓了抓颈后,有些脸红,然后继续去处理袖口的咖啡渍。好吧,他是个英国人。

"简,先放着,好吗?"他说,没有抬头。这对简来说是个好消息,她立刻走了出去。菲利普勇敢地笑了笑。

"是这样。"他说。

"是啊,"我说,"是这样,"我和他一样尴尬地笑了,"我想事情就是这样。对不起,菲利普。你知道……"

我们三个人又那样站了很久,等待提词人悄声念出下一句台词。然后罗妮转向我,她的眼神发出了信号。

我做了个深呼吸。

"对了,菲利普,"我说,放开罗妮,走到办公桌前,"能否请你……你知道……帮我一个忙。"

菲利普看起来像受到了重创。

"帮忙?"他说,看上去正在衡量发怒的利弊得失。

罗妮在我身后发出啧啧声。

"托马斯,别说了。"她说。菲利普看着她,微微皱眉,但她并不在意。"你答应过我不提的。"她轻声说。

语气恰到好处。

菲利普抽了抽鼻子,嗅到了空气中不那么甜蜜,或者说不那么酸臭的味道,因为就在我们宣布在一起的三十秒后,我和罗妮快要吵起来了。

"帮什么忙?"他双手抱胸,问道。

"托马斯,我说了不行。"还是罗妮说的,她现在真的生气了。

我把头转到一半,对她说话的同时看着门口,好像我们已经为此吵过好几次了。

"听我说,他可以拒绝,不是吗?"我说,"天啊,我只是随便问问。"

罗妮往前走了几步,稍稍绕过桌角,来到我们俩中间。菲利普低头去看她的腿,能看出他在判断我们的相对位置。他在想,我还有戏。

"你不能利用他,托马斯,"罗妮说,又往前挪了挪,"这样做不公平。至少现在不行。"

"哦,看在上帝的分上。"我垂着头说。

"帮什么忙?"菲利普又问了一遍,我感觉他的信心在增加。

罗妮继续往前走。

"不,别问了,菲利普,"她说,"别这样。我们走就是了,我们让你……"

"听着,"我说,依然垂着头,"我可能再也不会有这样的机会了。我得问他。这是我的工作,记得吗?提问题。"我开始语带讥讽,菲利普则在一旁看好戏。

"求你别听了,菲利普,对不起……"罗妮生气地瞥了我一眼。

"不,没关系。"菲利普说。他不慌不忙地看着我,心里想着自己只要不犯错就行了。"顺便问一下,托马斯,你是做什么的?"

他真客气,叫我托马斯。对于一个刚抢走他未婚妻的人来说,这个称呼亲昵、友善而又可靠。

"他是记者。"我还没来得及开口,罗妮就回答道。她说"记者"时的语气让人觉得这好像是个很糟糕的职业。老实说,的确是……

"你是记者,想问我?"菲利普说,"好,问吧。"菲利普现在露出了微笑。一位虽败犹荣的绅士。

"托马斯,如果你在这种时候问他,在我们同意……"她的话音荡在空中。菲利普想让她把话说完。

"什么?"我没好气地说。

罗妮生气地瞪着我,然后用脚后跟转向墙壁。她这么做的时候碰到了菲利普的手肘,我看到他稍稍弯了弯腰。这一招妙啊。他在想,我快得手了,慢慢来。

"在写一篇关于民族国家解体的报道。"我疲倦地说,几乎带着醉意。我这辈子和为数不多的几个记者打过交道,他们有一个共同点:一种持续的疲倦状态,因为他们要面对的人不如自己优秀。现在我正试着模仿这种状态,效果似乎不错。"跨国公司经济霸权超越政府。"我含混不清地说,好像这里的每个笨蛋如今都应该知道这是热门话题。

"给哪家报纸写的,托马斯?"

我靠回到椅子上。现在他们俩一起站在办公桌的另一端,而我在这一端懒散地坐着。我只要打几个嗝,抠一抠牙上的菠菜,菲利普就会知道自己要赢了。

"任何会刊登它的报纸。"我说,不耐烦地耸了耸肩。

菲利普现在对我产生了怜悯,疑惑自己之前为何认为我是个威胁。

"而你需要一些……消息?"稳步走向最后的胜利。

"是的,没错,"我说,"想询问资金的去向。关于人们如何规避各种货币法,神不知鬼不觉地把钱挪走。大多数只是一些背景知识,但有那么一两个案子勾起了我的兴趣。"

我说这话的时候的确打了个小嗝。罗妮听到了,把脸转向我。

"哎,让他离开吧,菲利普,看在上帝的分上。"她说。她怒视着我,眼神有些吓人。"他受到冒犯了……"

"听着,管好你自己的事,行吗?"我说。我像个呆子一样看着她,不知情的还以为我们已经历过好几年不幸的婚姻。"菲利普不介意,对吗?菲尔。"

菲利普正要说他一点都不介意,在他看来事情进展得十分顺利,但罗妮阻止了他。她快要喷火了。

"他只是跟你客气,你这个蠢货,"她喊道,"菲利普懂得什么是礼貌。"

"我不懂?"

"你说的。"

"你不说我也知道。"

"哦,你太敏感了。"

我们快速地相互反击,几乎没有预演过。

接着是长时间尴尬的沉默,菲利普可能在想,他的机会也许会在最后关

头从手上溜走,因为他说:

"托马斯,你想追查特定一笔钱的下落,还是只想知道人们通常采取的机制?"

正解。

"最好两者都回答,菲利普。"我说。

一个半小时后,我带着菲利普的电脑查询终端和曾欠他人情的人员名单,离开了他的办公室,一路从金融城走到白厅,和奥尼尔吃了一顿令人作呕的午餐,不过食物还算不错。

我们谈了会儿卷心菜和国王,然后我向他重述了事情的经过,看着他的脸由粉变白,再变绿。当我说出自认为是点睛之笔的结尾时,他的脸已经变成了土灰色。

"朗,"他喝了咖啡后嗓子有些沙哑,"你不能……我是说……我难以想象你会和……"

"奥尼尔先生,"我说,"我不是在征得你的同意。"

他的声音不再沙哑,他只是坐在那儿,微微嚅动嘴唇。"我只是出于礼貌把我认为要发生的事告诉你,"我得承认,在这种情况下礼貌是个奇怪的用词,"我想让你、所罗门和你的部门能尽早脱身而不引起众怒。接不接受由你自己决定。"

"但是……"他支支吾吾说不出话,"你不能……我是说……我可以报警。"我想哪怕他自己都觉得这话站不住脚。

"你当然可以,"我说,"如果你想让你的部门在四十八小时之内停摆,所有办公室变成农林部的托儿所,那么报警肯定是不错的解决办法。你有他的地址吗?"

他又动了动嘴唇,然后甩甩头让自己清醒,下定决心,开始夸张地偷瞄餐厅四周,告诉其他所有用餐者,他现在要给这个人一张有着重要信息的纸条。

我从他手里接过地址，将咖啡一饮而尽，从位子上站起来。当我从门口往回看时，我强烈地感觉到奥尼尔正在心里安排下个月的假期。

地址在肯特什镇一栋建于六十年代的低楼层政府廉租房里，门柱和窗台花箱刚上过漆，树篱修剪整齐，一侧是一排小砾石灰浆墙面的车库。电梯竟然能正常使用。

我站在二层的楼梯平台等着，试着想象官僚机构是犯了怎样可怕的错误，才会把这片房产照料得如此精致的。在伦敦的大部分地区，他们把中产阶级街区的垃圾倒在政府廉租房区域，然后放火烧几辆人行道上的"福特跑天下"。但这里显然不是这样。这里的住宅完好无损，居民活得有尊严，不会感觉其他有钱人正坐在巴特林游览车里消失在地平线上。我想给人写一封严肃的信，然后撕碎，把纸屑扔到下面的草坪上。

十四号的玻璃门打开了，一个女人站在门口。

"你好，"我说，"我是托马斯·朗，来见雷纳先生。"

鲍勃·雷纳在喂金鱼，我向他表明了来意。

这一次，他戴着眼镜，穿一件黄色高尔夫球衫，我猜想杀手在放假时允许这样穿。他让妻子端来茶和饼干。我问他的头好点了没，他说还是头疼，我说对不起，他说没关系，因为在我打他之前他就经常头疼，我们就这样尴尬地聊了十分钟。

似乎到此为止了，事情就这样过去了。你瞧，鲍勃是个专业人士。

"你觉得你能拿到吗？"我问。

他敲了敲鱼缸边缘，鱼似乎无动于衷。

"代价不菲。"他过了一会儿才说。

"没关系。"我说。

的确没关系，因为付钱的是默尔达。

第二十二章

牛津的聪明人，
知道一切需要知道的事，
跟聪明的蛤蟆先生比却不及一半。

——肯尼斯·格雷厄姆

我的伦敦之旅其余的时间都被各种各样的准备工作所占据。

我手打了一份让人难以理解的长篇声明，仅描述了我表现得善良、聪明的那部分冒险经历，把它交由瑞士农庄国民威斯敏斯特银行的霍克斯顿先生保管。之所以长篇大论，是因为我没时间简略；之所以让人难以理解，是因为我的打字机没有字母 D。

霍克斯顿看上去有些担忧，我不清楚他是为我担忧，还是为我给他的那一大包牛皮纸袋担忧。他问我是否需要在特殊情况下才打开它，我让他自行判断，他马上放下信封，叫人把它放进了保险库。

我还把沃尔夫原先给的报酬余额兑换成了旅行支票。

我感觉自己不缺钱了，便回到托特纳姆法院路上的闪电战电子公司，与一个戴包头巾的好心人聊了一小时无线电频率。他向我保证，森海塞尔的 MikroportSK2012 是极品，不用考虑其他型号，所以我没有考虑。

接着我去东面的伊斯灵顿见我的律师。他上下晃动我的手，在十五分钟内一直邀请我再一起打高尔夫球。我告诉他，这个建议很不错，但从严格意义上来讲，我们需要一起打过高尔夫球才可以用"再"字。他脸都红了，说自己可能把我错当成了罗伯特·朗。我说，是了，一定是这样，然后继续口述并签下遗嘱，把我所有的动产和不动产都赠给了儿童救助基金会。

然后，在距离我回到战壕还剩四十八小时的时候，我撞见了萨拉·沃尔夫。

我说"撞见"，是真的"撞"。

我租了一辆福特嘉年华，用于接下来几天在伦敦出行，与雇主和债权人达成和解，途中经过科克街。出于某种我不想坦白的原因，我左转，右转，再左转，逛到了大部分店面都歇业的画廊区，想起曾经的快乐时光。当然，也不是真正的快乐，只不过有那么一段日子里有萨拉，那几乎就是真正的快乐。

太阳低垂而又明亮，在我把头转向格拉斯大楼的那一瞬，我隐约听到收音机里传来《难道她不可爱吗》的歌声。我转过头来，看到前方面包车尾跳出一个蓝色的身影。

至少我在索赔申请表上会填"跳出"。但是我想真实情况是迈步、闲逛、溜达，甚至散步。

我刹车踩得太慢，吓得双手僵直，眼看着蓝色身影往后退，等站稳后用拳头砸向嘉年华的引擎盖，前保险杆还在冲向她的小腿。

再没有任何余地。如果保险杠沾了泥，也许会碰到她。但保险杠很干净，车也没撞到她，这让我立刻转为愤怒。我用力推开车门，正要下车去指责对方，却发现那双我差点撞断的腿有些眼熟。我抬头一看，蓝色身影的脸上有一双能让男人魂不守舍的灰色眸子和一口洁白的牙齿，此刻正露出几颗。

"天啊，"我说，"萨拉。"

她瞪着我，脸色发白，一半是因为吃惊，另一半也是因为吃惊。

"托马斯？"

我们凝视着对方。

当我们在明亮的阳光下，站在英国伦敦科克街上，听着车里播放的史提夫·汪达的歌声，凝视着对方的时候，周围的事物似乎发生了变化。

我不知道怎么回事，但在几秒钟内，所有的购物者、商人、建筑工人、游客和交通管理员，连同他们的鞋子、衬衫、裤子、裙子、袜子、背包、手表、房子、汽车、贷款、婚姻、胃口和野心……都渐渐消失了。

只剩下萨拉和我站在一个寂静无声的世界里。

"你还好吗？"一千年后我说。

这是脱口而出的，我都不知道自己指的是哪方面。我没有伤到她，所以她还好吗？还是很多其他人没有伤到她，她还好吗？

萨拉看着我，好像她也不知道我指的是什么。过了一会儿，我们选择了第一种解释。

"我很好。"她说。

接着，我们电影中的群众演员好像刚过完午休，又开始工作，发出声响：聊天、拖曳脚步、咳嗽，放东西。萨拉轻轻转了转手腕。我回头去看福特的引擎盖。她在上面锤出了一个凹痕。

"你确定吗？"我说，"我是说，你刚才准是……"

"确定，托马斯，我很好。"她沉默了一阵，捋捋裙子，我则看着她捋裙子。然后她抬头看着我。"你呢？"

"我？"我说，"我……"

哎，我想说，但是从何说起呢？

我们去了一家名叫"无名郡公爵"的酒吧，位于伯克利广场附近马厩街的角落里。

萨拉找了一张桌子坐下，打开手提包，当她像其他女人一样在包里摸索时，我问她喝点什么。她说大杯威士忌。我不记得是否应该让刚受到惊吓的人喝酒，但我知道在伦敦酒吧里不允许点热甜茶，于是我来到吧台前，点了两杯双桶麦卡伦纯麦威士忌。

我看着她、窗口和门口。

他们肯定在跟踪她。一定是这样。

既然有这么多风险,我难以相信他们会让她在没有人陪同的情况下四处走动。我是狮子——如果你肯信我这一回的话,而她是被拴住的羊。放养她简直是疯了。

除非。

没有人进来,没有人探头张望,没有人在经过的时候往里瞥一眼。什么也没有。我看着萨拉。

她翻完了手提包,正面无表情地坐着看酒吧中央。她不是在发呆,脑袋放空,就是想太多事,大脑一片混乱。我无法判断。我能肯定的是,她知道我在看她,所有她没有看我这一点很奇怪。虽然奇怪,但不犯法。

我拿到两杯威士忌,再回到她的位子上。

"谢谢。"她说,从我手里接过杯子,一口气把威士忌灌进肚里。

"慢点喝。"我说。

她用带着挑衅的眼神看了我一会儿,好像我不过是又一个在漫漫长路上阻挡她、干涉她的人。接着她想起了我是谁——或者想起了假装记得我是谁,笑了。我也笑了。

"在雪莉酒橡木桶里酿制十二年,"我高兴地说,"囚在高地山坡上,等待着重要时刻——然后砰的一声,还不够塞牙缝的。谁愿意当单一纯麦威士忌?"

显然,我在发牢骚,但眼下我感觉自己有权这样做。我被枪击,被打,被从摩托车上撞下来,被监禁,被骗,被威胁,被睡,被屈尊俯就地对待,被逼着向未曾谋面的人开枪。我冒了几个月的生命危险,再过几小时得继续冒险,这一次不仅是我一个人的,还有许多其他人的生命危险,其中有我非常喜欢的人。

而这一切的原因——这个我参与了许久的智力竞赛的大奖,此刻就坐在我面前,在一间安全、温暖的伦敦酒吧里喝着威士忌。外面的行人来来往往,买着袖扣,谈论着难得一见的好天气。

我想，换作是你，也会发牢骚的。

我们回到车上，我负责开车。

萨拉依然话不多，不过她很肯定地说没有人跟踪她，我说很好，那我就放心了，心里却没有信。于是我一边开车，一边留意后视镜。我进入狭窄的单行道，开上没有车辆的林荫大道，又在西路来回急速变更车道，却没有发现被跟踪的迹象。我想不惜血本，驶入再驶出两个立体停车场，那对追车来说一直是噩梦。依旧没有任何发现。

我把萨拉留在车里，下车查看有没有磁力发射器，在保险杠和轮拱下摸索了十五分钟才确定没有。我甚至中途数次停车，检查空中有没有咔嗒作响的警用直升机。

什么也没有。

如果我是个好赌之人，并且手上有赌注的话，那么我会押上全部赌注来赌我们是安全的，没被跟踪，也没被监视。

唯有我们两个人，在一个寂静无声的世界里。

人们常说黄昏、日暮或者夜幕低垂，但我觉得这些说法都不恰当。也许他们原本的意思是降临，正如夜晚降临、夜晚发生那样。不管是谁造的词，也许他们心里想的是太阳坠落。可能就是这个原因，只不过那样就会造成日落。太阳落在鲁珀特熊身上。而且，读过书的人都知道，太阳不会坠落或升起。在书里，只会说破晓或傍晚。

在现实生活中，夜幕从地面升起。白昼尽可能停留，明亮而又迫切，绝对且肯定是最后一位离开宴席的宾客，而与此同时，大地在变暗，夜晚渗出，渐渐没过你的脚踝，吞噬掉落的隐形眼镜，让你错过最后一刻的最后一球。

当我和萨拉在汉普斯特德荒野散步的时候，夜晚升起了。我们时而牵牵手，时而松开。

大部分时间我们都没出声，静静聆听我们的脚滑过草叶、踩踏泥土、踢到石头的声音。燕子从一处飞掠到另一处,在树林和灌木丛间鬼鬼祟祟地钻进钻出。这一晚汉普斯特德荒野有很多人在行动,也许每晚都是如此。到处都是男人,他们或单独行动,或成双成对,或三五成群,或发表评论,或做手势,或相互协商,把事情做成:彼此接通电源,让对方发出或接收那一微秒电荷,从而能各自安心回家,集中精神坦然观看《摩斯警长》。

这就是男人,我想。无拘无束的男性之爱,并非没有爱情,但与爱情有区别,短暂、有序、高效,就像菲亚特熊猫。

"你在想什么?"萨拉问道,一边走一边盯着地面。

"想你。"我几乎脱口而出。

"我?"她说,我们又走了一会儿,"好的还是坏的?"

"哦,肯定是好的。"我看着她,但她在皱眉,眼睛依然盯着地面。"肯定是好的。"我又说了一遍。

我们来到一个池塘边,驻足望着水面,往里面扔石头,并向它表达感恩之情,出于某种人类会被水吸引的古老机制。我想起了上一次我们在亨利的河边独处时的场景。在布拉格之前,在"正义之剑"之前,在所有其他事情之前。

"托马斯。"她说。

我转过头来,迎面看着她,因为我突然感觉到,她在脑中预演过什么,现在想赶紧付诸行动。

"萨拉。"我说。

她没有抬头。

"托马斯,我们逃走,你觉得怎么样?"

她停顿了一会儿,然后,终于抬起头来看我——她那双美丽的、有神的、灰色的眼睛,而我从中看到了满溢的绝望。"我是说,一起,"她说,"离开这个鬼地方。"

我看着她,叹了口气。我想,在另一个世界里也许可以。在另一个世界,另一个宇宙,另一个时间,作为两个截然不同的人,我们也许真的可以抛开一切,飞往某个阳光灿烂的加勒比海岛,一整年不间断地做爱,喝菠萝汁。

但是此刻不能这样做。那些我想了很久的事,此刻我知道了;而那些我知道了很久的事,此刻我厌恶自己知道了。

我深吸了一口气。

"你对拉塞尔·巴恩斯了解多少?"我说。

她眨了眨眼。

"我问你对拉塞尔·巴恩斯了解多少。"

她看了我一会儿,然后爆发出一阵笑声;当我意识到自己陷入大麻烦时,也会这样笑。

"巴恩斯,"她说着,移开视线,摇了摇头,好像我刚刚问的是她喜欢可口可乐还是百事可乐,"这跟……"

我抓住她的手臂,让她转过来面向我。

"回答我的问题,好吗?"

她眼中的绝望正在转变为恐慌。我吓到她了。老实说,我自己都被吓住了。

"托马斯,我不知道你在说什么。"

啊,就是这样。

最后一丝希望破灭。当她在升起的夜晚站在池塘边对我撒谎的时候,我确信了我所知道的事。

"是你打电话给他们的,对吗?"

她试着挣脱我的手,接着又爆发出一阵笑声。

"托马斯,你……你怎么回事?"

"别这样,萨拉,"我说,继续抓着她的手臂,"别演了。"

她现在变得很害怕,开始使劲逃开。我并没有松手。

"天啊……"她说,但是我摇头,她没再说下去。她对我皱眉时我摇头,她表现出害怕的样子时我也摇头。我等着她放弃所有尝试。

"萨拉,"我最后说,"听我说。你知道梅格·瑞恩是谁吗?"她点点头。"嗯,梅格·瑞恩做你刚才做的事可以赚上百万美元。甚至上千万。你知道为什么吗?"她看着我。"因为把戏演好是件很困难的事,能近距离完成这些表情的人全世界不超过十个。所以别再演戏,别再假装,别再撒谎。"

她闭上嘴,好像突然放松下来,于是我也放松下来,最后完全松开了她的手臂。我们像两个成年人一样站在那里。

"是你打电话给他们的,"我又说了一遍,"我来到你家的第一晚你给他们打了电话。我被从摩托车上撞下来的那晚,你也从餐厅给他们打了电话。"

我不想说出最后那部分,但总得有人说出来。

"你给他们打了电话,"我说,"他们来杀了你父亲。"

她哭了一个小时,在汉普斯特德荒野,在长椅上,在月光中,在我的怀里。世间的眼泪都流淌到她的脸上,并渗进大地。

有那么一刻,她哭得太凶、太大声,以至于我们周围开始三三两两地聚集人群,他们相互嘀咕着报警,又立刻想到别的问题。我为什么搂着她?我为什么搂着一个背叛亲生父亲、像用厕纸一样利用我的女人?

问住我了。

最后哭声渐缓,我继续搂着她,感到她的身体像小孩哭后打嗝一样抽搐、发抖。

"他不该死的,"她突然用一种清晰、坚定的声音说,让我怀疑它是从别的地方发出来的,也许的确是,"那不该发生的。事实上,"她用衣袖擦了擦鼻涕,"他们还向我保证他会没事。他们说,只要有人阻止他,就什么事都不会发生。我们父女俩都会没事,我们会变得……"

她变得支支吾吾,虽然她的声音尽力克制,但我能听出她快被负罪感淹没了。

"你们会变得怎么样?"我说。

她昂起头,伸展挺拔的脖子,对着别的方向展示它。

然后她笑了。

"富裕。"她说。

有一瞬间我差点也笑出来。这是多么荒唐的词语、多么荒唐的事情。它听起来就像一个人、一个国家或一种色拉的名字。不管这个词代表什么意思,它指的肯定不是拥有很多钱。这纯粹是无稽之谈。

"他们保证你们会变得富裕?"我问。

她深吸一口气,又重重地呼出,她的笑声消失得如此之快,让人怀疑它从未发生过。

"是,"她说,"富裕,有钱。他们说我们会拿到很多钱。"

"对谁说?你们俩?"

"天啊,不是。爸爸不会……"她停了一会儿,浑身剧烈颤抖,接着她微微抬起下巴,闭上眼睛,"他绝不会听信那些鬼话。"

我的脑海中出现了他的脸,还有那热切、坚定、获得新生的表情。他一生都在赚钱、发迹、支付账单,接着,他及时发现了那根本不是这场游戏的目的。他看到了改正的机会。

托马斯,你是一个好人吗?

"所以他们许诺给你一笔钱。"我说。

她睁开眼睛,快速地笑了笑,又擦了擦鼻子。

"他们许诺给我各种东西。一个女孩能渴望的一切。事实上,她已经得到了,直到她父亲决定从她手上夺走。"

我们就那样坐了一会儿,握着手,思考并谈论着她都干了些什么。但是我们没有谈很久。当我们开始说话时,都以为这是我们有生以来与人类展开的最重大、最深刻、最漫长的对话。但我们几乎立刻意识到事实并非如此。因为这没有意义。有太多话要说,太多解释要给,却都似乎没有必要说出来。

那我就说了。

在亚历山大·沃尔夫的领导下,盖纳·帕克公司生产弹簧、杠杆、门闩、地毯防滑垫、皮带搭扣,以及西方生活所需的上千种零部件。他们生产塑料制品、金属制品、电子设备和机械,一些供应给零售商,一些供应给制造商,另一些供应给美国政府。

一开始,这有利于盖纳·帕克公司的发展。要是能做出取悦沃尔沃斯采购部主管的马桶坐圈,那你就赚翻了。要是能遵照军用马桶坐圈的规格——我向你保证,存在军用马桶这种东西,也存在这种规格,据我估计,那些规格也许能写满三十页 A4 纸——要是能遵照规格做出取悦美国政府的马桶坐圈,那你就能赚得盆满钵满。

盖纳·帕克公司并不生产马桶坐圈,而是生产一种小巧的电子开关,通过半导体达到传感效果。它既是空调温控器制造商必需的零件,也能用于新型军用柴油发电机的冷却装置。于是在一九七二年二月,盖纳·帕克和亚历山大·沃尔夫正式签约成为美国国防部的子承包商。

这份合同给他们带来了难以估量的利益。除了批准甚至鼓励盖纳·帕克公司把市场价为五美元的东西定到八十美元之外,这份合同还是高品质、蓝筹股的证明,让全世界需求小巧智能零件的客户踏破门槛。

从那一刻起,一切都顺风顺水。沃尔夫在军用物资行业的地位节节攀升,他能越来越频繁地接触到掌管那个世界(因此可以说是掌管整个世界)的重要人物。他们对他微笑,和他开玩笑,引荐他进入长岛的圣里吉斯高尔夫俱乐部。他们半夜给他打电话,为了这样那样的事说个没完。他们邀请他去汉普顿的海上玩,更重要的是接受了他的回请。他们给他寄圣诞贺卡,接着是圣诞礼物,最后他们开始请他参加两百人的共和党晚宴,席间不免谈论预算赤字和美国经济复兴之类的话题。他爬得越高,签到的合同就越多,参加的晚宴也就越小型、越亲密。最后,他们完全抛开了党派政治,转而进入常识政治,如果这样说你能理解的话。

在一次这样的晚宴结束时,一位军工业同行因为几杯干红葡萄酒喝得有点上头,向沃尔夫传递了一则流言。流言的内容不切实际,沃尔夫根本不相信。事实上,他觉得那很可笑,以至于他决定在一次常规的深夜电话中和一位大人物分享——结果他还没来得及抖开包袱,对方就挂断了电话。

亚历山大·沃尔夫决定对付军工复合体的那天,一切都变了,不管是对他、对他的家人,还是对他的公司而言。形势立刻发生变化,而且不可逆转。军工复合体从沉睡中被唤醒,抬起一只巨大的、懒洋洋的爪子,像拍一个凡人一样拍走了他。

他们终止了现有的合同,撤回了可能即将签订的合同。他们使他的供应商破产,使他的劳动力瘫痪,还对他展开偷税漏税调查。他们在几个月内陆续购进他公司的所有股票,再在几个小时内全数抛售。当这一招不管用后,他们又控告他走私毒品。他们甚至因为他没有更换球道草皮而将他驱逐出圣里吉斯高尔夫俱乐部。

这些都没有影响到亚历山大·沃尔夫,因为他知道自己看到过前路亮起绿灯。但那影响到了他女儿,那头野兽知道这一点。它知道亚历山大·沃尔夫的母语是德语,美国是他的第一信仰;十七岁时,他在面包车后车厢卖衣架,独自住在位于新罕布什尔州洛斯的地下室里,父母双亡,名下存款不足十美元。那就是亚历山大·沃尔夫的出身,也是他准备重新面对的处境,如果真走到这一步的话。对亚历山大·沃尔夫来说,在人生的任何阶段,贫穷都绝不是黑暗、未知或其他什么值得害怕的东西。

但他女儿不一样。她只享受过豪宅、大泳池、豪车,以及昂贵的口腔护理,贫穷把她给吓坏了。对未知的恐惧使她变得脆弱,这一点野兽也知道。

于是,一个男人趁机接近她。

"那么……"她说。

"是啊。"我说。

她抖得牙齿咯咯作响,我这才意识到我们已经坐了很久,也知道自己还有很多事要做。

"我最好把你送回家。"我说着站起身。她没有跟我一起站起来,而是在长椅上蜷缩起来,双手捂着肚子,好像正承受着痛苦。她的确很痛苦。当她说话的时候,她的声音格外的轻,我不得不蹲下来才能听清楚。我蹲得越低,她就越努力避开我的视线。

"不要惩罚我,"她说,"不要因为我父亲的死惩罚我,托马斯,因为我自己就能做到。"

"我不会惩罚你,萨拉,"我说,"我只是送你回家,仅此而已。"

她抬起头,再次直视我,我看到她眼中闪过一种新的恐惧。

"但是为什么要回家?"她说,"我是说,我们走到了这一步。我们一起可以做任何事,去任何地方。"

我低头看着地面。她还是没有明白。

"那你想去哪儿?"我问道。

"这不重要,不是吗?"她说,因为绝望而变得更大声,"重要的是我们可以离开。我是说,上帝啊,托马斯,你知道的……他们控制了你,是因为他们威胁要害我,他们控制了我,是因为他们威胁要害你。这就是他们的行事风格。现在这一切都结束了。我们可以立刻动身,远走高飞。"

我摇了摇头。

"恐怕现在事情没这么简单,"我说,"如果之前还算简单的话。"

我停下来想了一会儿,不知道该告诉她多少。其实什么都不该说,但是管他呢。

"这件事不仅仅跟我们俩有关,"我说,"如果我们甩手走开,其他人会因为我们而丧命。"

"其他人?"萨拉说,"你在说什么? 其他什么人?"

我对她笑了笑,因为我想让她好受些,不那么害怕,也因为我想起了其他所有人。

"萨拉,"我说,"你和我……"

我结巴了。

"什么?"她说。

我深吸了一口气,没有任何委婉的表达方式。

"我们必须做正确的事。"我说。

第二十三章

当两个强者相遇,

尽管他们来自地球两端,

却没有东西方、国界、种族、出身的分别。

——鲁德亚德·吉卜林

千万别抱着对电影的憧憬去卡萨布兰卡。

事实上,如果你不是太忙,日程也排得不满,压根别去卡萨布兰卡。

人们经常把尼日利亚及其沿海邻国统称为非洲的腋窝。这么说不公平,因为据我观察,世界那一端的人文、地理、风景和啤酒都是第一流的。然而,当你在一个光线不足的房间里,眯着眼睛看地图,玩海岸线像什么的游戏时,你可能会说,没错,尼日利亚的海岸线的确像腋窝。

倒霉的尼日利亚。

但如果尼日利亚是腋窝,那么摩洛哥就是肩膀。而如果摩洛哥是肩膀,那么卡萨布兰卡就是肩膀上一块扎眼的、红色的、不雅的疙瘩,它会出现在你和订婚对象相约去沙滩的早上,会被胸罩带或背带(取决于性别)蹭得更疼,让你下定决心从此多吃新鲜蔬菜。

卡萨布兰卡是臃肿的、蔓生的、工业的。一个充满水泥粉尘和柴油废气的城市,阳光照下来似乎没有增加色彩,反而漂白了一切。没有一处值得欣赏的风景,除非你想背上行李、搭上飞机,来看五十万穷人在纸板和波纹铁皮搭成的简陋房屋里挣扎求生。据我所知,这里甚至没有博物馆。

你也许听出来我不喜欢卡萨布兰卡。你也许认为我在劝阻你,或帮你做决定,但我无权这么做。我只是想提醒你,如果你和我一样,一辈子都坐在酒吧、咖啡馆、旅馆或口腔诊所里，望着门口，等待穿着奶白色连衣裙的英格丽·褒曼翩然而至，她一眼就看到了你，红着脸，风情万种地诉说人生并非毫无意义——如果以上这些触动了你的心弦，那么卡萨布兰卡会让你失望透顶的。

我们分成两队：白色皮肤和橄榄色皮肤。

弗朗西斯科、拉蒂法、本杰明和雨果是橄榄色皮肤组，伯恩哈德、塞勒斯和我是白色皮肤组。

这听起来也许不够时髦，甚至令人震惊。你想象中的恐怖主义组织可能会注重平等就业机会，根据肤色来分配工作根本站不住脚。好吧，在理想的世界中，恐怖分子可以做到公平。但在卡萨布兰卡，情况有所不同。

白人不能在卡萨布兰卡的街上随意走动。

非上街不可的话，也要准备好身后簇拥着五十个奔跑的孩子，他们叫着、喊着、指着、笑着，向你兜售美元和印度大麻——很便宜的，最低价格。

如果你是个白人游客，那就接受现实吧。显然只能这样。你对他们微笑、摇头，用阿拉伯语说"不用了，谢谢"，引来更多笑声、喊叫和指指点点，导致另外五十个孩子过来跟随你的魔笛，奇怪的是他们所有人都有最便宜的美元——通常你只能尽力享受整个过程。毕竟你是个游客，拥有奇怪的异国外貌，还可能穿着短裤和可笑的夏威夷衬衫，所以他们为什么不对你指指点点？为什么通往烟草店的五十米路程不能花上四十五分钟，把路堵得水泄不通，刚好给摩洛哥晚报提供新闻素材？归根结底，这就是你出国的理由。为了身处国外。

以上的前提是，你是个游客。

另一方面，如果你出国是为了用自动武器占领美国领事馆，绑架领事和工作人员，索要一千万美元的赎金，并要求立即释放二百三十名政治犯，接着在领事馆布下六十公斤的C4炸药，坐私人飞机逃之夭夭；如果你在出境申请表的访问目的一栏中差一点这样填了，但由于受过严格的专业训练而没有犯这种错误——那么，老实说，你可以甩掉街上一直盯着你、指着你的孩子们。

所以橄榄色皮肤组负责把风，白色皮肤组准备袭击。

我们在穆罕默迪耶区占领了一所被废弃的学校。这里原本可能是铺满草皮的高档郊区，但现在已经不是了。草地早已被造房子用的波纹铁皮覆盖，下水道是路边挖的沟，而路，不知猴年马月才能修好。听天由命。

这是一个贫穷的地方，到处都是穷人，粮食短缺，淡水只是老人们在漫长的冬夜讲给孙子听的故事。这倒不是说在穆罕默迪耶区有很多老人。在这里，老人的角色通常由四十五岁就没了牙齿的人来扮演，他们喝甜得掉牙的薄荷茶，把它当作生活标准。

学校很大。三面是两层的楼房，中间是一个水泥天井，孩子们曾经肯定在这里踢足球，做祷告，接受如何惹恼欧洲人的课程。教学楼外面是一堵十五英尺高的围墙，只有一扇铁门通往天井。

这是个可以让我们制定计划、接受训练、放松身心的地方。还能在这里相互吵一架。

吵架的起因都是些鸡毛蒜皮的小事。突然反感烟味，谁喝了最后一杯咖啡，今天谁坐在路虎的副驾驶座上。但是情形似乎越来越恶劣。

一开始，我没多想，因为我们正在做的事比以往任何时候都重要得多。米伦与它相比是小事一桩，毫无阻碍。

卡萨布兰卡的阻碍就是警察。也许他们的出现和我们团队里不断升级的紧张气氛、抱怨与争吵有关，因为他们无处不在。他们有着不同的体形和尺码，穿着象征不同权力和职权的制服，但归根结底，要是他们不喜欢你看他们的眼神，就能把你折磨得很惨。

比如，卡萨布兰卡每个警察局的大门口都站着两个持自动手枪的人。

两个人。自动手枪。为什么？

你可以一整天都站在那里，观察这些人，他们显然没抓到一名罪犯，没平息一场暴动，没击退一次外敌，事实上，没做出一件改善摩洛哥民众生活的事。

当然，不管是谁决定把纳税人的钱用在他们身上——下令让米兰高档时装店来设计制服，眼镜必须用护目镜款式——都可能会说"我们当然没有受到外敌侵犯，因为每个警察局门口都站着两个持自动手枪、穿小两号衬衣的人"。你只能低着头，后退着离开办公室，因为跟他们没法讲逻辑。

摩洛哥的警察是整个国家的体现。把摩洛哥想象成一间酒吧里的大个子，而民众是同一间酒吧里的小个子。大个子掀起衣袖露出带文身的肱二头肌，对小个子说："是你洒了我的啤酒？"

摩洛哥警察就是那文身。

对我们而言，他们肯定是个问题。类型太多，每一种类型又都有太多人，配备太多武器。什么都太多了。

也许这就是为什么我们会紧张不安。也许这就是为什么五天前，说话轻声细语、喜欢下象棋、曾以为自己会当拉比的本杰明会骂我是该死的混蛋。我们当时围坐在餐厅的支架台旁，嚼着塞勒斯和拉蒂法做的塔吉锅炖菜，没人想说话。白色皮肤组一整天都在搭建领事馆前半部分的全尺寸模型，我们疲惫不堪，浑身散发着木头味。

现在，模型像学校的童话剧布景一样摆在我们身后，有人会时不时地从食物前抬起头来看它，想知道自己有没有机会看到实物，或者，在看过实物之后还有没有机会看其他任何东西。

"你是个该死的混蛋。"本杰明说着跳起来，站在那儿，攥紧又松开了拳头。

所有人不发一言，过了一会儿才弄明白他指的是谁。

"你骂我什么？"里奇说，在椅子上微微挺起身子。这是个不容易发火的人，但是一旦被惹恼，也不是好对付的。

"你听到了。"本杰明说。

有一瞬间,我不确定他是要打我还是要哭。

我看向弗朗西斯科,希望他能劝本杰明坐下、出去或者干点什么,但弗朗西斯科只是一边看着我,一边嚼着炖菜。

"我怎么你了吗?"里奇转向本杰明说。

但他只是继续站在那儿,瞪着我,攥紧拳头,直到雨果突然提高嗓门,称赞今天的炖菜做得真好吃。大家都心怀感激地接过话茬,说是啊,是不是很棒,不,并不太咸。"大家"不包括我和本杰明。他瞪着我,我也瞪着他,只有他心里清楚这究竟是怎么回事。

然后他用鞋跟转身,大步走出餐厅,过了一会儿,我们听到铁门嘎吱打开的声音,接着是路虎的发动机轰鸣的声音。弗朗西斯科继续看着我。

自那以后又过了五天,本杰明对我露出过几次笑容,现在我们准备好出发了。我们拆解了模型,收拾好行李,把桥烧了,做完祷告。这场行动让人充满期待。明天早上九点三十五分,拉蒂法会去美国领事馆咨询有关签证申请的信息。九点四十分,伯恩哈德和我会去见商务专员罗杰·布坎南先生。九点四十七分,弗朗西斯科和雨果会推着推车出现,上面装有四桶矿泉水和给签证处西尔维·霍瓦斯的发货单。

西尔维确实订了矿泉水,但不在桶下面的那六个纸箱里。

九点五十五分,算上一秒误差,塞勒斯和本杰明会开着路虎冲进领事馆的西墙。

"为了什么?"所罗门问道。

"什么为了什么?"我说。

"路虎,"他从嘴里拿出铅笔,指着示意图说,"那样冲不进去。那可是两英尺厚的钢筋混凝土,路边还有路桩。即使你能冲过去,也马上就会被减速。"

我摇了摇头。

"路桩只是为了闹出动静，"我说，"撞上后会发出巨响，触发喇叭，然后本杰明从驾驶座上开门下来，衬衫上全是血迹，塞勒斯在一旁喊救命。我们让尽可能多的人到大楼西侧去探查噪声的来源。"

"他们有急救设施吗？"所罗门问。

"在一楼，楼梯边的储藏室里。"

"有急救人员吗？"

"所有美籍职员都上过急救课，但杰克最有资质。"

"杰克？"

"杰克·韦伯，"我说，"领事馆保安，曾在美国海军陆战队服役十八年，右侧裤兜里常备一把标准九毫米口径的贝雷塔。"

我没再说下去。我知道所罗门在想什么。

"所以呢？"他说。

"拉蒂法有防狼喷雾。"我说。

他稍稍做了些笔记，但写得很慢，好像知道自己记的东西没多大用处。我也知道。

"她还会在包里放一把微型乌兹。"我说。

我们坐在所罗门租来的标致车里，停在拉斯夸拉附近的高地上。拉斯夸拉是一座建于十八世纪、几近坍塌的宏伟建筑，顶上曾是俯瞰港口的炮兵阵地。你可以在这里眺望卡萨布兰卡最美的景色，但是我们都没有心情欣赏。

"那么接下来会发生什么？"我说，用所罗门的仪表盘点燃了一支烟。之所以说仪表盘，是因为我取点烟器的时候拖出了一大截仪表盘，用了很长时间才把整个东西装回去。接着我抽了一口烟，试着从打开的窗户吐烟，但没有做到。

所罗门继续盯着他的笔记。

"想必，"我帮他开口道，"通风管道里会藏有一个旅的摩洛哥警察和中情局探员。想必当我们走进去的时候，他们会突然跳出来，大叫我们被捕了。想必'正义之剑'和任何与它相关的人都会很快出现在距离这座电影院两百米的法庭内。想必这一切不会引起任何人的注意。"

所罗门深吸一口气,又慢慢呼出。接着他开始以我十年未见的方式揉起了肚子。所罗门的十二指肠溃疡是唯一能让他停止思考工作的事情。

他转过身来,看着我。

"他们要派我回去了。"他说。

我们相互看了一会儿。然后我开始笑了。此情此景其实没什么可笑的,我只是情不自禁地笑了起来。

"当然,"我最后说,"他们当然要派你回去。那样才说得通。"

"听着,托马斯。"他说,我能从他脸上看出他有多不情愿。

"'感谢你兢兢业业的工作,所罗门先生,'"我模仿拉塞尔·巴恩斯的声音说,"'我们当然还得感谢你的专业素养和奉献精神,但是接下来的事情就交给我们吧,如果你不介意的话。'哦,简直完美。"

"托马斯,听我说,"他在三十秒内叫了我两次托马斯,"赶紧脱身,逃命吧,好吗?"

我对他笑了笑,这让他说得更快了。

"我可以把你带到北部的丹吉尔,"他说,"你自己想办法去休达,然后坐渡轮去西班牙。我会联系当地的警察,让他们在领事馆外面停一辆面包车,整件事就平息了。这一切都没有发生过。"

我看着所罗门的眼睛,看到了他眼中所有的烦忧。我还看到了他的愧疚和遗憾——我看到了他眼中的十二指肠溃疡。

我从车窗扔出烟头。

"有意思,"我说,"萨拉·沃尔夫也让我这么做。她说的是飞走。去往阳光灿烂的沙滩,远离让人抓狂的中情局。"

他没有问我什么时候见过她,也没有问我为什么不照她说的做。他自己的麻烦就够他操心的了。他的麻烦就是我。

"那么,"他说,"托马斯,看在上帝的分上,听她的吧,"他伸出手,抓住我的手臂,"这整件事太离谱了。如果你走进那栋大楼,不可能活着出来。你心里很清楚,"我只是坐在那儿,这惹恼了他,"上帝啊,是你一直在说这件事的危害。你自始至终都清楚后果。"

"哦,拜托,大卫。你也清楚。"

我说话的时候看着他的脸。他有百分之一秒的时间用来皱眉、目瞪口呆,或者反问我在说什么,但他错过了机会。一旦过了那百分之一秒,我就看明白了,他也明白我看明白了。

"那张萨拉和巴恩斯在一起的照片,"我说,所罗门依然面无表情,"你知道那代表着什么。你知道对此只有一种解释。"

最后,他垂下目光,松开了我的手臂。

"那件事之后,这两个人怎么会出现在一起?"我说,"只有一种解释。那发生在那件事之前而不是之后。照片是在亚历山大·沃尔夫中枪之前拍的。你知道巴恩斯在干什么,你知道或者说猜到了萨拉在干什么。你只是没有告诉我。"

他闭上眼睛。如果他是在乞求原谅,那么他没打算说出口,也不是从我这里乞求。

"UCLA现在在哪儿?"过了一会儿我说。

所罗门轻轻摇了摇头。

"我没听说过这种设备。"他说,仍然闭着眼睛。

"大卫……"我刚想说话,所罗门就打断了我。

"别这样。"他说。

所以我让他想好自己必须想的事,做好自己必须做的决定。

"主人,我只知道,"所罗门最后说,语气突然像回到了过去,"一架美国军用运输机今天正午降落在直布罗陀英国皇家空军基地,卸下了大量机械零件。"

我点了点头。所罗门已经睁开了眼睛。

"大量是多少?"

所罗门又深吸了一口气,想一次把事情说完。

"一个朋友的朋友的朋友在现场,他说有两个大木箱,每一个大约是二十英尺乘十英尺乘十英尺,还有十六名男性乘客,其中九名穿着制服。他们立刻接管了木箱,把它们转移到他们专用的靠近外围栅栏的机库。"

"巴恩斯?"我说。

所罗门想了一会儿。

"我不能说,主人。但是朋友的朋友的朋友认为,他可能认出其中有一个是美国外交官。"

外交官,我信你个鬼。

"据那个朋友说,"所罗门继续道,"还有一个穿着奇怪便服的人。"

我直起身,感到手心立刻渗出了汗水。

"怎么奇怪?"我问。

所罗门歪着头,努力回想精确的细节,好像他不得不这么做似的。

"黑色外套,黑色条纹裤,"他说,"那个朋友说他看起来像个酒店侍者。"

还有皮肤上的那层光泽。金钱的光泽。默尔达的光泽。

行,我想道,人都到齐了。

在我们驶回市中心的路上,我向所罗门描述了我要做的事和我需要他做的事。

他时不时地点点头,每一秒都像在煎熬,但他肯定注意到了,我也并没有为此而感到高兴。

当我们到达领事馆大楼时,所罗门立刻减速,然后慢慢绕过街区,直到我们来到猴谜树下。我们抬头看了一会儿那高高的、浓密的树枝,然后我朝所罗门点点头,他下车,打开后备厢。

里面有两个包裹,一个是鞋盒大小的长方形,另一个是近五英尺长的管形。两个都包着棕色牛油纸,没有记号,没有序列号,也没有保质期。

我能看出所罗门并不想碰那两个包裹,于是我俯身将它们拖了出来。

当我走向领事馆的围墙时,他甩上车门,发动了车子。

第二十四章

但是你听！我的脉搏像轻柔的鼓点，
随着我的脚步颤动，告诉你我来了。

——亨利·金主教

卡萨布兰卡的美国领事馆位于穆雷·尤西斯林荫大道中间，这里是十九世纪宏伟的法国建筑中一块极小的飞地，为了帮助疲惫的殖民者在一天辛苦的基础设施建设后放松身心而建。

法国人到摩洛哥来修建公路、铁路、医院、学校，培养时尚品位——所有普通法国人都知道的现代文明不可或缺的东西。到了五点，法国人看着自己的劳动成果，感到很满意，认为自己有权过上王公贵族的生活。他们一度做到了。

但是当邻国的阿尔及利亚发生暴动时，法国人意识到，有时候留点缺憾未尝不是件好事。于是他们打开路易威登的行李箱，装进一瓶瓶各式各样的须后水，以及滚到厕所水箱后面的一个瓶子，凑近一看，发现那也是须后水，然后他们带着行李钻进了夜色。

法国人留下了灰泥粉饰的宏伟宫殿，继承它们的不是王子、苏丹或者身家百万的企业家，也不是夜店歌手、足球运动员、黑帮老大或者电视明星，而是外交官，令人称奇。

我之所以说令人称奇，是因为无一例外。在这个世界上的每个国家、每个城市，外交官的住宅和办公楼都是最值钱、最让人向往的房子。公馆、城堡、宫殿，或者带猎鹿场、楼上十房楼下十房的豪宅，不管是什么，不管在哪儿，外交官走进去，环顾四周，然后说，好吧，我想我能忍受。

伯恩哈德和我捋直了领带,确认了表上的时间,快步走上通往正门的台阶。

"两位先生有什么需要帮忙的吗?"

商务精英布坎南年过五旬,已经坐到了美国外交部的最高位置。卡萨布兰卡是他被派驻的最后一个地方,他在这里待了三年,当然也喜欢这里的生活。人民朴实善良,国家繁荣安定,虽然食物有些油腻,但除此之外无可挑剔。

油腻的食物没有阻挡布坎南的胃口,因为他至少有两百斤,对于一米八的身量来说也算得上肥胖了。

伯恩哈德和我惊讶地看着彼此,好像无论我们谁先开口都没关系。

"布坎南先生,"我郑重其事地说道,"正如我的同事和我在信中提到的,我们生产的是北非地区目前为止质量最好的厨房手套。"

伯恩哈德缓缓地点了点头,好像他本来要说全世界质量最好的,但也不介意我这样说。

"我们在非斯、拉巴特都有工厂,"我继续说,"而且很快就会在马拉喀什郊区再开一家。我们提供的是最优质的产品,这一点我敢打包票。如果你是那种愿意分担家务的新派男士,那么你可能听说过或者使用过它。"

我像个傻子一样哈哈大笑,伯恩哈德和罗杰也跟着笑了。男人,戴厨房手套,这个创意不赖。伯恩哈德接过我的话,在他的椅子上倾身,用低沉、得体的德语口音说道:"我们的生产规模已经到了考虑申请出口北美市场的地步。我想,先生,我们需要您接下来在体制内的众多手续上帮点小忙。"

布坎南点点头,在便笺本上匆匆写了些什么。我能看到他的办公桌上放着我们的信,他似乎把"橡胶"一词圈了起来。我本想问问他为什么这么做,但现在时机不对。

"罗杰,"我起身说道,"在我们开始讨论之前。"

罗杰从便笺本上抬起头来。

"走廊尽头,右边倒数第二扇门。"

"谢谢。"我说。

洗手间里没有人,有股松木味。我锁上门,看了看手表,然后踩到马桶座圈上,轻轻推开窗。

左边,一个洒水器在精心修剪过的草坪上不厌其烦地喷射着水花。一个穿印花连衣裙的女人站在墙边,抠着指甲。几米之外,一只小狗在紧张地排便。远处,一个穿短裤和黄色 T 恤的园丁跪在地上摆弄着灌木。

右边,什么也没有。

更多的墙,更多的草坪,更多的花床。

还有一棵猴谜树。

我从马桶上跳下来,又看了看手表,打开门,来到走廊上。

四下无人。

我迅速走向楼梯,两级两级地、轻快地往下跳,手在栏杆上随意地打着节拍。我经过一个没穿外套、捧着文件的男人,趁他还没来得及开口,我大声对他说了句"早上好"。

我来到一楼,向右转,看见走廊上有不少人。

两个女人站在走廊中间,相谈甚欢,我左边的一个男人在打开或者锁上办公室的门。

我瞥了一眼手表,开始放松下来,从口袋里寻找某样东西,也许我把它落在了某个地方,又或者落在了别的地方,但是回过头来一想,也许我根本不曾拥有它,但是如果我确实拥有过,我是不是应该回去找呢?我站在走廊上,皱着眉。左边的男人打开了办公室的门,看着我,正要问我是不是迷路了。

我把手从口袋里抽出来,对他笑了笑,举起一串钥匙。

"找到了。"我说。当我继续往前走的时候,他不是很确定地对我微微点了点头。

走廊尽头传来"砰"的一声,我加快脚步,右手中的钥匙发出丁零当啷的响声。电梯门开了,一辆手推车拱出电梯,往走廊里移动。

弗朗西斯科和雨果穿着简洁的蓝色连体服,小心翼翼地将手推车护送出电梯。弗朗西斯科负责推,雨果负责用双手扶住水桶。当我放慢脚步给手推车让行时,我想对他说,放轻松,看在上帝的分上,那只是水。你的样子好像在陪妻子去分娩室。

弗朗西斯科一边缓慢地往前走,一边看办公室门上的数字,看起来很自然,而雨果则不停地转头,舔嘴唇。

我在公告栏前停下来查看。我撕下了三张纸,其中两张是消防演习的通知,另一张是周日中午鲍勃和蒂娜家烧烤聚会的邀请函。我站在那里认真地阅读,好像那真有什么可读的似的,然后又看了看手表。

他们迟到了四十五秒。

我简直不敢相信。在我们经过了无数次的约定、练习、承诺、练习之后,这两个笨蛋还是迟到了。

"你好?"有人说。

五十五秒。

我望向远处的走廊,看见弗朗西斯科和雨果已经来到接待处。柜台后面的女人从老花镜的上方看着他们。

六十五秒,妈的。

"愿你平安。"弗朗西斯科轻声细语地说道。

"愿你平安。"女人说。

七十秒。

雨果敲了一下水桶的顶部,然后转过头来看我。

我开始往前走,刚走两步就听到了。

听到,也感觉到了,它就像爆炸声。

当你观看电视上播放的汽车相撞的场景时,你听到的是混音器合成的音效，你也许会认为，那就是汽车相撞所发出的声音。你忘了，或者说幸好从未体会过，当半吨金属撞上另外半吨金属（或建筑物）时会释放多少能量。即使你在一百米之外，那股巨大的能量都能让你浑身震颤。

塞勒斯的刀触发了导火线，路虎的喇叭声像动物的哀号一样划破了寂静。声音很快又消失了，接踵而至的是开门的声音、椅子被往后推的声音、人们拖着脚拥向门口的声音——他们一边看着彼此，一边回头留意着走廊。

然后他们不约而同地说起话来，大多数人都在喊"上帝啊""见鬼""怎么回事"，而我突然看到十几个人背朝着我往前疾跑，绊倒，小跳，扑到别人身上，一起朝楼梯赶去。

"你觉得我们是不是应该去看看？"弗朗西斯科对柜台后面的女人说。

她看着他，眼睛往走廊上瞟。

"我不能……你知道……"她边说边将手伸向电话机。我不知道她想打给谁。

弗朗西斯科和我迅速地相互看了一眼。

"那是不是……"我紧张地盯着女人说，"我是说，那听起来像不像爆炸？"

她一只手放在电话机上，另一只手往前伸，掌心向着窗外，请求世界停止运转，等她整理好情绪。

某处传来一声尖叫。

有人看到了本杰明衬衫上的血，或是摔倒了，或只是想叫一叫，不管是哪种情况，都让女人差点站起来。

"那是什么？"弗朗西斯科说，与此同时雨果开始绕到柜台后面。

这一次，她没有看他。

"会有人通知我们的，"她说，又瞥了一眼我身后的走廊，"我们待在原地，他们会告诉我们该怎么做的。"

她说这话的时候，响起一声金属的咔嗒声，女人立刻明白自己严重失算，说了不该说的话。因为咔嗒声有好有坏，这绝对是最坏的一种。

她转头看向雨果。

"女士,"他两眼放光地说,"我们给过你机会了。"

于是我们得手了。

不费吹灰之力,自我感觉良好。

眼下大楼已经被我们控制长达三十五分钟,总的说来,情况本来会糟糕很多。

摩洛哥员工从一楼逃跑了,雨果和塞勒斯把二楼和三楼从头到尾检查了一遍,把人赶往主楼梯,再赶到街上,其间不停且不必要地喊着"走""快点"。

本杰明和拉蒂法被安置在大厅,需要的话,他们可以从大楼前方迅速转移到后方。不过我们都知道他们不需要这么做,至少短时间内不需要。

警察陆续登场。先是轿车,然后是吉普车,现在都用上了货车。他们穿着紧身衣,分散在大楼外,大喊着让车辆离开。他们还没有决定好是若无其事地穿过街道,还是为躲避狙击枪而低着头碎步疾跑过去。他们可能看到了屋顶上的伯恩哈德,但还不知道他是谁,或者他在那里干什么。

弗朗西斯科和我来到领事办公室。

我们总共劫持了八名人质——五个男人、三个女人。伯恩哈德用库存的劣质警用手铐把他们铐在一起。我们问他们是否介意坐在精美的基里姆地毯上,并解释说,如果有人离开地毯,那他就有可能被弗朗西斯科或我用斯太尔AUG冲锋枪打死——幸亏我们记得带来了。

我们准许了领事本人的特例,因为我们不是禽兽——我们懂得等级和礼仪,也不想让一位大人物盘腿坐在地上。而且,他还得接电话。

本杰明玩了会儿总机,向我们保证,任何打进这栋楼里的电话都会转接到这个办公室来。

美国政府派驻卡萨布兰卡的常设外交代表、摩洛哥领土上仅次于拉巴特大使的二把手詹姆斯·比蒙先生,此刻正坐在办公桌后面,用冷静评估的眼神盯着弗朗西斯科。

经过调查，我们清楚地了解到，比蒙是一名职业外交官。在这个职位上，他不是你可以想见的那种已退休的皮鞋推销员。他为总统竞选募捐了五千万美元，被奖励了一张大办公桌和一年三百顿免费午餐。比蒙年近六十，身材高大、健硕，思维敏捷。他会熟练、明智地处理眼下的情况。

那正是我们要找的那种人。

"想上厕所怎么办？"比蒙问。

"每半小时一个人，"弗朗西斯科说，"你们自己决定次序，在我们中一个人的陪同下，不准锁门。"弗朗西斯科走到窗口，望向外面的街上。他把双筒望远镜举到眼前。

我看了看手表。十点四十一分。

我心想，他们会在黎明时出现的。自从突袭被发明以来，突袭者就喜欢在黎明时出现。

黎明，我们感到疲倦、饥饿、厌烦、恐惧。

他们会在黎明时来的，而且会从东方现身，背后是初升的太阳。

十一点二十分，领事接到了第一个电话。

督察瓦菲克·哈桑向弗朗西斯科作了自我介绍，然后跟比蒙打了声招呼。他没有特别的话要说，只是希望所有人能够理智行事，那样整件事都会顺利得到解决。挂断电话后，弗朗西斯科说他英语说得不错，比蒙说他两天前去哈桑家吃过晚饭。他们两人刚说到卡萨布兰卡是个多么宁静的地方。

十一点四十分，媒体赶来了。抱歉打扰了，你们有什么要说的吗？弗朗西斯科把自己的名字拼写了两次，声称只要CNN代表到场，我们就会拿出一份书面声明。

十一点五十五分，电话机又响了。比蒙接起电话，说自己此刻不方便说话，对方有没有可能明天或者后天再打过来。弗朗西斯科从他手里拿过听筒，听了一会儿，然后爆发出一阵笑声：这是个来自北卡罗来纳州的游客，他想知道领事能否保证丽晶酒店有直饮水。

连比蒙都笑了。

两点十五分,他们给我们送来了午餐:蔬菜炖羊肉,配一大锅蒸粉。本杰明从前门的台阶上把食物取来,拉蒂法则紧张地举着乌兹冲锋枪,在门口踱步。

塞勒斯不知从哪儿找来了一些纸盘子,不过没有餐具。于是我们坐下来,等着食物冷却,再用手指抓起来吃。

就目前的情况而言,这已经很好了。

三点十分,我们听到卡车发动的声音,弗朗西斯科跑到窗前。

我们俩看着警察空转着发动机,磨着齿轮,前进、倒车许多次才把车开出去。

"他们为什么要走?"弗朗西斯科一边用望远镜观察,一边说。

我耸了耸肩。

"交通管制?"

他生气地看了我一眼。

"见鬼,我不知道,"我说,"总有原因的。也许他们在挖地道,想制造点噪声来吸引注意力。我们无能为力。"

弗朗西斯科咬着嘴唇沉思了一会儿,然后来到办公桌前。他拿起听筒,拨打了大厅的电话。应该是拉蒂法接的。

"拉蒂法,保持警惕,"弗朗西斯科说,"听到任何动静,或者看到任何东西,马上打给我。"

他用力过猛地挂上了电话。

你永远无法真正做到像你假装的那样冷静,我想。

到了四点,电话已经响个不停。摩洛哥一方和美国一方每隔五分钟就打来一次,每次都要求除接听者以外的人接电话。

弗朗西斯科觉得是时候轮班了,于是他把塞勒斯和本杰明叫到二楼,我则下楼去和拉蒂法会合。

拉蒂法站在大厅中央,跳着看窗外的情形,从一只脚换到另一只脚,微型乌兹冲锋枪也从一只手换到另一只手。

"怎么了?"我说,"尿急吗?"

她看着我,点了点头。我让她快去,不用太担心。

"天快黑了。"在我们抽完半包烟后,拉蒂法说。

我看了看手表,又从后窗看了看外面。没错,太阳低垂,夜幕升起了。

"是啊。"我说。

拉蒂法对着前台玻璃窗开始调整发型。

"我去外面了。"我说。

她吃惊地回过头来。

"什么?你疯了吗?"

"我只是想去外面看看,仅此而已。"

"看什么?"拉蒂法说,我能看出她很生气,好像我真的要甩了她似的。"伯恩哈德在屋顶上,他比任何人都看得更清楚。你出去干什么?"

我咬了咬牙齿,再次看了一眼手表。

"我很在意那棵树。"我说。

"你想去看一棵该死的树?"拉蒂法说。

"枝条伸到墙外去了。我就是想去看看。"

她把头凑到我的肩膀上,望向窗外。洒水器还在运作。

"哪棵?"

"那边,"我说,"那棵猴谜树。"

五点十分。

太阳还剩一半处于地平线上。

拉蒂法坐在主楼梯的底部,靴底摩擦着大理石地板,手摆弄着乌兹。

我看着她，心里想着我们共度的夜晚，以及一起分享的欢乐、沮丧和意大利面。拉蒂法时常让人抓狂。无论在哪方面她都是一塌糊涂、无可救药，但她人不坏。

"没事的。"我说。

她抬头看着我。

我怀疑她也回忆起了同样的事情。

"谁说有事了？"她说，用手指梳理着头发，扯下一缕遮住脸，以此来回避我。

我发出一阵笑声。

"里奇。"塞勒斯靠着二楼的栏杆朝我喊道。

"怎么了？"我说。

"上来。西斯科找你。"

现在，人质四散在地毯上，头埋在膝盖之间，背靠着背。我们的要求没那么严格了，一些人的腿伸过了地毯边缘。其中三四个漫不经心地轻轻哼着《故乡的亲人》。

"怎么了？"我说。

弗朗西斯科示意我找比蒙，比蒙把听筒递向我。我皱着眉摆摆手，好像在说，可能是我妻子，反正我半小时后就到家了。但比蒙没有放下听筒。

"他们知道你是个美国人。"他说。

我耸了耸肩，表示"那又怎么样"。

"跟他们谈谈，里奇，"弗朗西斯科说，"为什么不呢？"

于是我又闷闷不乐地耸了耸肩，好像在说"上帝啊，真浪费时间"，然后慢慢走到办公桌前，我接过听筒时比蒙仍然瞪着我。

"一个该死的美国人。"他轻声说。

"去他的，"我说，把听筒放到耳边，"你好？"

电话那头传来咔嗒一声，接着是嗡嗡声，然后又是咔嗒一声。

"朗。"一个声音说。

开始了,我想。

"在。"里奇说。

"你好吗?"

这个声音来自恶棍拉塞尔·P.巴恩斯。即使受到嘶嘶的电流声干扰,他的声音听起来依然友好而又自信。

"你想干什么?"里奇说。

"挥一下手,托马斯。"巴恩斯说。

我示意弗朗西斯科把望远镜给我,他从桌子上方递过来。我拿着它来到窗前。

"往你的左边看。"巴恩斯说。

我其实并不想这么做。

在街区的一角,一堆吉普车和军用卡车中间,站着一群人。一些穿制服,一些没有。

我举起望远镜,放大的树和房子跃入眼帘,然后突然闪过巴恩斯的身影。我移到刚才的位置,稳住镜头。就是他,耳朵贴着听筒,也举着望远镜。他真的挥了挥手。

我看了看其他人,但没有看到灰色条纹裤。

"只是想和你打个招呼,汤姆。"巴恩斯说。

"当然。"里奇说。

我们等着对方开口时,线路传来爆裂声。我知道自己可以等得比他更久。

"那么,汤姆,"巴恩斯终于说道,"你什么时候出来?"

我把望远镜拿开,看了看弗朗西斯科,看了看比蒙,又看了看人质。我看着他们,想起另外一些人。

"我们不出去。"里奇说,弗朗西斯科慢慢地点了点头。我从望远镜里看到巴恩斯笑了。我没有听到笑声,因为他把听筒拿开了,但我看到他向后仰,露出了牙齿。然后他转向周围的人,说了点什么,其中几个也跟着笑了。

"当然,汤姆。当你……"

"我是认真的,"里奇说,巴恩斯则保持着微笑,"不管你是谁,你做什么都不会让我们改变主意。"

巴恩斯摇了摇头,欣赏着我的表演。

"你也许是个聪明人,"我说,然后看到他点了点头,"受过良好的教育,甚至还是个本科毕业生。"

笑容从巴恩斯脸上逐渐退去。很好。

"但是你做什么都不会让我们改变主意。"他放下望远镜,凝视着前方,并不是因为他想看见我,而是因为他想让我看见他。他面无表情。"相信我,'毕业生'先生。"我说。

他一动不动,视线穿过我们之间的二百米距离像激光一样直射过来。然后我看到他喊了句什么,又把听筒拿回到耳边。

"听着,你这个小混蛋,我才不管你想不想从里面出来。就算你出来,我也不在乎你是走出来、被裹在橡胶袋里抬出来,还是被分装在很多个小塑料袋里提出来。但我要警告你,朗……"他往嘴边贴紧话筒,我能听到他声音里的唾沫声,"你最好不要打乱计划。听明白了吗?你必须按计划行事。"

"当然。"里奇说。

"当然。"巴恩斯说。

我看到他把视线转向一边,并点了点头。

"看一眼你的右边,朗。蓝色的丰田。"

我照他说的做了,望远镜里滑过一面挡风玻璃。我稳住镜头。

奈姆·默尔达和萨拉·沃尔夫正肩并肩坐在丰田里,喝着某种用塑料杯装的热饮——等着决赛中的开球。萨拉低头看着什么,或者什么也没看,而默尔达从后视镜里看着自己。他似乎并不介意自己被看到。

"计划,朗,"巴恩斯说,"计划对每个人都有好处。"

他停顿了一下,我再次把望远镜移向左边,正好看到他在笑。

"听着,"我说,声音中带着一丝忧虑,"让我和她谈谈,好吗?"

眼角的余光中,我看到弗朗西斯科在椅子上直起了腰。我得应付他,跟他解释一下,于是我从脸上挪开话筒,转头对他尴尬地咧嘴笑了笑。

"是我妈妈,"我说,"她担心我。"

我们俩都发出了一阵轻微的笑声。

我再次举起望远镜,看到巴恩斯此刻站在丰田旁边。车里,萨拉把话筒拿到嘴边,默尔达为了看她,把身体转向一侧。

"托马斯?"她说。她的声音低沉而又沙哑。

"嗨。"我说。

我们陷入了沉默,在嘶嘶的电流声中用意念交换了一两个有趣的想法,然后她说:"我在等你。"

那正是我想听到的。

默尔达说了什么我没听清,然后巴恩斯把手伸进车窗,从萨拉手里夺过手机。"没时间谈情说爱,汤姆。只要你出来,随便你聊什么,"他露出微笑,"那么,托马斯,这一次你有什么要分享的吗?也许是一句话?甚至一个字?比如是或否。"

我站在那儿,看着巴恩斯在看我,我尽可能地拖延了时间。我想让他感受到这个决定的分量。萨拉在等我。

祈求上帝让这一招管用。

"是。"我说。

第二十五章

小心这东西,因为它非常黏。

——瓦莱丽·辛格尔顿

我说服了弗朗西斯科,将发表声明的时间推迟。

他想立刻发表,但我说在不确定中多等几个小时也无妨。一旦他们确认了我们的身份,这一事件就没那么轰动了。即使之后会有交火,也没有悬念了。

再等几个小时,我说。

于是我们彻夜等候,在不同的位置轮岗。

屋顶是最不受欢迎的,因为既寒冷又冷清,没人能在那里待着超过一个小时。除此之外,我们该吃饭吃饭,该谈天谈天,不说话的时候就思考人生,以及我们是如何走到这一步的、我们究竟是劫持者还是被劫持者。

晚上他们不再给我们送吃的了,不过雨果在食堂里找到几个冷冻汉堡面包。我们把面包放到比蒙的办公桌上解冻,无所事事的时候就戳戳它们。

人质止不住地打瞌睡,大多数时候都相互牵着手。弗朗西斯科想过要把他们分开,分散到大楼的各个角落,但是最后他觉得那样做需要更多的人看守,他想得没错。在很多事情上,弗朗西斯科的判断都是正确的。听从意见也是正确的,这是个不错的改变。我想世界上没有多少恐怖分子有丰富的劫持人质的经验,可以武断地说,不对,你应该这样做。弗朗西斯科和我们其他人一样,都在未知的领域中摸索,这似乎令他变得更加和善了。

刚过四点,我和拉蒂法在大厅,弗朗西斯科拿着准备发布的声明一瘸一拐地走下楼。

"拉蒂法,"他带着迷人的微笑说道,"为我们去向全世界宣布吧。"

拉蒂法回以微笑,向来明察善断的哥哥将这项光荣的任务交给了她,她感到兴奋,却又不想表现得太明显。她从他手里接过信封,深情地望着他缓缓走回楼梯。

"他们正在等你,"他头也不回地说,"把它拿给他们,让他们直接交给CNN,而不是其他任何人。如果他们没有一字不落地念出来,这里的美国人就没命了,"当他走到楼梯中间的平台时,他停下来,转向我们,"你好好保护她,里奇。"

我点了点头,和拉蒂法一起目送他离开,然后拉蒂法叹了口气。是个好人,她在想,我心中的英雄,他选择了我。而弗朗西斯科选择拉蒂法的真实原因当然是,他认为英勇的摩洛哥人要是知道我们中有女人,发动武装袭击的可能性会小一些。但是我不会用真相去扫她的兴。

拉蒂法转身,从大门口向外望,手里紧紧攥着那只信封。电视转播车刺眼的灯光让她眯起眼睛,她不禁伸出一只手摸着自己的头发。

"终于出名了。"我说,她对我做了个鬼脸。

她穿过大厅来到前台,开始对着镜子整理衬衫。我跟着她。

"我来吧。"我说,从她手里拿过信封塞进衣兜,并不失风度地帮她整理了衬衫的衣领。我把她耳后的头发拨到前面,把她脸颊上的污迹抹去。她站在那儿,没有阻止我。这并不是一种亲密行为,更像在场地一角休息的拳击手为下一个回合做准备,助理帮他喷水、按摩、冲洗、打扮。

我把手伸进口袋,拿出信封,交给她。她做了几个深呼吸。

我轻轻捏了一下她的肩膀。

"你会没事的。"我说。

"从没上过电视。"她说。

黎明,日出,破晓,随便叫什么。

地平线上还有些昏暗,但已经显现出一抹橘色。当太阳在天际线上扒出一个支点,夜晚正在缩回地底下。

人质大多睡着了。他们在晚上挨得更近了,因为室内比想象中寒冷,他们的腿也不再跨到地毯边缘外了。

弗朗西斯科把电话递给我的时候看上去很疲倦。他把脚搁在比蒙的办公桌上,正在看 CNN,由于不想吵到睡着的比蒙而把音量调小了。

当然,我也很累,但是也许此刻我还有些许动力。我从弗朗西斯科手里接过电话。

"是。"

一阵劈啪的电流声后是巴恩斯的声音。

"这是您五点三十分的叫醒电话。"他说,声音中带着笑意。

"你想干什么?"说完,我马上意识到自己用的是英式口音。我看向弗朗西斯科,但他似乎没有注意到。于是我转回到窗前,听巴恩斯说了一会儿。等他说完,我深吸了一口气,既迫切渴盼,又漠不关心。

"什么时候?"我说。

巴恩斯咯咯地笑了。我也笑了,没用什么口音。

"五十分钟后。"他说,然后挂了电话。

当我从窗前转过身来时,弗朗西斯科正看着我。他的睫毛似乎比以往更长了。

萨拉在等我。

"他们要给我们送早餐。"我说,这一次用了明尼苏达口音。

弗朗西斯科点了点头。

太阳马上就要升起来,一步步攀上窗台。我离开在 CNN 面前打瞌睡的人质、比蒙和弗朗西斯科,走出办公室,坐电梯来到屋顶。

三分钟过后,还剩四十七分钟,事情都已准备就绪。我下楼来到大厅。

空荡荡的走廊,空荡荡的楼梯井,空荡荡的胃。怦怦的脉搏声回荡在耳边,比脚踩地毯的声音更响。我在第二个楼梯平台上止步,望向窗外的街道。

就早上这个时间而言,这些人穿得倒挺正式。

我正在思考往后的事,所以忘了关注当下。当下还未发生,一时也还发生不了,我的脑子里只有未来。生与死,生还是死,你瞧,这些才是重要的事,比脚步声重要。与湮灭相比,脚步声微不足道。

我已走下半截楼梯,拐到楼梯平台上,这时我听到了脚步声,意识到那有多么不对劲。之所以说不对劲,是因为那是奔跑的脚步声,在这栋楼里不该奔跑——不该是现在,不该是在还剩四十六分钟的时候。

本杰明拐过弯,停下了脚步。

"本杰明,怎么了?"我说,尽可能地保持冷静。

他瞪了我一会儿,呼吸急促。

"你他妈去哪儿了?"他说。

我皱了皱眉。

"去屋顶了,"我说,"我在……"

"拉蒂法在屋顶。"他火冒三丈。

我们瞪着彼此。他在用嘴呼气,一半是因为吃力,一半是因为愤怒。

"哦,本杰明,我让她去大厅了。他们要送早餐……"

接着,在一系列急躁的动作之后,本杰明把斯太尔冲锋枪举到肩部,脸颊抵住枪托,双手在握柄上握紧又松开。枪管消失了。

怎么会这样呢?我对自己说。四百二十毫米长、右旋六膛线的斯太尔的枪管怎么可能消失呢?

它当然不可能消失,实际上也没有消失。那只是我的视角。

"你这该死的混蛋。"本杰明说。

我站在那儿,盯着一个黑洞。

还剩四十五分钟。不得不承认,本杰明提出像背叛这样一个重大、普遍、平民的话题,此刻是再糟糕不过的时机了。我(但愿是非常客气地)向他建议,我们等一下再说,但本杰明想立刻处理这个问题。

"你这该死的混蛋。"就是他的原话。

一方面,本杰明从来没有信任过我。这是主要原因。从一开始本杰明就怀疑我了,而现在他想让我知道这一点,以防我试图跟他争辩。

他告诉我,他的疑心是从我的军事训练开始的。

哦,是吗?

是的。

本杰明曾夜不能寐,望着帐篷顶,心想一个粗笨的明尼苏达人是从哪里又是如何学会蒙着眼睛、用别人一半的时间拆卸 M16 自动步枪的。自那以后,显然,他又开始怀疑我的口音,以及我对穿着和音乐的品位。而且,为什么我只是出去喝杯啤酒,路虎会跑掉那么多里程?

当然,这些都无足轻重,直到现在,里奇仍能轻松地自圆其说。

但是另一方面——眼下实际上更重要的原因是,当我和巴恩斯在通话时,本杰明在玩总机。

还剩四十一分钟。

"本杰明,那你想怎么办?"我说。

他的脸颊与枪托贴得更紧了,我想我看到了他扣扳机的手指摁得发白。

"你要朝我开枪吗?"我说,"现在?要扣动扳机吗?"

他舔了舔嘴唇。他知道我在想什么。

他轻轻地抽搐了一下,脸从斯太尔上挪开了,一对大眼珠仍然瞪着我。

"拉蒂法。"他朝身后喊道,但还不够大声。他似乎发声有困难。

"要是他们听到枪声,本杰明,"我说,"会以为你杀了一个人质。那样他们就会全体闯进来,把我们杀光的。"

"杀"字触动了他的神经,有一瞬间我以为他要开枪了。

"拉蒂法。"他又喊了一遍,这一次更大声了。到此为止吧。我不能让他喊第三次。我开始移动,非常缓慢地靠近他。我的左手张开着。

"对于外面的许多人来说,本杰明,"我边靠近他边说,"枪声正是他们现在想听到的。你要满足他们的心愿吗?"

他又舔了舔嘴唇,一次,两次,然后他把头转向楼梯。

我用左手一把抓住枪管,朝他的肩膀推去。没有其他办法。如果我从他手里拽过武器,扳机会触发,而我会中招。所以我反推回去,再拨到一边,当他的脸远离枪托时,我用右手掌根向上揍他的鼻子。

他像石头一样一头栽倒在地——比石头还快,好像有一股巨大的力量将他摁到地上。有一刻我差点以为自己把他打死了。但是过了一会儿他的头开始左右摇摆,我能看到他的嘴里冒出血泡。

我从他手里拿出斯太尔,拉上保险栓,听到拉蒂法从楼梯底下往上喊:"什么事?"

现在我能听到她沿着楼梯往上跑,不快,但也不慢。我低头看着本杰明。

这就是民主,本杰明。以一人之力对抗多人。

拉蒂法绕过第一段楼梯,乌兹依然悬挂在她的肩膀上。

"上帝啊,"她看到本杰明嘴边的血后说,"发生什么事了?"

"我不知道。"我说。我没有看她,而是俯身,担心地查看本杰明的脸。"我想他是摔了一跤。"

拉蒂法与我擦身而过,蹲到本杰明边上。她这样做的时候,我看了一眼手表。

三十九分钟。

拉蒂法转过来,抬头看着我。

"我来照顾他,"她说,"你去大厅吧,里奇。"

我照她说的做了。

我不仅去了大厅,还走过了前门、台阶,以及从台阶到警戒线的六十七米路程。

当我走到的时候,我的头感到很热,因为我用双手紧紧抱着头。

不出所料,他们从嘴巴、耳朵、裆部到鞋底,上上下下搜了我五遍,像在参加一场搜身考试,为了进入皇家搜身大学。他们从我身上扯掉大部分衣物,让我看起来像一份拆开的圣诞礼物。

他们搜了我十六分钟。

接下来的五分钟,他们又让我靠在一辆警车旁,展开双臂和双腿,他们则叫嚷着从人群中挤出道来。我盯着地面。萨拉在等我。

上帝啊,她最好在等我。

又过了一分钟,更多的叫嚷和推挤之后,我开始环顾四周,心想如果某件事不马上发生,那么我不得不促使它发生了。该死的本杰明。我的肩膀因为靠得太久而生疼。

"干得好,托马斯。"一个声音说。

我看向我的左边,从手臂下看到一双磨损的红翼靴。一只脚平放在地面上,另一只脚垂直立着,脚尖部分埋进尘土里。我慢慢直起身,去找拉塞尔·巴恩斯的其余部位。

他正微笑着靠在面包车的车门上,向我递来他的那包万宝路。他穿着一件翻领皮夹克,左侧胸口绣着名字"康纳"。康纳他妈的又是谁?

搜身人员后退了一些,但也只是出于对巴恩斯的尊重而稍稍往后退。他们很多人继续盯着我,认为可能遗漏了一些地方。

我朝烟摇了摇头。

"让我见她。"我说。

因为她在等我。

巴恩斯看了我一会儿,再次露出微笑。他感觉不错,放松且胜券在握。对他来说,游戏已然结束。

他看向他的左边。

"好的。"他说。

他漫不经心地从面包车上直起身，金属车门发出砰的一声，然后他示意我跟上。当我们慢慢走向蓝色丰田时，紧身衣和墨镜的海洋让出一条道来。我们右侧的铁栏杆后面站着电视车工作人员，他们脚下是盘绕的电缆，蓝白色的灯光穿刺着夜的残骸。当我走过时，一些摄像机对准了我，但大部分镜头依然固定在大楼上。

CNN似乎抢占了最佳位置。

默尔达先从车里出来，萨拉只是坐在车里等着，透过挡风玻璃直视前方，双手紧贴在大腿之间。我们走近到距她几米的时候，她转过头来看我，试着挤出微笑。

我在等你，托马斯。

"朗先生。"默尔达说着，绕过车尾，站到我和萨拉之间。他穿着深灰色长大衣，里面是白衬衫，没有打领带。他前额的光泽似乎比我印象中暗沉了一些，下巴周围有长了几个小时的胡茬，除此之外他看上去还不错。

怎么会不好呢？

他盯着我的脸看了一两秒钟，然后满意地迅速点了点头，好像我只是勉强合格地修剪了他的草坪。

"很好。"最后他说。

我也盯着他，表情漠然，因为我暂时不想向他透露任何信息。

"什么很好？"我说。

但是默尔达看向我身后，做了个手势，我感到身后有风。

"再见，汤姆。"巴恩斯说。

我转身，看到他开始离开，以一种随意、放松、告别老朋友的姿势慢慢往后退。当我们的目光相遇时，他给了我一个小小的挖苦式的敬礼，然后转身，走向停在一堆车后面不远处的一辆军用吉普。当巴恩斯靠近的时候，一名穿便衣的金发男子发动了引擎，然后嘟嘟摁了两下喇叭，提醒吉普车前面的人群散开。我回头转向默尔达。

他现在正在审视我的脸,靠得更近,看得也更专业了,就像整形医生。

"什么很好?"我又问了一遍,等着我的问题跨越我们两个世界之间无尽的距离。

"你做得如我所愿,"默尔达最后说,"如我预期。"

他又点了点头。这里磨一点,那里修一下——没错,我想这张脸还有救。

"有一些人,朗先生,"他继续说,"我的一些朋友告诉我,你会是个麻烦,处世不恭,可能会无视计划,"他深吸了一口气,"但我是对的。这很好。"

接着,他走到一边,打开丰田副驾驶座的车门,依旧看着我的脸。

我看着萨拉在座位上慢慢地转过来,钻出车门。她直起身,双手抱胸,好像要阻挡黎明的寒冷,然后她抬起头来看我。

我们靠得很近。

"托马斯。"她说。一瞬间我让自己沉浸在她的眼波中,去触碰内心深处把我带到这里的东西。我永远也不会忘记那个吻。

"萨拉。"我说。

我伸出手搂住她——护住她,包裹她,让她免受一切人和事的侵袭。她只是站在那儿,双手仍抱在胸前。

于是我放下右手,探向我们的身体之间,滑过腹部,感知和搜寻某种触感。

我触碰到并抓住了它。

"再见。"我轻声说。她向上看着我。

"再见。"她说。

那块金属带着她的体温。

我松开她,慢慢转向默尔达。

他正对着手机柔声说话,回头看我,笑着把头微微歪向一侧。当他注意到我的表情时,他就知道出事了。他低头看到我手里的东西,脸上的笑容像高速行驶的车上扔下的橘子皮一样消失了。

"上帝啊。"我身后有个声音说,我想准是别人也看到了枪。我不敢肯定,因为我正紧盯着默尔达的眼睛。

"是玩。"我说。

默尔达也盯着我,手机从嘴边滑落。

"是玩,"我又说了一遍,"不是处。"

"你……你在说什么?"他说。

默尔达站在那儿,看着那把枪,它的存在和我们这座小舞台的美妙,在紧身衣的海洋上荡出层层涟漪。

"那个成语是,"我说,"玩世不恭。"

第二十六章

太阳戴上了礼帽，

万岁，万岁，万岁。

——L.阿瑟·罗斯和道格拉斯·弗波

交代一下进展，现在我们回到了领事馆的屋顶上。

太阳已经从地平线上一点一点地探出头来，将黑色砖块构成的天际线蒸发成一缕缕白雾。我对自己说，如果由我来决定，此刻直升机已经升空。阳光如此强烈、闪耀，炫目得令人绝望，据我估计，直升机也许已经到了——也许有五十架直升机悬停在我上方二十米的空中，看着我打开两个棕色防油纸包裹。

不过，当然，那样我会听到声音。

但愿。

"你想干什么？"默尔达说。

他在我身后约二十英尺处。为了安心做事，我用手铐把他铐在防火梯上，他似乎不太喜欢这样，看上去焦躁不安。

"你想干什么？"他喊道。

我没有回答，他继续喊。喊的内容没有具体意义，至少我没听懂。我吹了几声口哨来抵挡噪声，并继续用夹子 A 固定接线片 B，同时确保电线 C 没有缠住支架 D。

"我想干的，"我最后说，"是让你看到全过程。仅此而已。"

我转身去看他感觉有多糟糕。他状态不好，但我也不是很在乎。

"你疯了,"他一边喊,一边拽着自己的手腕,"我在这里,看到没?"他笑了,或者说差点笑了,因为他不敢相信我这么蠢,"我在这里。'毕业生'不会来的,因为我在这里。"

我又转移视线,眯着眼去看低空的阳光。

"我希望如此,奈姆,"我说,"真的。我希望你仍然拥有不止一票。"

我们陷入沉默,当我回头看他时,他脸上的光泽皱在了一起。

"一票。"他最后小声说。

"一票。"我重复道。

默尔达凝神看着我。

"我不明白你的意思。"他说。

我深吸了一口气,试着一五一十地解释给他听。

"你不是军火商,奈姆,"我说,"不再是了。作为惩罚,我已经从你手上剥夺了这项特权。你不再富有,不再有权,不再有势,不再是嘉里克文学俱乐部的会员,"他还是没有明白,所以也许他本来就不是,"此时此刻,你只不过是一个普通人,和我们一样。作为一个普通人,你只有一票。有时候甚至连一票都没有。"

他在回答之前认真想了一下。他知道我在气头上,所以必须拿捏好语气。

"我不知道你在说什么。"他说。

"不,你知道,"我说,"你只是不知道我是否知道自己在说什么,"太阳又往上抬了几英寸,小心翼翼地观察我们的进展,"我说的是其他二十六个直接从'毕业生研究'中获利的人,以及成百上千个间接获利的人。他们为了走到这一步,努力工作、游说、贿赂、威胁,甚至杀人。他们都有投票权。巴恩斯现在正要找他们谈话,问出是或否,谁又能说出最终的票数呢?"

默尔达此时如泥塑木雕,目瞪口呆,好像尝到了某种怪味。"二十六,"他轻声说,"你怎么知道是二十六?怎么知道的?"

我换上谦虚的表情。

"我曾当过一个小时财经记者,"我说,"斯密茨·维尔德·柯克普莱恩公司的人帮我追查了你的资金。他告诉了我很多事。"

他低垂着目光,聚精会神地思考。他的聪明才智让他有了今天,它同样也能帮他脱身。

"当然,"我说,不让他想得太远,"也许你是对的。也许那二十六个人会团结,取消行动,注销一切,随便什么办法。我只是不会赌上性命。"

我停顿了一下,因为总体来看我有权这样做。

"但我很乐意赌上你的性命。"我说。

这句话令他动摇了。他清醒过来。

"你疯了,"他喊道,"你知道吗?你知道自己疯了吗?"

"没错,"我说,"打给他们吧。打给巴恩斯,让他停手。你正和一个疯子待在屋顶上,聚会取消了。用上你的一票。"

他摇了摇头。

"他们不会来的,"他说,然后,他用更轻的声音说,"他们不会来的,因为我在这里。"

我耸耸肩,因为我只能想到这个动作。此刻我心里充满了耸肩的情绪,就像以前我在跳伞之前的感受一样。

"告诉我你想要什么。"默尔达突然大喊,用手铐把铁质的防火梯敲得叮当响。当我再次看的时候,发现他的手腕上已淌出鲜血。

小可怜。

"我想看日出。"我说。

弗朗西斯科、塞勒斯、拉蒂法、伯恩哈德和该死的本杰明也来到了屋顶上,因为现在有趣的人都聚到这里来了。他们以不同的方式表现出害怕和迷茫,无法理解当前的情况。他们都忘了自己要念哪段台词,希望有人能尽快报出剧本的页码。

不用说,本杰明准是尽力跟他们说了我不少坏话。但是当他们看到我回到领事馆,用枪抵着默尔达的脖子时,他的力气似乎用偏了。他们发现我这么做很奇怪,简直不可思议,不符合本杰明对于背叛的猜测。

于是他们现在站到我面前,看看我,又看看默尔达。他们在看风向,而本杰明颤抖着,克制住朝我开枪的冲动。

"里奇,这到底是怎么回事?"弗朗西斯科说。

我慢慢起身,感到半月板咔嚓作响,然后往后退,欣赏我努力的成果。

然后我转身,朝默尔达挥了挥手。这段话我练了好几回,我想大部分我都已经记在心里。

"这个人,"我对他们说,"曾是个军火商,"我往防火梯走近了一些,因为我想让所有人都能听清楚,"他叫奈姆·默尔达,是七家独立公司的首席执行官,还是另外四十一家公司的大股东。他在伦敦、纽约、加利福尼亚、法国南部、苏格兰西部和世界上任何地区的北部都拥有带泳池的房产。他的净资产超过十亿美元,"说到这里,我转头看向默尔达,"那一定是一个激动人心的时刻,奈姆。我能想象你买了大蛋糕来庆祝,"我回头看了一眼观众,"更重要的是,从我们的角度来看,他是九十多个独立银行账号的唯一签署人,其中一个正是过去六个月给我们支付工资的账号。"

似乎没有人打算在这里打断我,于是我继续发动政变。

"就是他创立了'正义之剑',并为此组织人员,提供物资和资金。"

我停顿了一下。

只有拉蒂法发出了一点声音,出于怀疑、害怕或者生气而轻哼了一声。其他人都一言不发。

他们久久地凝视着默尔达,我也一样。现在我注意到他的脖子上也有血——也许我把他拽上楼梯的时候用力过猛。但是除此之外,他看起来很好。怎么会不好呢?

"胡扯。"拉蒂法终于开口了。

"没错,"我说,"胡扯。默尔达先生,那是胡扯。你同意吗?"

默尔达也凝视着我,很想知道我们当中谁最冷静。

"你同意吗?"我又问了一遍。

"我们参加的是革命运动。"塞勒斯突然说,这让我看向了弗朗西斯科,因为这话应该从他嘴里说出来。但是弗朗西斯科皱着眉,环顾四周,我知道他在想实际行动与计划有出入。弗朗西斯科在抱怨这和手册里写的不一样。

"那是当然,"我说,"我们参加的是有商业资助的革命运动。仅此而已。这个人,"我尽可能戏剧化地指着默尔达,"骗了你们,骗了我们所有人,骗了全世界,为了让我们买他的武器,"他们稍微动了一下,"这是营销——主动式营销。在一个本无需求的地方,创造出对于一种产品的需求。那就是这个人干的。"

我转身看他,希望他插话承认这一切都是真的,没有半句假话。但是默尔达似乎不想说话,于是我们陷入了沉默。许多想法在做布朗运动①,像粒子一样相互碰撞。

"武器?"弗朗西斯科最后说,声音低沉而轻柔,像从几英里外传来,"什么武器?"

就是现在。现在我该让他们明白——并且相信。

"一种直升机,"我说,他们现在全都看着我,默尔达也是,"他们要派一架直升机来这里杀我们。"

默尔达清了清嗓子。

"它不会来的,"他说,我猜不出他是在说服我还是他自己,"我在这里,它不会来的。"

我转向其他人。

"从那个方向,"我说,"随时都会有一架直升机出现,"我指着太阳,注意到只有伯恩哈德转头了,而其他人继续看着我,"这种直升机比你这辈子见

---

① 布朗运动,指悬浮在液体或气体中的微粒所做的永不停息的无规则运动。

过的任何型号都更小、更快,装备的武器也更精良。很快它就会来这里,消灭屋顶上的所有人。可能连这屋顶和顶上的两层楼都会掀掉,因为它具有无可比拟的威力。"

我停顿了一下,他们中的一些人低头看着自己的脚。本杰明张嘴想说点什么,或者更有可能是惊呼,但是弗朗西斯科伸手按住了他的肩膀,然后看着我。"我们知道他们要派直升机来,里奇。"他说。

哇。

情况有变,这不是我要的剧情。我扫视着其他人的脸,当我与本杰明四目相对时,他再也忍不住了。

"你这个混蛋,还没看明白吗?"他喊道,几乎笑出声来,他就是那么讨厌我,"我们成功了,"他开始在自己的位置原地跳跃,我能看到他又流鼻血了,"我们成功了,你的背叛都是徒劳。"

我看回弗朗西斯科。

"他们打给我们了,里奇,"他说,声音依然轻柔而又遥远,"十分钟之前。"

"是吗?"我说。

弗朗西斯科说话的时候,他们都看着我。

"他们要派一架直升机来,"他说,"送我们去机场,"他发出一声叹息,微微垂下肩膀,"我们赢了。"

哦,看在上帝的分上,我对自己说。

于是我们站在沥青的沙漠中,几个空调出风口充当棕榈树,而我们正在等待生或死的结果——是光明还是黑暗。

现在我得出声了。我已试过几次,但有几个人在说些把我扔下屋顶的蠢话,于是我话到嘴边还是住了口。现在,太阳正合适。上帝已弯下腰把太阳放在球座上,此刻正从包里挑选球杆。这是完美的时机,我必须开口。

"接下来会发生什么?"我说。

没有人回答,因为没有人能够回答。当然,我们都知道自己希望发生什么,但是仅仅是希望还不够。在计划与现实之间笼罩着一层阴影,我从各处征集了反应,并全部吸收。

"我们只是待在这里,对吗?"

"你给我闭嘴。"本杰明说。

我无视了他。我不得不这样做。

"我们,在屋顶上,等直升机。他们是这么说的吗?"还是没有人回答,"他们有没有提出让我们站成一排,每个人周围画上橘色的圈?"沉默,"我的意思是,我只是在想怎么帮他们省事。"

这些话大部分我是说给伯恩哈德听的,因为我感觉只有他内心还不确定。其他人都紧紧抓着救命稻草。他们激动不已,满怀希望,忙着决定要不要坐到窗口,还有没有时间去免税店。但是伯恩哈德和我一样,时不时地转头去看太阳,也许他也在想此时是袭击某人的好机会。可以说时机完美,而伯恩哈德感到自己暴露在屋顶上不堪一击。

我转向默尔达。"告诉他们。"我说。

他摇摇头,并非拒绝,而是疑惑、害怕或别的什么。我朝他走了几步,本杰明立刻举起斯太尔。

我得继续走下去。

"告诉他们,我说的都是真的,"我说,"告诉他们你是谁。"

默尔达闭上眼睛,过了一会儿才睁开。也许他想看到干净的草坪和穿白外套的侍者,或是他某个卧室的天花板,但实际只看到几个手持枪械、蓬头垢面、饥肠辘辘、担惊受怕的人,他猛地倒在防护矮墙上。

"你知道我是对的,"我说,"来这里的直升机,你知道它的用途,也知道它会来干什么。你得告诉他们,"我又向前走了几步,"告诉他们发生了什么,为什么他们会没命。用上你的那一票。"

但是默尔达已经筋疲力尽。他的下巴都快垂到胸口,眼睛再次闭上了。

"默尔达……"我说,然后顿住了,因为有人发出短促的嘘声,是伯恩哈德,他静静地看着屋顶,头歪向一边。

"我听到了。"他说。

没有人动。我们都僵住了。

然后我也听到了,然后是拉蒂法,然后是弗朗西斯科。

听起来像远处一只被困在瓶子里的苍蝇。

默尔达不是听到了,就是相信我们其余的人都听到了。他的下巴离开胸口,双目圆睁。

但我等不了他。我走向防护矮墙。

"你干什么?"弗朗西斯科说。

"那东西会杀了我们的。"我说。

"它是来救我们的,里奇。"

"杀我们,弗朗西斯科。"

"你这个混蛋,"本杰明喊道,"你他妈想干什么?"

现在他们都看着我,边听边看,因为我已把手伸进棕色防油纸包裹,露出了里面的宝藏。

英国"标枪"是一种轻量级、超音速、自给型地对空导弹系统,拥有两段式固体燃料火箭发动机,有效射程达五六公里,总重量六十多磅,有多种涂色可供挑选,只要它是橄榄绿。

该导弹系统由两部分组成:一部分是密封的发射筒,用来装导弹;另一部分是半自动视线制导系统,里面有许多造价不菲的智能微型电子元件。一旦组装起来,"标枪"的表现不容小觑。

它能击落直升机。

你瞧,这就是我需要它的原因。只要我给足钱,鲍勃·雷纳能为我准备定时泡茶器、吹风机或者宝马敞篷车。

但我说,不,鲍勃。收起那些诱人的东西。我要一个大玩具。我要"标枪"。

据鲍勃说,这一特殊型号本已在一辆卡车上,正准备从科尔切斯特附近的军事仓库运出。你也许会想,如今这种事是怎么做到的,怎么解决计算机化存储、发货单和把守的武装人员。但是相信我,军队和哈罗兹百货公司相差无几。库存缩水已不是什么新鲜事了。

雷纳的一些朋友把"标枪"小心翼翼地搬下卡车,转移到一辆大众小巴的底部,谢天谢地,它完好无损地跟着走了一千二百英里来到丹吉尔。

我不知道开小巴的夫妇是否清楚车底有导弹。我只知道他们是新西兰人。

"你把它放下。"本杰明喊道。

"不放又怎么样?"我说。

"我他妈杀了你。"他一边喊,一边靠近屋顶边缘。

我们陷入短暂的沉默,其间充斥着嗡嗡声。瓶子里的苍蝇生气了。

"我不在乎,"我说,"真的。如果把它放下,我就死定了。所以我还是继续拿着吧,谢谢。"

"弗朗西斯科,"本杰明绝望地喊道,"我们赢了。你说过我们赢了,"没有人回应,于是本杰明又开始原地跳跃,"如果他去射直升机,他们会杀了我们的。"

现在有更多的人喊叫了,但很难分辨喊叫声是从哪里传来的,因为嗡嗡声逐渐变成轰鸣声。从太阳处传来的轰鸣声。

"里奇,"弗朗西斯科说,我意识到他现在正站在我身后,"把它放下。"

"他会杀死我们的,弗朗西斯科。"我说。

"放下,里奇。我数到五。你不放下我就开枪了。我是认真的。"

我想他是认真的。我想他真的相信这声音、这机翼的震颤,是救赎,而非死亡。

"一。"他说。

"取决于你,奈姆,"我说,用瞄准器调整视线,"现在告诉他们真相。告诉他们这是什么,以及它要干什么。"

"他会害死我们的。"本杰明喊道,我能用余光看到他在我左侧蹦跶。

"二。"弗朗西斯科说。我打开视线制导系统。嗡嗡声消失了,被直升机更低频的噪声淹没——低音,机翼震颤的声音。

"告诉他们,奈姆。如果他们打死我,所有人都会死。告诉他们真相。"

太阳冷漠无情地遮盖了天空。只有太阳和轰鸣声了。

"三。"弗朗西斯科说。突然我的左耳背碰到了金属,那可能是一根勺子,但我觉得不是。

"是或否,奈姆?是什么?"

"四。"弗朗西斯科说。

现在噪声和太阳一样大。

"干掉它。"弗朗西斯科说。

但是说这话的不是弗朗西斯科,而是默尔达。他也不是说,而是喊。他要疯了,正在挣脱手铐,流血,喊叫,用手铐敲打,踢着屋顶上的沙砾。现在我认为弗朗西斯科也开始朝他喊,让他闭嘴,而伯恩哈德和拉蒂法在相互喊,或者是在朝我喊。

我认为,但不确定。他们都开始消失、褪色,把我留在一个寂静的世界里,因为现在我看清楚了。

小巧,全黑,快速。它就像瞄准器上的一个虫子。

"毕业生。"

海蛇怪火箭弹,地狱火空对地导弹,点五〇机关炮。最高时速可达每小时四百英里。我只有一次机会。

它会过来选中目标。它无所畏惧。我们只是一帮手持自动步枪、失去理智的恐怖分子,一旦被击中,会像爆米花一样炸飞。我们连挡光板都射不中。

而"毕业生"只要摁下按钮,就能将一整个房间轰出大楼。

我只有一次机会。

这该死的太阳。阳光灼烧着瞄准器上的影像。

刺眼的镜头害得我眼泪直流,但我坚持睁眼。

把它放下,本杰明说。他的声音像从一千英里外传进我的耳朵。把它放下。

上帝啊,它可真快。它能急速绕过屋顶,也许只需要半英里。

你这该死的混蛋。

我的脖子碰到冰冷、坚硬的物体。一定是有人想阻止我,所以用枪抵住了我的脖子。

我要杀了你,本杰明喊道。

打开保险罩,轻扣扳机。"标枪"已经就绪,先生们。

卡壳了。

把它放下。

屋顶爆炸,瞬间瓦解。接着,一瞬间之后,传来机关炮的声音。那声音震耳欲聋,令人浑身震颤。大量的石块抛向空中,又溅射到四周,每一块都像攻击的炮弹一样致命。尘土,暴力,毁灭。我转身往后躲,视线离开阳光后,眼泪立刻流了出来。

它以惊人的速度发动了第一次袭击,比我见过的任何东西都要快,除了战斗机。它的转向无懈可击,几乎在原地进行。全速往北,转向,再全速往南。没有过渡。

我能尝到它排出的尾气。

我再次举起"标枪",这样做的时候,我看到三十英尺外本杰明的头和肩膀,至于其他部位,谁知道在哪儿。

弗朗西斯科又开始朝我喊,但用的是西班牙语,我永远也不会知道他在喊些什么了。

它来了。四分之一英里外。这一次我切实地看清楚了。

此刻,太阳在我身后,向上移动,越来越快,全力照射这团带着仇恨冲我而来的黑色。

十字线。黑点。

飞的是直线,没有躲避——用不着。一帮失去理智的恐怖分子,没什么好怕的。

我能看到飞行员的脸了。不是在瞄准器里,而是在脑海中。第一次袭击后,飞行员的脸就进入了我的脑海。

出发吧。

我扣动扳机,启动热电池,当第一级发动机产生的后坐力把我反弹到防护矮墙上时,我用力稳住自己。

牛顿定律,我想。

马上要来了。比以往任何时候的任何东西都要迅速,但我能看见你。

我能看见你,你这该死的混蛋。

第二级发动机启动,"标枪"急不可耐地往前冲。让狗去追兔子吧。

我只需要举着它,仅此而已。用十字线对准目标。瞄准器内的摄像头追踪着导弹尾焰,将它与瞄准器内的信号进行比对——任何误配和错误校正信号都会发送给导弹。我只要让它处于十字线内。

两秒。

一秒。

拉蒂法的脸被飞石划破了,流了很多血。

我们坐在比蒙的办公室里,我试图用毛巾给伤口止血,而比蒙则用雨果的斯太尔为我们打掩护。

一些人质也拿到了武器,分散在房间里,紧张地朝窗外看。我看着一张张紧张的脸,突然感到精疲力竭,而且很饿,饿得前胸贴后背。

走廊传来一些声音。脚步声。阿拉伯语的喊叫声,还有法语,接着是英语。

"音量调大一点,好吗?"我对比蒙说。

他往身后的电视机看了一眼,里面有个金发女人在对着镜头说些什么。底下的字幕写着"康妮·法尔法克斯——卡萨布兰卡"。她在念稿子。

比蒙走上前去,将音量调大。

康妮有一副好嗓音。

拉蒂法有一张漂亮的脸蛋。她伤口上的血开始变稠。

"……三小时前一个阿拉伯人模样的女人交给 CNN 的,"康妮说,画面切换到一架小巧、全黑的直升机,它显然陷入了严重的困境。康妮继续念下去。

"我叫托马斯·朗,"她说,"美国情报组织的官员强制让我参加了这次行动,为了渗透进恐怖主义组织'正义之剑'。"画面又切回到康妮,她抬起头,按了一下自己的耳机。

一个男人的声音说:"康妮,他们不应该对奥地利的枪击事件负责吗?"

康妮说,是的,你说得很对。不过那是在瑞士。

然后她低头看了看稿纸。

"事实上,'正义之剑'受一位军火商资助,与美国中情局的叛徒相互勾结。"

走廊上的喊叫声渐渐变小,当我看向门口时,发现所罗门正站在那儿看着我。他点了一下头,然后慢慢走进房间,从家具的残骸中找出一条路来。他身后是一群紧身衣。

"这是真的。"默尔达喊道,我转头去看电视,看他们在他认罪时拍下了怎样的画面。老实说,质量不佳。只有几个人的头顶随意地晃动了几下。默尔达的声音失真了,背景里还有许多噪声,因为我无法将无线电麦克风放到离防火梯足够近的地方。但我还是能认出他的声音,这说明其他人也能。

"在声明的最后,"康妮说,"朗先生给了 CNN 254.125 兆赫的超短波频道,这段录音就是通过它录制的。说话者的身份还没有得到确认,但听起来……"

我向比蒙示意。

"你可以关了,如果你想的话。"我说。但他没有关,我也不想和他争论。

所罗门坐在比蒙办公桌的边沿。他看了一会儿拉蒂法,又看看我。

"你不该去抓嫌疑犯吗?"我说。

所罗门笑了笑。

"这个时候已经有很多人去抓默尔达先生了,"他说,"沃尔夫小姐也很安全。至于拉塞尔·P.巴恩斯先生……"

"他在驾驶'毕业生'。"我说。

所罗门抬了抬眉毛。或者他只是把眉毛留在那里,身体略微往下沉了沉。看起来他今天不想再受到惊吓了。

"老大哥曾在海军陆战队驾驶直升机,"我说,"所以他才被牵扯进来,"我轻轻拿开拉蒂法脸上的毛巾,血已经止住了,"你觉得我能在这里打个电话吗?"

十天后,我们乘坐英国皇家空军"大力神"运输机飞回了英国。座位很硬,机舱里很吵,也没有电影,但我很高兴。

我很高兴看所罗门睡觉,他靠着机舱另一侧,枕着叠好的棕色雨衣,双手放在肚子上。所罗门在任何时候都是个好朋友,但在睡着的时候,我几乎要爱上他了。

也许我只是在给自己的爱情机制预热,为另一个人做准备。

是的,应该是这样。

午夜过后没多久,我们便在英国皇家空军科提肖空军基地着陆,当我们向飞机库滑行时,有许多车跟随。过了一会儿,舱门打开了,诺福克寒冷的空气钻了进来。我深吸了一口气。

奥尼尔在外面等我们,两手深深地插在大衣口袋里,肩膀缩到耳边。他向我伸了伸下巴,所罗门和我跟着他进了一辆路虎。

奥尼尔和所罗门坐在前面,我缓缓地滑入后座,想要尽情享受这一刻。

"你好。"我说。

"你好。"罗妮说。

一阵沉默过后,罗妮和我相视而笑,并点了点头。

"克里奇顿小姐很想来这里为你接风。"奥尼尔说,用手套擦去挡风玻璃上的水雾。

"真的?"我说。

"真的。"罗妮说。

奥尼尔发动了引擎,所罗门摆弄着除雾器。

"哦,"我说,"只要克里奇顿小姐想,她势在必得。"

罗妮和我继续笑,路虎已经驶离空军基地,进入诺福克的夜色中。

在之后的六个月内,"标枪"地对空导弹的海外销量增长了超过百分之四十。